U0096305

人民共和國文化與文學叢書

十 編

李 怡 主編

第 9 冊

非虛構文學：真相與反思（上）

王 春 林 著

花木蘭文化事業有限公司

國家圖書館出版品預行編目資料

非虛構文學：真相與反思（上）／王春林 著 -- 初版 -- 新北
市：花木蘭文化事業有限公司，2022〔民 111〕
目 2+166 面；19×26 公分
（人民共和國文化與文學叢書 十編；第 9 冊）
ISBN 978-986-518-949-5（精裝）
1.CST：文學 2.CST：文學評論
820.8   111009791

特邀編委（以姓氏筆畫為序）：

吳義勤 孟繁華 張 檸
張志忠 張清華 陳思和
陳曉明 程光煒 劉福春
（臺灣）宋如珊
（日本）岩佐昌暲
（新西蘭）王一燕
（澳大利亞）鄭 怡

ISBN-978-986-518-949-5

9 789865 189495

人民共和國文化與文學叢書
十 編 第 九 冊   ISBN：978-986-518-949-5

非虛構文學：真相與反思（上）

作　　者　王春林
主　　編　李 怡
企　　劃　四川大學中國詩歌研究院
總 編 輯　杜潔祥
副總編輯　楊嘉樂
編輯主任　許郁翎
編　　輯　張雅淋、潘玟靜、劉子瑄　美術編輯　陳逸婷
出　　版　花木蘭文化事業有限公司
發 行 人　高小娟
聯絡地址　235 新北市中和區中安街七二號十三樓
　　　　　電話：02-2923-1455 ／傳真：02-2923-1452
網　　址　http://www.huamulan.tw 信箱 service@huamulans.com
印　　刷　普羅文化出版廣告事業
初　　版　2022 年 9 月
定　　價　十編 17 冊（精裝）新台幣 43,000 元

版權所有・請勿翻印

非虛構文學：真相與反思（上）

王春林　著

作者簡介

王春林，1966 年出生，山西文水人。《小說評論》主編。山西大學文學院教授，博士生導師。西安外國語大學中國語言文學學院特聘教授。中國小說學會副會長，山西省作家協會副主席，第八、九屆茅盾文學獎評委，第五、六、七屆魯迅文學獎評委，中國小說排行榜評委，中國當代文學研究會常務理事。主要從事中國現當代文學研究。曾先後在《文藝研究》《文學評論》《中國現代文學研究叢刊》《當代作家評論》《小說評論》《南方文壇》《文藝爭鳴》《當代文壇》《揚子江評論》等刊物發表學術論文四百餘萬字。出版有個人專著及批評文集《話語、歷史與意識形態》《思想在人生邊上》《新世紀長篇小說研究》《多聲部的文學交響》《新世紀長篇小說風景》《新世紀長篇小說地圖》《賈平凹〈古爐〉論》《鄉村書寫與區域文學經驗》《不知天集》《中國當代文學現場（2013～2014）》《新世紀長篇小說觀察》《中國當代文學現場（2015～2016）》《文化人格與當代文學人物形象》《王蒙論》《文學對話錄》《中國當代文學現場（2017～2018）》《賈平凹長篇小說論》《新世紀長篇小說敘事經驗研究》等。曾先後獲得過中國當代文學研究第9、15屆優秀成果獎，山西新世紀文學獎，趙樹理文學獎，山西省人文社科獎等獎項。

提　要

　　放眼當下時代的中國文壇，作為一種專門的文學體裁，非虛構文學的異軍崛起，已然構成了一個不容忽視的重要文學現象。除了一些專門從事這一文體寫作的作家之外，更有包括王蒙、閻連科、阿來、金宇澄、蔣韻、張新穎、梁鴻、陳為人等一些或者以小說創作名世，或者以學術研究為志業的其他作家也都紛紛加盟非虛構文學的創作。儘管說非虛構文學這一概念的進入中國，是晚近一個時期的事情，其中的一個標誌性事件，就是擁有「國刊」之稱的《人民文學》雜誌，在 2010 年第 10 期推出了一個「非虛構」的新欄目。作為這一全新欄目的始作俑者，時任主編李敬澤曾經這樣談論過設立這一欄目的初衷，那就是：「我們希望推動大家重新思考和建立自我與生活、與現實、與時代的恰當關係。」或許正是與李敬澤和《人民文學》雜誌對非虛構文學的力推有關，從那個時候起，一直到現在為止，中國非虛構文學的創作都處於一種風起雲湧的狀態之中，取得了相當豐碩的成果。本書就是筆者在個人有限視野內所關注的部分非虛構文學作品的解讀與分析。在文本細讀的基礎上，試圖從「個性」中尋繹它們的「共性」，以探究究竟何以「非虛構」，並實現一種隱藏於真相揭秘背後的深度歷史與現實反思。

人民共和國時代的現代文學研究——
《人民共和國文化與文學叢書·十編》引言

李 怡

　　中華人民共和國成立七十餘年，書寫了風雨兼程的當代中國史，與民國時期的學術史不同，中國現代文學研究被成功地納入了國家社會發展體制當中，成為國家文化事業的有機組成部分，因此，我們的學術研究理所當然地深植於這一宏大的國家文化發展的機體之上，每時每刻無不反映著國家社會的細微的動向，尤其是中國現代文學研究，幾乎就是呈現中國知識分子對於新中國理想奮鬥的思想的過程，表達對這一過程的文學性的態度，較之於其他學科更需要體現一種政治的態度，這個意義上說，七十年新中國歷史的風雨也生動體現在了中國現代文學的學術發展之中。從新中國建立之初的「現代文學學科體制」的確立，到 1950～1970 年代的對過去歷史的評判和刪選，再到新時期的「回到中國現代文學本身」，一直到 1990 年代以降的「知識考古」及多種可能的學術態勢的出現，無不折射出新中國歷史的成就、輝煌與種種的曲折。文學與國家歷史的多方位緊密聯繫印證了中國現代文學研究在當下的一種有影響力的訴求：文學與社會歷史的深入的對話。

　　研究共和國文學，也必須瞭解共和國時代之於中國現代文學的學術態度。

一、納入國家思想系統的中國現代文學研究

　　中國現代文學研究伴隨著五四新文學的誕生就出現了，作為現代文學的開山之作《狂人日記》發表的第二年，傅斯年就在《新潮》雜誌第 1 卷第 2 號上介紹了《狂人日記》並作了點評。1922 年胡適應上海《申報》之邀，撰寫

了《五十年來中國之文學》，已經為僅僅有五年歷史的新文學闢專節論述。但是整個民國時期，新文學並未成為一門獨立學科。在一開始，新文學是作為或長或短文學史敘述的一個「尾巴」而附屬於中國古代文學史或近代文學史之後的，諸如上世紀二十年代影響較大的文學史著作如趙景深《中國文學小史》（1926 年）、陳之展《中國近代文學之變遷》（1929 年），分別以「最近的中國文學」和「十年以來的文學革命運動」附屬於古代文學和近代文學之後。朱自清 1929 年在清華大學開設「中國新文學研究」，但到了 1933 年這門課不再開設，為上課而編寫的《中國新文學研究綱要》，也並沒有公開發行。1933 年王哲甫《中國新文學運動史》出版，這部具有開創之功的新文學史著作，最重要的貢獻就在於新文學獲得了獨立的歷史敘述形態。1935 年上海良友圖書公司出版了由趙家璧主編的十卷本《中國新文學大系》，作為對新文學第一個十年的總結，由新文學歷史的開創者和參與者共同建立了對新文學的評價體系。至此，新文學在文學史上獲得了獨立性而成為人們研究關注的對象。但是，從總體上看，民國時期的中國現代文學研究還是學者和文學家們的個人興趣的產物，這裡並沒有國家學術機構和文化管理部門的統一的規劃和安排，連「中國現代文學」這一門學科也沒有納入為教育部的統一計劃，而由不同的學校根據自身情況各行其是。

　　新中國的成立徹底改變了這一學術格局。中華人民共和國的成立，意味著歷史進入一個新的階段。被作為中國現代革命史重要組成部分的現代文學史，成為建構革命意識形態的重要領域，中國現代文學在性質上就和以往文學截然分開。雖然中國現代文學僅僅有三十多年的歷史，但其所承擔的歷史敘述和意識形態建構功能卻是古代文學無法比擬的。由此拉開了在國家思想文化系統中對中國現代文學性質與價值內涵反覆闡釋的歷史大幕。現代文學既在國家思想文化的大體系中獲得了建構現代民族國家的非凡意義，但也被這一體系所束縛甚至異化。王瑤《中國新文學史》的寫作和出版就是標誌性的事件。按教育部 1950 年所通過的《高等學校文法兩學院各系課程草案》，「中國新文學史」是大學中文系核心必修課，在教材缺乏的情況下，王瑤應各學校要求完成《中國新文學史稿》（上冊）並於 1951 年 9 月由北京開明書店出版，下冊拖至 1952 年完稿並於 1953 年 8 月由上海新文藝出版社出版。但隨之而來的批判則可以看出，一方面是國家層面主動規劃和關心著中國現代文學的學術發展，使得學科真正建立，學術發展有了更高層面的支持和更

大範圍的響應，未來的空間陡然間如此開闊，但是，不言而喻的是，國家政治本身的風風雨雨也將直接作用於一個學科學術的內部，在某些特定的時刻，產生的限制作用可能超出了學者本身的預期。王瑤編寫和出版《中國新文學史》最終必須納入集體討論，不斷接受集體從各自的政策理解出發做出的修改和批評意見。面對各種批判，王瑤自己發表了《從錯誤中汲取教訓》，檢討自己「為學術而學術的客觀主義傾向。」〔註1〕

新中國成立，意味著必須從新的意識形態的需要出發整理和規範「現代文學」的傳統。十七年期間出現了對20年代到40年代已出版作品的修改熱潮。1951年到1952年，開明書店出版了兩輯作品選，稱之為「開明選集本」。第一輯是已故作家選集，第二輯是仍健在的12位作家的選集。包括郭沫若、茅盾、葉聖陶、曹禺、老舍、丁玲、艾青等。許多作家趁選集出版對作品進行了修改。1952年到1957年，人民文學出版社又出版了一批被稱為「白皮」和「綠皮」的選集和單行本，同樣作家對舊作做了很大的修改。像「開明選集本」的《雷雨》，去掉了序幕和尾聲，重寫了第四幕；老舍的《駱駝祥子》節錄本刪去了近7萬多字，相比原著少了近五分之二。這些在建國前曾經出版了的現代文學作品，都按當時的政治指導思想做了不同程度的修改，向主流意識更加靠攏。通過對新文學的梳理甄別，標識出新中國認可的新文學遺產。

伴隨著對已出版作品的修改與甄別，十七年時期現代文學研究的重心是通過文學史的撰寫規範出革命意識形態認可的闡釋與接受的話語模式。1950年代以來興起的現代文學修史熱，清晰呈現出現代文學在向政治革命意識形態靠攏的過程中如何逐步消泯了自身的特性，到了文革時期，文學史完全異化成路線鬥爭的傳聲筒，這是1960年代與1950年代的主要差異：從蔡儀的《中國新文學史講話》（1952年），到丁易的《中國現代文學史略》、張畢來的《新文學史綱（第1卷）》（1955年），劉綬松《中國新文學史初稿》（1956年）。1950年代，雖然政治色彩越來越濃厚，但多少保留了一些學者個人化的評判和史識見解。到了1958年之後，隨著「反右」運動而來的階級鬥爭擴大化，個人性的修史被群眾運動式的集體編寫所取代，經過所謂的「拔白旗，插紅旗」的雙反運動，群眾運動式的學術佔領了所謂的「資產階級知識分子」的學術領地。全國出現了大量的集體編寫的文學史，多數未能出版發行，當時有代表性是復旦大學中文系學生集體編寫的《中國現代文學史》和《中國現

〔註1〕王瑤：從錯誤中汲取教訓〔N〕，文藝報，1955-10-30（27）。

代文藝思想鬥爭史》,吉林大學中文系和中國人民大學語文系師生分別編寫的兩種《中國現代文學史》。充斥著火藥味濃烈的戰鬥豪情,文學史徹底淪為政治鬥爭的工具。文革時期更是出現了大量以工農兵戰鬥小組冠名文學史和作品選講,學術研究的正常狀態完全被破壞,以個人獨立思考為基礎的學術研究已經被完全摒棄了。正如作為歷史親歷者的王瑤後來所反思的,「一次又一次的政治運動,批判掉了一批又一批的現代文學作家和作品,到『文化大革命』的十年動亂中,在『否定一切,打倒一切』的思潮影響下,三十年的現代文學史只能研究魯迅一人,政治鬥爭的需要代替了學術研究,滋長了與馬克思主義根本不相容的實用主義學風,講假話,隱瞞歷史真相,以致造成了現代文學這門歷史學科的極大危機」。〔註2〕

至此,中國現代文學的學術危機可謂是格外深重了。

二、1980 年代:作為思想啟蒙運動一部分的學術研究

中國現代文學研究重新煥發出生命力是在 1980 年代。伴隨著國家改革開放的大潮,中國現代文學迎來了重要的發展期。

新時期中國現代文學研究的首要任務是盡力恢復被極左政治掃蕩一空的文學記憶,展示中國現代文學歷史原本豐富多彩的景觀。一系列「平反」式的學術研究得以展開,正如錢理群所總結的,「一方面,是要讓歷次政治運動中被排斥在文學之外的作家作品歸位,恢復其被剝奪的被研究的權利,恢復其應有的歷史地位;另一方面,則是對原有的研究對象與課題在新的研究視野、觀念與方法下進行新的開掘與闡釋,而這兩個方面都具有重新評價的性質與意義」。〔註3〕在這樣的「平反」式的作家重評和研究視野的擴展中,原來受到批判的胡適、新月派、七月派等作家流派、被忽略的自由主義作家沈從文、錢鍾書、張愛玲等開始重新獲得正視,甚至以鴛鴦蝴蝶派為代表的通俗文學也在現代文學發展的整體視野中獲得應有的地位。突破了僅從政治立場審視文學的狹窄視野,以現代精神為追求目標的歷史闡釋框架起到了很好的「擴容」作用,這就是所謂的「主流」、「支流」與「逆流」之說,借助於這一原本並非完善的概括,我們的現代文學終於不僅保有主流,也容納了若干

〔註2〕王瑤:中國現代文學研究的歷史和現狀〔J〕,華中師大學報,1984(4):2。
〔註3〕錢理群:我們所走過的道路——《中國現代文學研究叢刊》100 期回顧〔J〕,中國現代文學研究叢刊,2004(4):5。

支流，理解了一些逆流，一句話，可以研究的空間大大的擴展了。

在研究空間內部不斷拓展的同時，80 年代現代文學研究視野的擴展更引人注目，這就是在「走向世界」的開闊視野中，應用比較文學的研究方法，考察中國現代文學與外國文學的關係，建立起中國現代文學和世界文學之間廣泛而深入的聯繫。代表作有李萬鈞的《論外國短篇小說對魯迅的影響》（1979年）、王瑤的《論魯迅與外國文學的關係》、溫儒敏的《魯迅前期美學思想與廚川白村》（1981 年）。陝西人民出版社推出了「魯迅研究叢書」，魯迅與外國文學的關係成為其中重要的選題，例如戈寶權的《魯迅在世界文學上的地位》、王富仁《魯迅前期小說與俄羅斯文學》、張華的《魯迅與外國作家》等。80 年代的現代文學研究首先是以魯迅為中心，建立起與世界文學的廣泛聯繫，這樣的比較研究有力地證明了現代文學的價值不僅僅侷限於革命史的框架內，現代文學是中國社會由傳統向現代的轉變中並逐步融入世界潮流的精神歷程的反映，現代化作為衡量文學的尺度所體現出的「進化」色彩，反映出當時的研究者急於思想突圍的歷史激情，並由此激發起人們對「總體文學」——「世界文學」壯麗圖景的想像。曾小逸主編的《走向世界》，陳思和的《中國新文學整體觀》、黃子平、陳平原和錢理群的《二十世紀中國文學三人談》，對 20 世紀 80 年文學史總體架構影響深遠的這幾部著作都洋溢著飽滿的「走向世界」的激情。掙脫了數十年的文化封閉而與世界展開對話，現代文學研究的視野陡然開闊。「走向世界」既是我們主動融入世界潮流的過程，也是世界湧向中國的過程，由此出現了各種西方思想文化潮水般湧入中國的壯麗景象。在名目繁多的方法轉換中，是人們急於創新的迫切心情，而這樣的研究方法所引起的思想與觀念的大換血，終於更新了我們原有的僵化研究模式，開拓出了豐富的文學審美新境界，讓中國現代文學的學術研究有了自我生長的基礎和未來發展的空間。與此同時，國外漢學家的論述逐步進入中國，帶給了我們新的視野，如夏志清《中國現代小說史》、司馬長風《中國新文學史》，給予中國學者極大的衝擊。在多向度的衝擊回應中，現代文學的研究成為 1980年代學術研究的顯學。

相對於在和西方文學相比較的視野中來發掘現代文學的世界文學因素並論證其現代價值而言，真正有撼動力量的還是中國學者從思想啟蒙出發對中國現代文學學術思想方法的反思和探索。一系列名為「回到中國現代文學本身」的研究決堤而出，大大地推進了我們的學術認知。這其中影響最大的包

括王富仁對魯迅小說的闡釋，錢理群對魯迅「心靈世界」的分析，汪暉對「魯迅研究歷史的批判」，以及凌宇的沈從文研究，藍棣之的新詩研究，劉納對五四文學的研究，陳平原對中國現代小說模式的研究，趙園對老舍等的研究，吳福輝對京派海派的研究，陳思和對巴金的研究，楊義對眾多小說家創作現象的打撈和陳述等等。這些研究的一個鮮明特點，就是立足於中國現代作家的獨立創造性，展現出現代文學在中國思想文化發展史上所具有的獨特認識價值和審美價值。作為 1980 年代文學史研究的兩大重要口號（概念）也清晰地體現了中國學者擺脫政治意識形態束縛，尋找中國現代文學獨立發展規律的努力，這就是「二十世紀中國文學」與「重寫文學史」，如今，這兩個口號早已經在海內外廣泛傳播，成為國際學界認可的基本概念。

今天的人們對「文學」更傾向於一種「反本質主義」的理解，因而對 1980 年代的「回到本身」的訴求常常不以為然。但是，平心而論，在新時期思想啟蒙的潮流之中，「回到本身」與其說是對文學的迷信不如說是借助這一響亮的口號來祛除極左政治對學術發展的干擾，使得中國的現代文學研究能夠在學術自主的方向上發展，理解了這一點，我們就能夠進一步發現，1980 年代的中國學術雖然高舉「文學本身」的大旗，卻並沒有陷入「純文學」的迷信之中，而是在極力張揚文學性的背後指向「人性復歸」與精神啟蒙，而並非是簡單地回到純粹的文學藝術當中。同樣借助回到魯迅、回到五四等，在重新評估研究對象的選擇中，有著當時人們更為迫切的思想文化問題需要解決。正如王富仁在回顧新時期以來的魯迅研究歷史時所指出的：「迄今為止，魯迅作品之得到中國讀者的重視，仍然不在於它們在藝術上的成功……中國讀者重視魯迅的原因在可見的將來依然是由於他的思想和文化批判。」〔註4〕「回到魯迅」的學術追求是借助魯迅實現思想獨立，「這時期魯迅研究中的啟蒙派的根本特徵是：努力擺脫凌駕於自我以及凌駕於魯迅之上的另一種權威性語言的干擾，用自我的現實人生體驗直接與魯迅及其作品實現思想和感情的溝通。」〔註5〕80 年代現代文學研究中無論是影響研究下對現代文學中西方精神文化元素的勘探，還是重寫文學史中敘史模式的重建，或是對歷史起源的

〔註4〕王富仁：中國魯迅研究的歷史與現狀（連載十一）〔J〕，魯迅研究月刊，1994（12）：45。
〔註5〕王富仁：中國魯迅研究的歷史與現狀（連載十）〔J〕，魯迅研究月刊，1994（11）：39。

返回，最核心的問題就是思想解放，人們相信文學具有療傷和復歸人性的作用，同時也是獨立精神重建的需要。80 年代的主流思想被稱之為「新啟蒙」，其意義就是借助國家改革開放和思想解放的歷史大趨勢，既和主流意識形態分享著對現代化的認可與想像，也內含著知識分子重建自我獨立精神的追求。因此 80 年現代文學不在於多麼準確地理解了西方，而是借助西方、借助五四，借助魯迅激活了自身的學術創造力。相比 90 年代日益規範的學術化取向，80 年代現代研究最主要的貢獻就是開拓了研究空間，更新了學術話語，激活了研究者獨立的精神創造力。當然，感性的激情難免忽略了更為深入的歷史探尋和更為準確東西對比。在思想解放激情的裹挾下，難免忽略了對歷史細節的追問和辨析。這為 90 年代的知識考古和文化研究留下展開空間，但是 80 年代的帶有綜合性的學術追求中，文化和歷史也是 80 年代現代文學研究的自覺學術追求。錢理群當時就指出：「我覺得『二十世紀中國文學』這個概念還要求一種綜合研究的方法，這是由我們的研究對象所決定的。現代中國很少『為藝術而藝術』的純文學家，很少作家把自己的探索集中於純文學的領域，他們涉及的領域是十分廣闊的，不僅文學，更包括了哲學、歷史學、倫理學、宗教學、經濟學、人類學、社會學、民俗學、語言學、心理學，幾乎是現代社會科學的一切領域。不少人對現代自然科學也同樣有很深的造詣。不少人是作家、學者、戰士的統一。這一切必然或多或少、或隱或顯地體現到他們的思想、創作活動和文學作品中來。就像我們剛才講到的，是一個四面八方撞擊而產生的一個文學浪潮。只有綜合研究的方法，才能把握這個浪潮的具體的總貌。」〔註 6〕，80 年代對現代文學研究綜合性的強調，顯然認識到現代文學與社會歷史文化廣闊的聯繫，只不過 80 年代更多的是從靜態的構成要素角度理解現代文學的內部和外部之間的聯繫，而不是從動態的生產與創造的角度進行深入開掘，但 80 年代這樣的學術理念與追求也為 90 年代之後學術規範之下現代文學研究的「精耕細作」奠定了基礎。

三、1990 年代：進入「規範」的中國現代文學研究

1990 年代，中國社會發生了很大的改變。在國家政治的新的格局中，知識分子對 1980 年代啟蒙過程中「西化」傾向的批判成為必然，同時，如何借

〔註 6〕陳平原、錢理群、黃子平：「二十世紀中國文學」三人談·方法〔J〕，讀書，1986（3）。

助「學術規範」建立起更「科學」、「理智」也更符合學術規則的研究態度開始佔據主流，當然，這種種的「規範」之中也天然地包含著知識分子審時度勢，自我規範的意圖。在這個時代，不是過去所謂的「救亡」壓倒了「啟蒙」，而是「規範化」的訴求一點一點地擠乾了「啟蒙」的激情。

1990 年代的現代文學研究首先以學術規範為名的對 1980 年代現代文學研究進行反思與清理。《學人》雜誌的創刊通常被認為是 1990 年代學術轉型的標誌，值得一提的，三位主編中陳平原和汪暉都是 1980 年代中國現代文學研究的代表性人物。

進入「規範」時代的中國現代文學研究有兩個值得注意的傾向：

一是學術研究從激情式的宣判轉入冷靜的知識考古，將學術的結論蘊藏在事實與知識的敘述之中。從 1990 年代開始，《中國現代文學叢刊》開始倡導更具學術含量的研究選題。分別在 1991 年第 2 期開設「現代作家與地域文化專欄」，1993 年第 4 期設「現代作家與宗教文化」專欄，1994 年第 1 期開闢「淪陷區文學研究專號」，1994 年第 4 期組織了「現代女性文學研究」專欄。這種學術化的取向，極大地推進了現代文學向縱深領域拓展，出現了一批富有代表性的成果。如嚴家炎主持的「二十世紀中國文學與區域文化叢書」（1995 年）和「二十世紀中國文學研究叢書」（1999～2000 年），前者是探討地域文化和現代文學的關係，後者側重文學思潮和藝術表現研究。在某一個領域深耕細作的學者大多推出自己的代表作，如劉納的《嬗變——辛亥革命時期的中國文學》（1998 年），從中國文學發展的內部梳理五四文學的發生；范伯群主編的《中國近現代通俗文學史》（2000 年），有關現代文學的擴容討論終於在通俗文學的研究上有了實質性的成果；再如文學與城市文化的研究包括趙園的《北京：城與人》（1991 年）、李今的《海派文化與都市文化》（2000 年）等研究成果。隨著學術對象的擴展，不但民國時期的舊體詩詞、地方戲劇等受到關注，而且和現代文學相關的出版傳媒，稿酬制度，期刊雜誌，文學社團，中小學及大學的文學教育等作為社會生產性的制度因素一併成為學術研究對象。劉納的《創造社與泰東書局》（1999）；魯湘元的《稿酬怎樣攪動文壇——市場經濟與中國近代文學》（1998 年）；錢理群主編的「二十世紀中國文學與大學文化叢書」等都是這方面具有代表性的研究成果。90 年代中期，作為現代文學學科重要奠基人的樊駿曾認為「我們的學科，已經不再年輕，正在走向成熟。」而成熟的標誌，就是學術性成果的陸續推出，「就整體而言，

我們正努力把工作的重點和目的轉移到學術建設上來，看重它的學術內容學術價值，注意科學的理性的規範，使研究成果具有較多的學術品格與較高的學術品位，從而逐步成為真正意義上的學術工作。」〔註7〕

　　二是對文獻史料的越來越重視，大量的文獻被挖掘和呈現，同時提出了現代文獻的一系列問題，例如版本、年譜、副文本等等，文獻理論的建設也越發引起人們的重視。從 80 年代學界不斷提出建立「中國現代文學文獻學」的呼籲。《中國現代文學研究叢刊》1985 年第 1 期刊登了馬良春《關於建立中國現代文學「史料學」的建議》，提出了文獻史料的七分法：專題性研究史料、工具性史料、敘事性史料、作品史料、傳記性史料、文獻史料和考辨史料。1989 年《新文學史料》在第 1、2、4 期上連續刊登了樊駿的八萬多字的長文《這是一項宏大的系統工程——關於中國現代文學史料工作的總體考察》，樊駿先生就指出：「如果我們不把史料工作僅僅理解為拾遺補缺、剪刀漿糊之類的簡單勞動，而承認它有自己的領域和職責、嚴密的方法和要求，特殊的品格和價值——不只在整個文學研究事業中佔有不容忽視、無法替代的位置，而且它本身就是一項宏大的系統工程，一門獨立的複雜的學問；那麼就不難發現迄今所做的，無論就史料工作理應包羅的眾多方面和廣泛內容，還是史料工作必須達到的嚴謹程度和科學水平而言，都還存在許多不足。」1989 年成立了中華文學史料學會，並編輯出版了會刊《中華文學史料》。借助 90 年代「學術性」被格外強調，「學術規範」問題獲得鄭重強調和肯定的大環境，許多學者自覺投入到文獻收藏、整理與研究的領域，涉及現代文學史料的一系列新課題得以深入展開，例如版本問題、手稿問題、副文本問題、目錄、校勘、輯佚、辨偽等，對文獻史料作為獨立學科的價值、意義和研究方法等方面都展開了前所未有的討論。其中的重要成果有賈植芳、俞桂元主編的《中國現代文學總書目》（1993 年）、陳平原、錢理群等編《二十世紀中國小說理論資料》五卷（1997 年），錢理群主編的「中國淪陷區文學大系」（1998～2000），延續這一努力，劉增人等於 2005 年推出了 100 多萬字的《中國現代文學期刊史論》，既有「中國現代文學期刊敘錄」，又有「中國現代文學期刊研究資料目錄」的史料彙編。不僅史料的收集整理在學術研究上獲得了深入發展，「五四」以來許多重要作家的全集、文集和選集在 90 年代被重新編輯出版。如浙

〔註7〕樊駿：我們的學科，已經不再年輕，正在走向成熟〔J〕，中國現代文學研究叢刊，1995（2）：196～197。

江文藝出版社推出的《中國現代經典作家詩文全編書系》，共 40 種，再如冠以經典薈萃、解讀賞析之類的更是不勝枚舉。這些選本文集的出版，現代文學研究領域的許多學者都參與其中，既普及了現代文學的影響力，又在無形中重新篩選著經典作家。比如 90 年代隨著有關張愛玲各種各樣的全集、選集本的推出，在全國迅速形成了張愛玲熱，為張愛玲的經典化產生了重要作用。

1990 年代現代文學研究的學術化轉向，包含著意味深長的思想史意義。作為這一轉向的倡導者的汪暉，在 1990 年代就解釋了這一轉向所包含的思想意義：「學術規範與學術史的討論本是極為專門的問題，但卻引起了學術界以至文化界的廣泛注意，此事自有學術發展的內在邏輯，但更需要在 1989 年之後的特定歷史情境中加以解釋。否則我們無法理解：這樣專門的問題為什麼會變成一個社會文化事件，更無從理解這樣的問題在朋友們的心中引發的理性的激情。學者們從對 80 年代學術的批評發展為對近百年中國現代學術的主要趨勢的反思。這一面是將學術的失範視為社會失範的原因或結果，從而對學術規範和學術歷史的反思是對社會歷史過程進行反思的一種特殊方式；另一方面則是借助於學術，內省晚清以來在西學東漸背景下建立的現代性的歷史觀，雖然這種反思遠不是清晰和自覺的。參加討論的學者大多是 80 年代學術文化運動的參與者，這種反思式的討論除了學術上的自我批評以外，還涉及在政治上無能為力的知識者在特定情境中重建自己的認同的努力，是一種化被動為主動的社會行為和歷史姿態。」〔註8〕汪暉為 1990 年代的學術化轉向設定了這麼幾層意思：1990 年代的學術化轉向是建立在對 1980 年代學術的反思基礎上，而且將學術的失範和社會的失範聯繫起來，進而對學術規範和學術史的反思也就對社會歷史的一種特殊反思，由此對所謂主導學術發展的現代性歷史觀進行批判。汪暉後來甚至認為：「儘管『新啟蒙』思潮本身錯綜複雜，並在 80 年代後期發生了嚴重的分化，但歷史地看，中國『新啟蒙』思想的基本立場和歷史意義，就在於它是為整個國家的改革實踐提供意識形態的基礎的。」〔註9〕一方面認為 80 年代以新啟蒙為特點的學術追求是造成社會失範的原因或結果，一方面又認為這一學術追求為改革實踐提供了意識

〔註 8〕 羅崗、倪文尖編：90 年代思想文選（第一卷）〔C〕，南寧：廣西人民出版社，2000 年：6～7。

〔註 9〕 羅崗、倪文尖編：90 年代思想文選（第一卷）〔C〕，南寧：廣西人民出版社，2000 年：280。

形態基礎，在這帶有矛盾性的表述中，依然跳不出從社會政治框架衡量學術意義的思維。但由此所引發的問題卻是值得深思的：現代文學作為一門學科的根本基礎和合法性何在？1990年代的學術轉向，試圖以學術化的取向在和政治保持適當的距離中重建學科的合法性，即所謂的告別革命，回歸學術，學術研究只是社會分工中的一環，即陳思和所言的崗位意識：「我所說的崗位意識，是知識分子在當代社會中的一種自我分界。⋯⋯（崗位的）第一種含義是知識分子的謀生職業，即可以寄託知識分子理想的工作。⋯⋯另一層更為深刻也更為內在的意義，即知識分子如何維繫文化傳統的精血」〔註10〕這就更顯豁的表達出1990年代學術轉型所抱有的思想追求，現代文學不再是批判性知識和思想的策源地，而是學科分工之下的眾多門類之一，消退理想主義者曾經賦予自身的思想光芒和啟蒙幻覺，回歸到基本謀生層面，以工匠的精神維持一種有距離的理性主義清醒。

不過，這種學術化的轉型和1990年代興起的後學思潮相互疊加，卻也開始動搖了現代文學這門學科的基礎。如果說學術化轉向是帶著某種認真的反思，並在學術層面上對現代文學研究做出了一定的推進，而90年代伴隨著後學理論的興起，則從思想觀念上擾亂了對現代文學的認識和評價。借助於西方文化內部的反叛和解構理論，將對西方自文藝復興至啟蒙運動所形成的「現代性」傳統展開猛烈批判的後現代主義（還包括解構主義、後殖民主義等等）挪用於中國，以此宣布中國的「現代性終結」，讓埋頭於現代化追求和想像的人們無比的尷尬和震驚：

> 「現代性」無疑是一個西方化的過程。這裡有一個明顯的文化等級制，西方被視為世界的中心，而中國已自居於「他者」位置，處於邊緣。中國的知識分子由於民族及個人身份危機的巨大衝擊，已從「古典性」的中心化的話語中擺脫出來，經歷了巨大的「知識」轉換（從鴉片戰爭到「五四」的整個過程可以被視為這一轉換的過程，而「五四」則可以被看作這一轉換的完成），開始以西方式的「主體」的「視點」來觀看和審視中國。〔註11〕

〔註10〕陳思和：知識分子在現代社會轉型期的三種價值取向〔J〕，上海文化，1993（1）。

〔註11〕張頤武：「現代性」終結——一個無法迴避的課題〔J〕，戰略與管理，1994（3）：106。

　　以西方最新的後學理論對五四以來的現代文學做出了理論上的宣判，作為「他者」狀況反映的現代文學的價值受到了懷疑。「現代性」作為 90 年代現代文學研究的核心關鍵詞，就是在這樣的質疑聲中登陸中國學術界。人們既在各種意義飄忽不定的現代性理論中進行知識考古式的辨析和確認，又在不斷的懷疑和顛覆中迷失了對自我感受的判斷。這種用最新的西方理論宣判另一種西方理論的終結的學術追求卻反諷般地認為是在維護我們的「本土性」和「中華性」，而其中的曖昧，恰如一位學人所指出的：「在我看來，必須意識到 90 年代大陸一些批評家所鼓吹的『後現代主義』與官方新意識形態之間的高度默契。比如，有學者把大眾文化褒揚為所謂『社會主義初級階段特色』，異常輕易地把反思都嘲弄為知識分子的精英立場；也有人脫離本土的社會文化經驗，激昂地宣告『現代性』的終結，歡呼中國在『走向一個小康』的理想時刻。這就不僅徹底地把『後現代』變成了一個完全『不及物』的能指符號，而且成為了對市場和意識形態地有力支持和論證。」〔註 12〕

　　正是在「現代性」理論的困擾中，1990 年代後期，人們逐漸認識到源自於西方的「現代性」理論並不能準確概括中國的歷史經驗，而文學做為感性的藝術，絕非是既定思想理念的印證。1980 年代我們在急於走向世界的激情中，只揭示了西方思想文化如何影響了現代文學，還沒有更從容深入的展示出現代作家作為精神文化創造者的獨立性和主體性。但是無論十七年時期現代文學作為新民主主義革命的有力組成部分，還是 1980 年代的現代化想像，現代文學都是和國家文化的發展建設緊密聯繫在一起，學科合法性並未引起人們的思考。1990 年代的學術化取向和現代性內涵的考古發掘，都在逼問著現代文學一旦從總體性的國家文化結構中脫離出來，在資本和市場成為社會主導的今天，現代文學如何重建自身的學科合法性，就成為新世紀以來現代文學學術研究的核心問題。作為具有強烈歷史實踐品格和批判精神的現代文學，顯然不能在純粹的學術化取向中獲得自身存在的意義，需要在與社會政治保持適度張力的同時激活現代文學研究在思想生產中的價值和意義。

四、新世紀以後：思想分化中的現代文學研究

　　1980 年代的現代文學研究貫穿著思想解放與觀念更新的歷史訴求：1990

〔註 12〕張春田：從「新啟蒙」到「後革命」──重思「90 年代」的中國現代文學研究〔J〕，現代中文學刊，2010（3）：59。

年代則是探尋學科研究的基礎與合法性何在，而新世紀開啟的文史對話則屬於重新構建學術自主性的追求。

面對遭遇學科危機的現代文學研究，1990 年代後期已經顯現的知識分子的思想分化在中國現代文學研究中更加明顯地表現了出來。圍繞對二十世紀重要遺產——革命的不同的認知，不同思想派別對中國現代文學的肯定和否定趨向各自發展，距離越來越大。「新左派」認定「革命」是 20 世紀重要的遺產，對左翼文學價值的挖掘具有對抗全球資本主義滲透的特殊價值，「再解讀」思潮就是對左翼——延安一直至當代文學「十七年」的重新肯定，這無疑是打開了重新認識中國現代文學「革命文化」的新路徑，但是，他們同時也將 1980 年代的思想啟蒙等同於自由主義，並認定正是自由主義的興起、「告別革命」的提出遮蔽了左翼文學的歷史價值，無疑也是將更複雜的歷史演變做了十分簡略的歸納，而對歷史複雜的任何一次簡單的處理都可能損害分歧雙方原本存在的思想溝通，讓知識分子陣營的分化進一步加劇。當然，所謂自由主義知識分子群體也未能及時從 1980 年代的「平反「邏輯中深化發展，繼續將歷史上左翼文化糾纏於當代極左政治，放棄了發掘左翼文化正義價值的耐性，甚至對魯迅與左翼這樣的重大而複雜的話題也作出某些情緒性的判斷，這便深深地影響了他們理論的說服力，也阻斷了他們深入觀察當代全球性的左翼思潮的新的理論基礎，並基於「理解之同情」的方向與之認真對話。

新世紀以來中國現代文學研究的推進和發展，首先體現在超越左／右的對立思維、在整合過往的學術發展經驗的基礎上建構基於真實歷史情境的文學發展觀，對中國現代文學研究更有推動性的努力是文學史觀念的繼續拓展，以及新的學術方法的嘗試。

我們看到，1980 年代後期的「重寫文學史」的願望並沒有就此告終，在新世紀，出現了多種多樣的探索。

一是從語言角度嘗試現代文學史的新寫作。展開了中國現代文學研究的語言維度的努力，先後出現了曹萬生主編的《中國現代漢語文學史》（2007 年）和朱壽桐主編的《漢語新文學通史》（2010 年）。這兩部文學史最大的特點是從語言的角度整合以往限於歷史性質判別和國別民族區分而呈現出某種「斷裂」的文學史敘述。曹著是從現代漢語角度來整合中國現代文學和當代文學，從而將五四之後以現代漢語寫作的文學作品作為文學史分析的整體，「中國現代漢語文學包容了啟蒙論、革命論、再啟蒙論、後現代論、消費性與傳媒論

所主張的內容」〔註13〕那些曾經矛盾重重的意識形態因素在工具性的語言之下獲得了某種統一。在這樣的語言表達工具論之下的文學史視野中，和現代文學並行的文言寫作自然被排除在外，而臺灣文學港澳文學甚至旅外華人以現代漢語寫作的文學都被納入，甚至網絡文學、影視文學和歌詞也受到關注。但其中內涵的問題是現代漢語作為僅有百年歷史的語言形態，其未完成性對把握現代漢語的特點造成了不小的困擾，以這樣一種仍在變化發展的語言形態作為貫穿所有文學發展的歷史線索，依然存在不少困難。如果說曹著重在語言表達作為工具性的統一，那麼朱著則側重於語言作為文化統一體的意義。文學作為一種文化形態，其基礎在於語言，「由同一種語言傳達出來的『共同體』的興味與情趣，也即是同一語言形成的文化認同」，「文學中所體現的國族氣派和文化風格，最終也還是落實在語言本身」，〔註14〕那麼作為語言文化統一形態的「漢語新文學」這一概念所承擔的文學史功能就是：「超越乃至克服了國家板塊、政治地域對於新文學的某種規定和制約，從而使得新文學研究能夠擺脫政治化的學術預期，在漢語審美表達的規律性探討方面建構起新的學術路徑」〔註15〕。顯然朱著的重點在以語言的文化和審美為紐帶，打破地域和國別的阻隔、中心與邊緣的區分。朱著所體現的龐大的文學史擴容問題，體現出可貴的學術勇氣，但在這樣體系龐大的通史中，語言的維度是否能夠替代國別與民族的角度，還需要進一步思考。

二是嘗試從國家歷史的具體情態出發概括百年來文學的發展，提出了「民國文學史」、「共和國文學史」等新概念。早在 1999 年陳福康借助史學界的概念，建議「現代文學」之名不妨用「民國文學」取代。後來張福貴、丁帆、湯溢澤、趙步陽等學者就這一命名有了進一步闡發。〔註16〕在這帶有歷史還原意味的命名的基礎上，李怡提出了「民國機制」的觀點，這一概念就是希望進入文史對話的縱深領域，即立足於國家歷史情境的內部，對百年來中國文學轉換演變的複雜過程、歷史意義和文化功能提出新的解釋，這也就是從國

〔註13〕曹萬生主編：中國現代漢語文學史〔M〕，北京：中國人民大學出版社，2007：8。

〔註14〕朱壽桐主編：漢語新文學通史〔M〕，廣州：廣東人民出版社，2010：12～13。

〔註15〕朱壽桐主編：漢語新文學通史〔M〕，廣州：廣東人民出版社，2010：8。

〔註16〕參見張福貴：從「現代文學」到「民國文學」——再談中國現代文學的命名問題〔J〕，文藝爭鳴，2011（11）及丁帆：給新文學史重新斷代的理由——關於「民國文學」構想及其他的幾點補充意見〔J〕，中國現代文學研究叢刊，2011（3）等。

家歷史情境中的社會機制入手，分析推動和限制文學發展的歷史要素。〔註17〕
這些探索引起了學術界不同的反應，也先後出現了一些質疑之聲，不過，重
要的還是究竟從這一視角出發能否推進我們對現代文學具體問題的理解。在
這方面花城出版社先後推出了「民國文學史論」第一輯、第二輯，共 17 冊，
山東文藝出版社也推出了 10 冊的「民國歷史文化與中國現代文學研究」的大
型叢書，數十冊著作分別從多個方面展示了民國視角的文學史意義，可以說
是初步展示了相關研究的成果，在未來，這些研究能否深入展開是決定民國
視角有效性的關鍵。

　　值得一提的還有源於海外華文文學界的概念——華語語系文學。目前，
這一概念在海外學界影響較大，不過，不同的學者（如史書美與王德威）各
自的論述也並不相同，史書美更明確地將這一概念當作對抗中國大陸現代文
學精神統攝性的方式，而王德威則傾向於強調這一概念對於不同區域華文文
學的包容性。華語語系文學的提出的確有助於海外華文寫作擺脫對中國中心
的依附，建構各自獨特的文學主體性，不過，主體性的建立是否一定需要在
對抗或者排斥「母國」文化的程序中建立？甚至將對抗當作一種近於生理般
的反應？是一個值得認真思考的問題。

　　新世紀以來，方法論上的最重要的探索就是「文史對話」的研究成為許
多人認可並嘗試的方法。「文史對話」研究取向，從 1980 年代的重返歷史和
1990 年代的文化研究的興起密切相關。1980 年代在「撥亂反正」政策調整下
的作家重評就是一種基於歷史事實的文史對話，而在 1980 年代興起的「文化
熱」，也可以看成是將歷史轉化為文化要素，以「文化視角」對現代文學文本
與文學發展演變進行的歷史分析。在 1980 年代非常樸素的文史對話方式中，
我們看到一面借助外來理論，一面在「原始」史料的收集整理、作品閱讀的
基礎上，艱難地形成屬於中國文學發展實際的學術概念。而隨著 1990 年代西
方大量以文化研究和知識考古為代表的後學理論湧入中國後。特別是受文化
理論的影響，1980 年代基於樸素的文化視角研究現代文學的歷史化取向，轉
變為文化研究之下的泛歷史化研究。1990 年代的「文化研究」不同於 1980 年
代「文化視角」的區別在於：1980 年代文化只是文學文本的一個構成性或背
景性的要素，是以文學文本為中心的研究；而受西方文化研究理論的影響，

〔註17〕李怡：民國機制：中國現代文學的一種闡釋框架〔J〕，廣東社會科學，2010
　　　（6）：132。

1990 年代的文化研究是將社會歷史看成泛文本，歷史文化本身的各種元素不再是論述文學文本的背景性因素，它們也是作為文本成為研究考察的對象。在文化研究轉向影響下的 90 年代中後期的現代文學研究，突破了以文學文本為中心，而從權力話語的角度將文學文本放在複雜的歷史文化中進行分析，這樣文化研究就和歷史研究獲得了某種重合，特別是受福柯、新歷史主義等理論的影響，文學文本和其他文本之間的權力關係成為關注的重點。

這樣就形成了 1980 年代作家重評與文化視角之下的文史對話，和 9190 年中後期已降的在文化研究理論啟發和構造之下的文史對話，而這兩種文史對話之間的矛盾或者說差異，根本的問題在於如何基於中國經驗而重構我們學術研究的自主性問題。1980 年代的文史對話是置身在中國學術走出國門、引入西方思潮的強烈風浪中，緊張的歷史追問後面飄動著頗為扎眼的「西化」外衣，而對中國問題的思考和關注則容易被後來者有意無意的忽略，特別在西方理論影響和中國問題發現之間的平衡與錯位中的學術創新焦慮，更讓我們容易將自己的學術自主性建構問題遮蔽。文化研究之下的權力話語分析確實打開了進入堅硬歷史骨骼的有效路徑，但這樣的分析在解構權力、拆解宏達敘述的同時，則很容易被各種先行的理論替代了歷史本身，而真實的歷史實踐問題則很容易被規整為各種脫離實際的理論構造。而且在瓦解元敘述的泛文本分析中，歷史被解構成碎片，文學本身也淹沒在各種繁複的話語分析中而不再成為審美經驗的感性表達，歷史和文學喪失了區分，實質上也消解了文史對話的真正展開。所以當下文史對話的展開，必須在更高的層次上融合過往的學術經驗。中國學術研究的自主性必須基於對自身歷史經驗的分析和提煉，形成符合中國文學自身發展的學術概念和話語體系，但是這樣強調本土經驗的優先性，特別是對「中國特色」和「中國道路」的道德化強調中，我們卻要警惕來自狹隘的民族主義的干擾和破壞；同時對於西方理論資源，必須看成是不斷打開我們認識外界世界的有力武器，而不能用理論替代對歷史經驗的分析。因此當下以文史對話為追求的現代文學研究，不僅僅是對西方理論話語的超越，更是對自身學術發展經驗的反思與提升。質言之，應該是對 1980 年代啟蒙精神與 1990 年代學術化取向的深度融合。

在以文史對話為導向的學術自主性建構中，作為可借鑒的資源，我們首先可以激活有著深厚中國學術傳統的「大文學」史觀，這一「大文學」概念的意義在於：一是突破西方純文學理論的文體限制，將中國作家多樣化的寫作

納入研究範圍，諸如日記、書信及其他思想隨筆，包括像現代雜文這種富有爭議的形式也由此獲得理所當然的存在理由；二是對文學與歷史文化相互對話的根據與研究思路有自覺的理論把握，特別是「大文學」這一概念本身的中國文化內涵，將為我們「跨界」闡釋中國文學提供理論支撐。當然在今天看來，最需要思考的問題是如何在「文史對話」之中呈現「文學」的特點，文史對話在我們而言還是為了解決文學的疑問而不是歷史學的考證。如此在呈現中國文學的歷史複雜性的同時，也建構出屬於我們自己的具有自主性的學術話語體系，從而為未來的現代文學研究開闢出廣闊的學術前景。

此文與王永祥先生合著

目

次

下　冊

王蒙《半生多事》：
還原歷史與人性的真實

　　在中國當代作家中，無論是就其自身人生經歷的曲折與坎坷沉浮而言，還是就其文學創作的豐富高產與變化多端而言，王蒙恐怕都是最值得注意的一位。當然，王蒙的自傳無疑也是讀者最值得期待的一種。這正如陳思和先生所言：「王蒙先生從 50 年代開始創作，青春礤蹬，中年後重返文壇，一開始便佔據了文壇的制高點，從此不斷追新創新，始終不離社會發展的主流脈絡。或者說，他本身的沉浮，就是一個政治中心時代的產物，個人命運與社會的政治風雲緊密地聯繫在一起，以個人命運見證社會政治的變遷。我們從他在人生的金秋時分全力以赴創作季節系列，即可看出其藝術追求之動力。王蒙先生的創作價值，主要是體現在近半個世紀的文壇風雲和政治風雲的認知之上，這也是今日傳媒津津樂道其天價回憶錄的原因所在。如果王蒙先生的回憶錄不採取一笑了之的高蹈姿態，真能秉筆直書，無所遮蔽，其價值決不在唐達成的《文壇風雨五十年》之下。」〔註1〕遺憾的是，陳思和先生的這段文字中出現了一個小小的失誤。陳思和提到了「唐達成的《文壇風雨五十年》」，給讀者的感覺似乎是唐達成寫作了一本名為《文壇風雨五十年》的著作。其實，這正是陳思和先生的一個筆誤。真實的情況是，的確有一本以唐達成為傳主的，學界口碑評價甚高的傳記文學著作，書名為《唐達成：文壇風雨五十年》。這本書的作者，是與唐達成相交相知達幾十年之久的山西作家

〔註1〕陳思和《自己的書架（之八）·〈尷尬風流〉》，載《文匯讀書週報》2006 年 5
　　　月 26 日第 7 版。

陳為人。這本書是陳為人先生在很多年的積累與採訪基礎上才最終完成的。
一方面，很真實而又立體深入地描摹揭示出了傳主唐達成那樣一種只可以複
雜稱之的知識分子的精神狀態，另一方面，也格外真實全面地還原復現了建
國五十年來中國文壇的基本發展演變軌跡。這本書的確是近些年來文壇一部
少見的傳記文學力作。但令人格外遺憾的一點是，雖然距離這部著作的完成
已有了好幾年的時間，然而因為眾所周知的原因，國內的出版社卻至今都沒
有能夠正式出版這部著作。我有幸從作者處獲贈了海外版本，並對之進行過
格外認真細緻的閱讀。這樣，方才有可能形成如上的閱讀印象。很顯然，陳
思和也和我有同感，都對於陳為人的這本《唐達成：文壇風雨五十年》有著
很高評價。我不知道，對於王蒙的回憶錄有著很高期待的陳思和先生，在讀
過王蒙先生的自傳第一部《王蒙自傳・半生多事》（花城出版社 2006 年 5 月
版，以下稱《半生多事》）之後，真實的感覺是欣慰還是失望？不知道依據於
陳思和先生的評價標準，這部《半生多事》能否當得起「秉筆直書，無所遮
蔽」這樣八個字的評價？我這兒寫出的只能是自己對於這部《半生多事》的
真實閱讀感受。

　　從我的閱讀感受來看，王蒙創作這部自傳時的基本創作態度絕對是坦誠
的。雖然按照新歷史主義的觀點，所謂真實的歷史是根本不存在的，我們所
看到的歷史其實都是一種敘事，一種打上了撰史者個人明顯印記的「歷史敘
事」。雖然我們也承認新歷史主義的觀點有其一定的合理性，然而，這也只是
問題的一個方面。從另外一個方面來看，新歷史主義者們之所以強調真實的
歷史是不可還原的，之所以強調我們所看到的那些書寫出的歷史，也只是一
種關於歷史的「敘事行為」，實際上說明，在他們看來，還是存在著一種真實
發生過的歷史行為與歷史過程的。只不過，要想真實地還原復現這一切，卻
是絕對不可能的。然而，既然承認的確存在著一種真實發生過的歷史行為與
歷史過程，既然也還存在著這些歷史行為與歷史過程的當事者個體，那麼，
這些歷史行為與歷史過程的當事者個體，在其個人的意義上，盡可能真實地
將這歷史的行為與過程呈示還原在讀者的面前，也就是一種可能的事實。而
這，也正是古往今來中外自傳性作品大量存在的根本理由。當然，也是王蒙
從事於自傳寫作的根本理由所在。我們之所以強調，王蒙那樣一種坦誠創作
心態的重要性，實際上也就是在強調最起碼從一種主觀的寫作態度上來判斷，
王蒙在從事這部《半生多事》的寫作時，他是竭盡全力地在試圖還原呈示自

己所親歷過的那一切歷史行為與歷史過程的真實。當然，不容忽視的還有在這歷史的行為與過程中所表現出來的人性的真實。王蒙說：「我的回憶面對祖宗，面對父母師友，面對時代的、各方的恩德，也面對著歷史，面對未來，面對天地日月滄海江河山嶽，面對十萬百萬今天和明天的讀者；就算我說出了最真實最深入的東西了，仍然不夠真實，不夠深刻的，我永遠做不到百分之百，我仍然感到對不起讀者與歷史。我怎麼能只說對自己有利的那一點呢？我怎麼能有意隱瞞，有意歪曲呢？如果我承認我做不到百分之百，難道我可以放棄說出來的努力嗎？我必須說出來，我必須告訴你們。」從這個意義上說，我覺得，僅就王蒙已經完成的自傳第一部《半生多事》而言，還是的確可以當得起「秉筆直書，無所遮蔽」這樣八個字的評價的。當然，這也僅只是在王蒙先生的個人意義以及其自傳寫作的主觀動機的意義上而言的。因為從絕對的客觀意義上來看，正如新歷史主義所強調的那樣，其實任誰都不可能真正地完全還原歷史真實的。既然連還原歷史的真實都難以做到，那又何談對於人性真實的還原、剖析與表現呢？

實際上，作為王蒙文學創作一向的關注與研究者，在讀到王蒙的自傳之前，我其實是一直都在替王蒙捏著一把汗的。之所以會有這種擔心，主要與我們對中國的文化傳統的理解有關。眾所周知，雖然也有所謂的儒教、道教、佛教之類五花八門的宗教派別存在，但從一種嚴格的意義上說，中國的文化傳統中是缺乏類乎於西方的基督教那樣一種真正意義上的宗教信仰的。有堅定的宗教信仰，便會有相應嚴格的宗教禁忌，而這樣一種嚴格的宗教禁忌也就相應地成為人們自覺地在思想與行為上進行自我檢視自我約束的原始動力所在。在某種意義上，完全可以說，正是因為西方基督教有著在上帝面前懺悔自省的傳統，所以在西方的思想文化史上才形成了這樣一條同樣源遠流長的懺悔自省的傳統。而正是在這樣的思想文化基礎上，諸如奧古斯丁與盧梭那樣的《懺悔錄》的問世才具有了現實的可能性。遺憾的是，中國的文化傳統中因了一種嚴格意義上的宗教信仰的缺失，所以也就導致了一種懺悔自省的思想傳統形成的不可能。與這樣一種懺悔自省傳統的缺失形成鮮明對照的是，在談到自己，談到自己的家族、祖先的時候，我們卻每每總是抱著一種「為尊者諱」為自己諱的心態，而盡可能地迴避類乎於「走麥城」一樣的劣行敗績，並竭盡所能地將頌揚不實之詞全都用來給自己以及自己的家族、祖先臉上貼金。一句話，盡可能地以一種自我矯飾的姿態進行自我美化，正是

中國文化傳統中面對自我時的一種基本狀態。在我看來，這樣一種文化傳統特質的存在對於傳記文學，尤其是自傳的寫作有著足以致命的深刻影響。雖然我們也承認，自傳的寫作並不能完全等同於懺悔錄的寫作。然而，是否具備一種必要的懺悔自省心態，卻是一部自傳能否最大程度地凸現個人意義上的歷史真實與人性真實的重要條件。一個現成的例子，便是余秋雨那部曾經名噪一時的《借我一生》。雖然文壇關於余秋雨的爭論至今餘波未息，但我卻堅持認為，無論如何，余秋雨都是當下時代一位難得的優秀散文作家與文化學者。然而，余秋雨的這部名為《借我一生》的自傳（雖然在發表時余氏特別地將《借我一生》稱之為「回憶文學」，但從其創作實質看，實際上只應被看作是他的自傳），卻是讓我非常失望的。其中的關鍵便在於作家一種懺悔自省心態的缺失。正是因為缺失了一種真誠懺悔自省心態，所以《借我一生》中的余秋雨才竭盡道德思想的自我美化之能事，不僅將自己，而且也將自己家族中的父親、祖母等一干人的形象也描繪塑造得極為神聖完美。這樣，他的這部自傳也就因此而失去了真實再現反映歷史的可能性。同樣地，在讀者那裡，這部自傳也就失去了其最起碼的可信度。對於一部以表現真實為根本旨歸的自傳而言，如果喪失了可信度，那麼，哪怕它的言辭結構再完美，它的描寫再形象生動，恐怕也都無法挽回其「無可奈何花落去」的失敗命運。事實上，正是因為中國文化傳統中確實存在著一種真誠的懺悔自省心態的缺失，正是因為有著余秋雨《借我一生》寫作的前車之鑒，所以對於王蒙的自傳寫作，我才形成了一種並非毫無必要的擔心。

當然，王蒙也並不是巴金。晚年的巴金努力地要將自己的《隨想錄》寫成一部說真話的書。《隨想錄》的成功，在很大程度上與巴金在其中所表現出來的，嚴於剖析自我的懺悔自省行為有著直接的關係。從我們對於《隨想錄》的閱讀直感來看，巴金這種對於自我的嚴格解剖有時候已經達到了一種近乎於「自虐」的程度。對於一些本來並不與自己有著直接關係的事件，或者說，對於一種無論自己是否講過一些違心的話，都不可能從根本上影響改變人物命運與事件走向的狀況，巴金都要進行很認真的自我譴責。巴金當然有其自身的寫作原則，對於他這種律己性極強的寫作行為我們同樣充滿了敬意。然而，當作家事無鉅細地一味進行這樣一種自遣「自虐」性寫作的時候，其中是不是也隱隱約約地會透露出些許矯情的意味呢？對於自我的過於嚴苛的自遣，是否會在某種程度上導致對於社會對於制度本身本來應有的反思與批判

的偏移呢？我想，對於巴金《隨想錄》中所明確隱含著的這樣一種寫作傾向，我們也是不必為尊者諱的。我們之所以強調王蒙不是巴金，也就是在強調雖然王蒙在其自傳的寫作過程中，確實有一種真誠的懺悔自省心態的存在，然而這樣的一種懺悔自省心態卻並沒有使他的自傳寫作變成類似於巴金《隨想錄》這樣的純粹意義上的自遣「自虐」式寫作。對於王蒙而言，這樣一種真誠的懺悔自省心態的存在，其重要的作用，只是對於一種自我美化與自我矯飾可能性的有效阻擊。因為王蒙有著自己的傳記寫作原則，對他而言，對於歷史與人性的真實作一種盡可能的還原表現，其價值很顯然要超過巴金《隨想錄》式的自遣「自虐」式寫作。

說到對於歷史真實與人性真實的還原，《半生多事》中首先給我們帶來震驚式感受的是王蒙對其父母的描寫。王蒙的父親王錦第畢業於北京大學哲學系，曾經到日本的東京帝國大學留學。或許正是由於親身沐浴過歐風美雨的緣故，王錦第成為了歐美國家與西方文化堅定不移的崇拜者。只要有機會，他就會大肆抨擊中國的傳統文化，就會竭力地鼓吹西方現代文明的重要性。尤其是在對於孩子的教育方面，王錦第更是不遺餘力地追求體現著自己的文化理想。當然，肯定也是由於二者之間文化觀念差異過大的緣故，所以王錦第與妻子之間婚姻情感的不睦也就是難以避免的。王蒙的可貴之處就在於極真實地記錄下了父母之間這種婚姻情感的不睦狀態。父親從自己高遠的文化理想出發，對於身上保留著過多民族文化負面影響的妻子的不滿自不必說，母親對於總是處於好高騖遠的漂浮狀態中的父親的不滿也是溢於言表的：「她的精神緊張的更主要的原因是她無法與王錦第相處，不能信任她的丈夫。她同時漸漸發現了父親的外遇，至少是父親希望能有機會結識更多的年輕貌美新派洋派的女性。」因此，他們之間（指父親王錦第與妻子、妻母、妻姐她們結成的聯合戰線）的衝突不斷也就是勢所難免的了。或者是她們「拿起了煤球爐上坐著的一鍋沸騰著的綠豆湯，向父親潑去」，或者是在萬般無奈的情急之下，父親居然以「真正南皮潞灌龍堂的土特產：脫下褲子」的手段來對付三個女人。讀來真的令人有瞠目結舌之感。事實上，也正是在這樣一種真實的感情狀態下，我們才能夠理解王錦第日記中一些記載的真實與可能性。「昨夜宿於日本暗娼家……」「收到了玉蘭來信，既無感情，也無問候，只是要錢，奈何奈何？」能夠在自己的自傳中，以這樣一種毫無諱飾的姿態直面自己的父母，王蒙的勇氣與坦誠著實令人敬佩歎服不已。

　　對於父親王錦第，王蒙的情感態度是相當複雜的。在王蒙的記憶中：「他最重視風度和禮貌，他絕對會不停地使用禮貌用語，……但是他不會及時地還清借你的錢。他最重視馬克思和黑格爾，費爾巴哈與羅素，但是他不知道應該給自己購買一件什麼樣的襯衫。」也正因為如此，所以王蒙一度曾經對父親做出過這樣的否定性評價：「他不是一個會處理實務的人。他寧願清談，大話，叫做大而無當，豎立高而又高的標竿，與其說是像理想主義者，不如說是更易於被視為神經病。」「我曾經抱著沉痛、同情卻也是輕視與憐憫的態度回顧父親的一生。我認定他一事無成。」然而，是王蒙異母弟弟的一句話使王蒙對於自己的父親做出了新的理解。「他說父親一生的最大貢獻就是走出了龍堂村。」王蒙由此而受到了極大的震動：「我很震動，這可是不得了啊。如果沒有走出龍堂村，王蒙的一生會是什麼樣子呢？」正是因為意識到了父親的離鄉求學的人生選擇不僅對於他自己，而且更是對於如王蒙這樣的後輩子孫的人生道路所產生的巨大影響，所以王蒙才由衷地寫下了這樣的話語：「謝謝了，親愛的爸爸，你的追求雖然不果，但是你畢竟為我們創造了最起碼的條件了。」

　　需要注意的是，王蒙批判反思的矛頭不僅指向了自己的父親，而且也指向了母親，指向了外婆以及姨媽。從《半生多事》中不難發現，雖然在與父親對陣的過程中，母親她們往往結成同仇敵愾的統一戰線，然而，「在父親不在的時候，被稱為『三位一體』的相濡以沫的三個長輩也常常陷於混戰」之中。以至於，時至今日，在王蒙的記憶中，依然深留著她們對罵時的場面與言語：「她們跳起來罵：出門讓汽車撞死。舌頭上長疔。腦漿子乾嘍。大卸八塊。亂箭鑽身。死無葬身之地。養漢老婆。打血撲拉。」而且她們也曾經「多次為家事見官」。說實在話，在中國的文學作品中，也曾經有不少篇什是關於對父母的回憶和懷念，然而，其中絕大多數所講述回憶著的不是父母的勤勞儉樸，便是他們的道德高尚，總之都是一些歌功頌德性的文字。如王蒙這樣在肯定父母人性中正面因素的同時，將自己的寫作更多地指向了對於父母人性中負面因素的批判與反思的文字卻是極為罕見的。雖然不敢說是絕無僅有，但僅就筆者的視野所及卻又的確是聞所未聞的。實際上，對於以這樣的一種寫作方式來面對自己的父母，王蒙的內心中也是不無矛盾與忐忑的。「我常常問我自己，說還是不說？作為一個寫作人，稍稍美化一下自己的長輩，避開那些太沉重，太屈辱，太丟人的事情，是不是倫理的義務、起碼的準則？」然而，

權衡再三之後的王蒙還是如實地記述下了自己所知道的關於父母的一切，儘管「寫下這些我無地自容。也許這是王蒙的白癡，也許是忤逆，是彌天的罪，是胡作非為，哪有一個人五人六能這樣書寫自己的父母，完全背棄了避諱的準則。」然而，對於王蒙而言，他的這部自傳寫作所秉承的最高原則就是真實。「是的，書寫面對的是真相，必須說出的是真相，負責的也是真相到底真不真。……不論我個人背負著怎樣的罪孽，怎樣的羞恥和苦痛，我必須誠實和莊嚴地面對與說出。我願承擔一切此岸的與彼岸的，人間的與道義的，陰間的與歷史的責任。」雖然絕對的客觀意義上的真實的確是難以還原再現的，但對於王蒙而言，能夠在個人記憶的主觀意義上，以這樣一種決絕的姿態與勇氣而毅然寫出自己所知道的一切，而且如此地毫不諱飾，也真的是太不容易了。曾有人指斥王蒙為「過於聰明的中國作家」，我不知道以這樣一種方式書寫著自己父母的王蒙到底「聰明」在什麼地方？會有「聰明」者如此地「糟踐」自己父母的嗎？我們當然無意於否認王蒙自身思想意識的複雜性，然而，僅僅簡單地把王蒙判斷為一位「過於聰明」的中國作家，很顯然也並非明智之舉。

長篇小說《活動變人形》是王蒙最具影響力的作品之一，王蒙曾經特別地強調《活動變人形》的寫作是自己所經歷過的最為痛苦的一次小說寫作。如果說此前的我們的確茫然困惑於王蒙的這種現身說法的話，那麼，在認真地讀過《半生多事》之後，我們就會對於這一切了然於胸了。卻原來，王蒙曾經有過這樣一個格外不幸痛苦的童年，王蒙父母之間曾經有過這樣一種恩怨纏繞的感情關係。《活動變人形》的書寫所喚醒的是這樣一種痛苦的童年回憶，所攪起的是這樣一段剪不斷理還亂的情感留存，這就難怪王蒙會刻意地強調《活動變人形》的寫作是一次痛苦異常的寫作過程了。從此處我們亦可以延伸提煉出這樣兩種看法來。首先是痛苦出詩人，王蒙的早慧與早熟與他童年時的這樣一種生存環境應該是不無關係的。最起碼，王蒙能夠在十四歲時就參加了革命，就加入了中國共產黨，並且形成後來研究者一時熱衷談論的所謂「少共」情結，與他的這樣一種相當痛苦的童年生活之間，是存在著某種潛在的因果聯繫的。曹雪芹成為作家，與曹家的家道中落有關。魯迅走上寫作的道路，與周家的「由小康之家而墜入困頓」有很大的關係。那麼，王蒙呢？在我看來，王蒙之最終成為一名作家，與他這樣一種痛苦異常的童年記憶的關係實際上也是難以被忽略的。我覺得，從創作發生心理學的角度來看，

認識到這一點對於我們更深入地理解王蒙的小說創作是相當重要的。其次是父親王錦第對於王蒙的一種潛在影響。我們注意到，愈是到了後來的王蒙，一種帶有明顯經驗主義色彩的務實傾向表現得愈是醒目。之所以會形成這樣的一種思維傾向，除了與王蒙自身的人生經驗積累有關之外，與父親王錦第所遺留給王蒙的那樣一種無法消除的人生影響，恐怕也存在著很大的關係。在某種意義上，自己父親那樣一種耽於清談的好高騖遠的高蹈理想主義狀態，給王蒙留下的負面印象實在是太為刻骨銘心了。從這個角度來看，則王蒙那樣一種越來越突出了的務實傾向，乃完全可以被看作是對王錦第性格特徵的一種明顯反拔。洞悉這一點，對於我們更全面透徹地理解王蒙其人的性格淵源當有很大裨益。

當然，王蒙批判反思的目光不光指向了自己的父母，而且也指向了自己人生歷程中的一些師友。其中給讀者留下極深刻印象者乃是關於「文革」後期的韋君宜的描寫。韋君宜是當代著名作家，早年與丈夫一起投奔延安，建國後曾經長期擔任人民文學出版社的負責人。韋君宜所走過的思想歷程在當代知識分子中既具有獨特的個性意義，同時卻也具有著相當的代表性。由於早年即投身革命，由於長期接受黨的教育的緣故，韋君宜曾經在一個相當長的時期內放棄了自己的思想權利，成為了黨的政策的忠實執行者，或者更乾脆地說，那樣的一個韋君宜簡直可以說就是黨的政策或政治的化身。只有到了她的晚年，韋君宜才從一種自我長期迷失的狀態中覺醒過來，於是便有了那部對於自己的數十年革命經歷進行著相當嚴厲深入的批判與反思的《思痛錄》的寫作與發表。正是因為有《思痛錄》這樣一種異類文字的存在，所以晚年的韋君宜獲得了知識分子圈內普遍的尊重，尤其是一些自由主義知識分子，他們對於韋君宜的評價與尊崇曾經一度達到了無以復加的地步。以至於，韋君宜晚年良知復醒閃光的一面很快遮蔽了她曾經長期扮演過的黨的政策與政治化身的一面的存在。在一些人的心目中，韋君宜就成了一個從體制內跳身而出幡然醒悟後，對於體制問題進行著深刻反思的知識界新的精神偶像。既然已經被看作了知識界公眾的精神偶像，那麼這樣的精神偶像便是不容輕易褻瀆的。甚至於，對於韋君宜曾經長期出演過的政策與政治的傀儡這樣一種客觀事實，也是不允許被提及的。雖然並沒有誰公開頒布過類似的禁令，然而，在當下的思想文化界中，這樣一種雖則無形但卻四處彌漫著的話語禁忌卻是的確存在著的。說實在話，對於韋君宜晚年所表現出來的那種從自身經

歷出發對於體制進行深刻反省的非凡勇氣，筆者當然充滿著由衷的敬意。然而，對於思想文化界一種新的無形話語禁忌的形成，我卻又有著一種極明顯的悲哀的感覺。我悲哀於，這似乎也並不是一個理想的人們可以真正地自由思想自由表達的時代。在這樣一種普遍的思想文化氛圍中，王蒙能夠在《半生多事》中將韋君宜曾經的真實的另一面揭示出來，就是需要極大勇氣的。

在自傳中，王蒙首先強調自己與韋君宜之間曾經的友情：「君宜於我，絕對並非僅僅是編輯與作者的關係，更不是書記夫人與本市一名幹部的關係。我絕對不相信我們的關係中只有政策和業務（組稿）。」在王蒙的記憶中，「從《組織部新來的年輕人》起，她和她的先生楊述對我一直十分幫助。她又是黃秋耘的好友，而黃是我的忘年知交。六十年代我多次到她家拜訪，她都對我極好。」正是因為王蒙與韋君宜之間存在著如此深厚的師友之情，所以在「文革」後期，當王蒙獲知韋君宜來到新疆的消息時，他的興奮之情就是可想而知的。於是，王蒙懷著「故人別來無恙乎」的心態興沖沖地跑到賓館去看望韋君宜，但誰知會面時的情形卻是如此這般地令人尷尬讓人無法想像。王蒙不無痛切地寫道：「但是我必須說實話，她對我的到訪沒有任何反應。我的所有的問安所有的惦記所有的心情她都沒有任何回應。我與她說話的比例大約是二十至五十比一，就是我說二十到五十句話，她回答一句半句。」可以想像，王蒙的熱情與韋君宜的冷漠之間形成了多麼巨大的反差，然而，王蒙卻依然以善意，以韋君宜一貫的話語風格簡明來理解這一切：「我絕對地認定她於我亦師亦友，經過『文革』更是故人了。久旱逢甘雨，他鄉遇故知。我認定，她的少話只不過是一貫的習慣罷了。」但是，一兩年後妻子崔瑞芳的一次類似遭遇卻終於擊滅了王蒙的所有「善意」。崔瑞芳的拜訪只是得到了韋君宜的「代問好」這樣三個字的回應。在崔瑞芳的感覺中，「一輩子她這樣的經歷只有兩次，一次是反右後有人自殺後她去機關領我的工資時，一次是在此時與韋君宜的見面。她認為自己從來沒有受過這樣的污辱。」然而，王蒙記述這一切並沒有指責韋君宜的意思，他所更加著意的其實更是要真實地呈示出那個特定時代對於知識分子精神世界的戕害與桎梏。我覺得，我們應該注意到，在記述了這一切之後，王蒙的這樣一段評價：「她的真誠舉世少見，她真誠地革命，真誠地反思，真誠地寫作（請想一想她後來寫的《露沙的路》與《思痛錄》），真誠地助人，真誠地服從，真誠地檢討也真誠地貫徹政策，極端真誠地劃清運動要求的界限，真誠地絕對地不講一絲一毫私人感情和面子

直到起碼的待人接物的禮貌。她的真誠令我感動也令我恐怖，對不起，她貫徹起那個時候的『政策』來也真誠到了百分之百，毫無餘地。太可惜了。」以「真誠」二字來概括評價韋君宜的性格特點是極其準確到位的。然而，正所謂成也蕭何敗也蕭何，正是因為韋君宜太真誠了，所以她才會真誠到「絕對地不講一絲一毫私人感情和面子」的地步。這樣，也才有了王蒙與崔瑞芳兩次拜訪時所遭逢的兩次冷遇。一個國家的政治對於知識分子正常人性的扭曲異化，能夠一至於斯，能夠達到這樣一種令人觸目驚心的地步，除了感歎之外我們真的不知道還能夠做出什麼樣的反應來。在這個意義上，其實完全可以說，王蒙的這部《半生多事》真的堪稱是以個人記憶的方式對於一個時代所寫出的一份真實證詞。對於王蒙而言，能夠將這樣一種他自稱為「冷冰冰的真實」毫無隱瞞地呈示描寫出來，其勇氣就的確是可敬可佩的。事實上，也正是因為客觀理性地寫出了這一切，所以王蒙才達到了他為自己所確定的真實的最高傳記寫作原則。

實際上，也並不僅僅只是韋君宜。王蒙在《半生多事》中對於黃秋耘、周揚、茅盾、邵荃麟、劉紹棠這樣一些文藝界的作家，甚至對於自己勞動改造時的同伴也都有著精彩的記述與描寫。其中尤為值得注意者是王蒙他們在一擔石溝勞動改造時的班長。雖然自己已經被打成了右派，但這位班長的思想實際上卻依然「左」得可愛。作為班長，他十分熱衷於「組織思想批判，用運動中自己領教過的方法與語辭自己搞自己。」「動輒深夜開會，抓住點什麼就猛鬥一氣，一次鬥得北京日報的漫畫家李濱聲幾乎暈倒。」很顯然，這位班長也是一位被極「左」政治嚴重扭曲了精神心態的知識分子。對於班長的畸形心態，王蒙進行過相當鞭闢入裏的分析與批判。「關鍵在於我們的班長，他『右左』『右左』得你毫無辦法。恰恰在當了右派之後，他嘗到了做領導和抓鬥爭的其樂無窮。第一，他幹活還是比較不錯的，第二，他動輒放棄休假，……憑這兩條他就是表現得最好，無人匹敵的了。」自己身受其害，然而卻樂此不疲地以同樣的方式來對待折磨自己的同伴。王蒙對於班長變異後畸形心態的把握與透視是相當準確到位的，他的對於「右左」一詞的發明運用也差不多達到了令人噴飯的地步。然而，這位班長的命運結果卻是相當悲慘的，「文革」一開始，他就自盡了。在交待過班長的人生結局之後，王蒙出乎讀者意料地寫下了這樣一段話：「我設想，當了右派，才當了班長，領導了一批原來的局級處級幹部和作家畫家演員以及名門之後的人物，竟成為他此生

的一大亮點，在一擔石溝才是他的『黃金時代』！……悲夫！」雖然話語之中不無反諷的意味，但這辛辣的反諷卻更多地只是指向了那樣一個荒謬的時代，指向了時代極不合理的政治。對於浩茫歷史大河中如班長這樣一個渺小的個體存在，我們從王蒙的言辭間讀出的，更多的只是一種相當令人感動的悲憫情懷。在嚴格地審判拷問了筆下的每一個靈魂之後，再以一種難得的悲天憫人情懷理解和寬容對方，這正是王蒙在自己的自傳寫作過程中所抵達的一個極其難能可貴的人生與思想藝術境界。

對於父母，對於師友的記述與描寫，固然是王蒙《半生多事》一個十分重要的方面，但是，更加值得注意的是，在自己的自傳中，王蒙還是把更多也更深入的批判與反思矛頭指向了自身。既然是自傳，那麼傳主本身自然是最重要的聚焦點所在。由於王蒙在文學創作上所取得的驕人成就，由於王蒙在中國當代文學與思想史上地位的重要，當然也由於王蒙人生經歷的坎坷曲折，以及他在政治上的受挫與曾經達到過的文化部長這個高頂點，所有的這一切都使得這部《王蒙自傳》的最大看點在於王蒙對於自身精神與思想歷程的坦露與展示，在於王蒙自己是怎樣地看待和評價自己的人生歷程的。我們在前文中曾經明確強調王蒙不是巴金，他也不準備把自己的自傳寫成一部完全意義上的懺悔自省之作。事實上的情形確也如此，在這部率先問世的《半生多事》中，王蒙不僅有對於自己人生成功一面的充分展示，而且在一些部分還明顯地表現出了一種十分激烈的自我辯護傾向。比如在第 35 章寫到自己如何被打成右派，如何地具有著「我就認定自己是一代一代欠著帳的必須通過自我批判改造，通過自虐性的自我否定，救贖自己的靈魂」的這樣一種原罪心理的時候，王蒙不無激烈地寫下了這樣一段頗具現實針對性的言辭：「有了這個大前提，接受批判並非難事。也不是事後諸葛亮們用鈣含量骨硬度的信口開河紅口白牙能鬧明白的。」這裡的「諸葛亮們」與「鈣含量骨硬度」的所指是十分明確的，略知就裏者讀到這裡都會明白，王蒙此處所指向的乃是那些一味地指斥其「過於聰明」，指斥其存在著一種「內心恐懼」的思維特徵，然而自己卻又沒有過如同王蒙一樣的親身經歷的青年批評家們。歷史是無法假設的，我們也無法斷定那些指責王蒙的批評家們在面臨如同王蒙一樣的歷史處境時，會作出怎樣的人生選擇。然而，聯繫王蒙自傳中對於事件發生時的前因後果的介紹來看，王蒙的辯護卻是相當令人信服的。人都有其各不相同的人性弱點，正是因為有了這樣的人性弱點，所以王蒙才沒有作出什麼反

抗就承認接受了自己的右派命運。而且更進一步地說，大概也唯有如同王蒙先生這樣的感同身受者，才能夠如此準確到位地將他自己當時那種心理的微妙之處捕捉並表現出來。相信這樣的一種自述，對於未來關於右派知識分子的心理研究會提供一種重要的第一手史料價值。

然而，與作者對於自己人生成功一面的展示相比較，我們更感興趣的還是王蒙以一種批判性反思的立場對於自身人性弱點所進行的記述與描寫。畢竟，由於一種本能的自我美化與矯飾可能的存在，人對於自身不足一面進行自我審視與批判的難度，是要遠遠地高於自我的美化與肯定一面的。而王蒙的令人感佩處，則在很大程度上正表現為他對於自我的精神與人性弱點進行的那樣一種不無嚴厲的自我審視性表達上。比如在第 31 章《我喜歡這樣》中，王蒙生動地再現了自己因小說《組織部新來的年輕人》一舉成名之後那樣一種按捺不住的自得狀。「看到作品引起這麼大動靜，看到人們爭說『組織部』，看到行行整齊的鉛字裏王蒙二字出現的頻率那麼高，我主要是得意洋洋。我喜歡這個，喜歡成為人五人六，喜歡成名，喜歡成為注意的中心，我在心裏這樣說，相當不好意思地說。」中國是一個以謙虛為美的國度，王蒙對此當然是心知肚明的，然而他卻以如此真切的文字記述了自己少年得志時的狂喜之情。在很多中國人都只是以一種低調的姿態面對自己成功的喜悅的時候，王蒙能夠以如此鮮活的筆觸，將自己少年得志時的那種自得狀如實表現出來，自然也是需要一些勇氣的。然而，與對於自得狀的表現相比較，更為值得注意的卻是同一章中作者對於自己與周揚一次對話內容的忠實記錄。在對話過程中，周揚問到了王蒙一個非常棘手的問題。周揚說，有人揚言「蘇聯十月革命後的文學成績不如革命前，中國延安文藝座談會後的文學成就不如座談會前。」然後他追問王蒙：「你對此什麼看法？」機警的王蒙當然感覺到了這是一個格外燙手的問題，那麼，他是怎樣應對這個問題的呢？王蒙寫道：「我完全體味到了這個問題的敏感性與嚴重性。我知道他說的是劉紹棠。我回答說，談這樣重大的問題，應該有更全面的材料，更深入的研究，更嚴肅的立論，而不能隨便一說。」聽到王蒙的回答，周揚十分高興：「我含蓄的回答使周揚喜形於色。」王蒙回答問題了嗎？嚴格地說王蒙只是很機巧地迴避了問題而已。但聽到這種回答的周揚卻為何又「喜形於色」呢？在我看來，這實際上體現出的乃是周揚與王蒙之間一個小小的默契。作為理論素養十分深厚的理論批評家的周揚，與作為已有一定創作經驗的王蒙，其實都知道劉紹棠

所一語道破的正是事實的真相。然而，作為黨的文藝界的最高實際領導人，周揚卻又是不可能公開承認這樣一種事實真相的。也正是在這樣的意義上，周揚對於王蒙這樣一種王顧左右而言他式的回答感到十分滿意。從某種意義上來說，當時的周揚與日後的王蒙均走上了文藝界領導人的高位，其淵源與端倪在這樣一個他們之間惺惺相惜的耐人尋味的細節中就已經被凸顯無遺了。然而，關鍵的問題在於，我們應該如何評價王蒙的這樣一種看似機警異常的回答呢？我覺得，在這樣一個細節中，首先鮮明地表現出了王蒙與劉紹棠以及周揚的不同個性差異。青年劉紹棠的快人快語與同為青年的王蒙的機智老練，都給讀者留下了相當深刻的印象。當然，周揚的那樣一種既不願意違心地自欺欺人，然而卻又無法坦誠地面對現實的兩難困境，給我們留下的印象也是格外突出的。其次，在王蒙的機智老練背後，實際上還是潛藏著一種大約可以被稱之為犬儒哲學的東西的。雖然沒有作任何的自我評判，雖然只是將對話的內容如實地記錄了下來，但智慧如王蒙者其實非常清楚如實地寫出這一切究竟對他意味著什麼。然而，正如同我們已經清楚看到的那樣，王蒙確實客觀地記述了這一切。能夠以如此坦誠的姿態將這番對話展示給讀者，王蒙那樣一種自我審視與批判的精神也就的確堪稱難能可貴了。

僅從已經出版的《半生多事》來看，其中諸如與周揚的對話這樣的，王蒙進行認真嚴格的自我審視自我反省的片斷實際上是隨處可見的。比如在第32章「大起大落」中，王蒙誠實地寫下了自己對於馮雪峰的愧疚之情：「我感到愧悔的是，我主動向作協領導郭小川同志反映了馮雪峰老師與我的唯一的一次個別接觸中談及文藝問題的一些說法，……這不是一個光榮的記錄，用現在的語言，人們會，人們可以，我自己也應該狠狠地責備自己。我應該懺悔。對不起馮雪峰老師，他在家裏接待我，是對我的器重與照拂，我卻從裏頭找出了『材料』。」之所以會如此，按照王蒙自己的說法是：「我從小受到的一個教育就是，什麼事都要向黨彙報，向黨坦白，然後，怎麼都有救。」卻原來，王蒙也有過打「小報告」「出賣」自己尊敬的文學前輩的人生體驗。王蒙不「自我招供」，又有幾個人能得知這般的詳情呢？再比如在第74章「改劇本」中，王蒙談到了如果自己在「文革」中被認可重用的問題，王蒙這樣寫到：「我感謝命運的安排，早早打掉了我的浮躁氣焰與機會主義心理，否則，以我的好勝、好新、而又教條、本本主義（重視字兒）、敏感，不知在『文革』中會有何表演。我實不敢吹牛。在『文革』這樣的事件中，我不可能上書投

靠。我不願意太降低自己的人格。我可以承認犯錯誤，因為那是被迫。但是我不能自薦給我心裏頗感疑惑的人。我的常識並非消磨殆盡。」「但反躬自問，如蒙上峰賞識，如果被招被宣，冷宮裏耗得透心冰涼的我會不會扣頭如搗蒜般做出不得體的事情，丟人的事情，我實無把握。」從某種意義上說，王蒙早早地成為右派這樣不幸的遭遇，對於他自身而言可能還真的是一件幸事。這真是很有一些塞翁失馬焉知非福的意思了。誠如王蒙所言，自己當然不會去「上書投靠」去主動逢迎。然而，如果真的是「上峰賞識」「被召被宣呢」？浩然與汪曾祺不就是現成的例子嗎？甚至於，連著名的哲學家馮友蘭先生不也「一失足成千古恨」了嗎？寫到此處，我們就的確應該承認，王蒙的這樣一種假設性的返躬自問真的是達到了相當深刻的地步。實際上，王蒙在此處其實已經極其有力地審判拷問出了自己人性中的柔弱處所在。雖然這只是王蒙假設狀態下的一次自我生命追問，然而，我們卻又的確應該承認，這樣一種人性發展可能性的存在真的是難以被忽視的。格外敏捷地抓住話劇團「有人建議我給江青寫信」這一由頭，對於自我的人性世界作如此深邃的剖析與拷問，大約也只有如王蒙這般的智者方才能夠做得到的。

王蒙是一位歷史意識特別強烈鮮明的作家，將其先後創作的長篇小說《活動變人形》、「季節」系列四部曲以及《青狐》連綴起來，我們就可以發現，以小說這樣一種藝術形式呈示再現 20 世紀中國的社會歷史變遷，恐怕正是王蒙最原初的創作動機之一。同樣的，王蒙的這種歷史意識在他這部《半生多事》中的表現依然是十分突出的。從這個角度來看，除了對於父母、師友，更主要是對自己所進行的那種觸及人性深處的真實呈示與表現之外，王蒙自傳中另外一個值得引起讀者特別關注的方面，乃是他對於中國社會歷史發展進程的真實再現。中國社會歷史的發展過程實際上是公眾人人皆知的，我們所真正感興趣的，乃是作為作家的王蒙對於中國社會歷史發展過程如何看待評價的問題。比如對於 20 世紀中國最為重要的「革命」問題，王蒙的看法就特別值得我們注意。在晚近一個時期的中國思想文化界，出現了一種對於 20 世紀的中國革命進行全然否定的所謂「告別革命」的論調。因為中國是一個總是嚮往追逐著時尚流行的，缺乏必要理性沉思能力的國度，所以中國的思想文化界也自不可免，所以中國的思想文化界也便在一時之間崇尚起了「告別革命」的時髦流俗。以至於那些不認同於「告別革命」理論的人，彷彿就成了思想文化方面的落伍者。然而，正是在似乎人人都奢談著「告別革命」的論調

的時候，王蒙卻從自己的人生經驗出發，從自己一貫的思想立場出發，對於革命的合理性進行著不無堅決的辯護。王蒙早在十四歲時就參加了革命，可謂是一位在革命中身經百鍊者。正是在這樣一種感同身受的前提下，王蒙真切的寫道：「現實有太多的醜惡，理想是多麼美好動人，能夠把醜惡的現實變成美好的理想的惟有革命，為此，我們為革命必須付出高昂的代價，為革命也是為理想，付出再多的代價也是值得的。文藝，尤其是文學常常會成為一個革命的因子，從我自己身上，我清楚地看到了這一點。」雖然王蒙清楚地知道革命所產生的負面效應，甚至於他的右派經歷也可以在某種意義上說是拜革命所賜的結果，雖然王蒙知道革命需要付出代價，但他更明白的是，如果捨棄了革命，那麼醜惡的現實將更其醜惡。如果說這樣一種對於革命的談論多少還帶有一種過於抽象高蹈的色彩的話，那麼在王蒙的自傳中，更值得注意的是他通過對四十年代後期中國社會現實狀況的描寫，有力地證明了中國革命的必要性與合理性。「理論的力量在於與現實的聯繫。我滿懷熱情地迎接『國軍』『美軍』的到來，興奮完了發現人們仍然是一貧如洗。報紙上刊登都是接受變『劫收』的貪官污吏、窮人無生計，一家四口服毒自殺、美軍橫衝直撞，每天軋死多人，漢奸搖身一變，成了地下工作者的消息。……我確實對此切齒痛恨，確實相信『打土豪、分田地』的正義性，相信人民要的當然是平等正義的共產主義。」從當時中國社會的現實情形來看，能夠給民眾帶來「平等正義」的恐怕也只有革命一途了。這樣，雖然在後來的發展演變過程中，革命可能更多地顯現的是其中的負面因素，這樣一些負面因素也的確給包括王蒙在內的中國人的思想精神乃至於肉體均帶來過不小的傷害，但是，由此而逆推前溯，將原先革命發生時的必然性全盤否定，很顯然也是一種難稱冷靜理性的行為。實際上，稱革命是雙刃劍恐怕是比較合適的。在此基礎之上，對於革命給 20 世紀中國帶來的利弊作一番認真的清理，對於 20 世紀中國革命乃至於中國社會的複雜性進行一種必要的審視與清點，恐怕才是一種可取的理性行為。在我的理解中，王蒙在他的一系列長篇小說中，在他的這部自傳的寫作過程中，所作的正是這樣一種極有價值和意義的工作。因為，說到底，革命乃是 20 世紀中國所可能遺留下來的最重要的一筆思想文化遺產。對之進行簡單隨意的肯定與否定都是輕易的，但也是草率而極不負責任的。我們需要的乃是如王蒙這樣的對於中國革命乃至社會的複雜性進行深入地剖析與審視清理的一種相對科學理性的姿態與方法。

其實，並不僅僅是對於「革命」，我們注意到，在這部《半生多事》中，王蒙對於思想勞動改造、對於「文革」、對於他們這一代知識分子的一些看法，也是饒有趣味，值得予以特別重視的。成為右派之後，以下放勞動的方式進行思想改造就是一種無可逃脫的必然選擇了。王蒙就曾經先後在北京郊區的桑峪、一擔石溝與三樂莊參加過勞動改造。讓從無勞動經驗的知識分子去從事繁重的體力勞動，其間的反差之大帶給改造者的痛苦體驗是可想而知的。從許多類似的記述與文學作品中，我們所讀到的便大多數是這樣的一種思想認識表達。然而，王蒙所提供給我們的卻似乎是一種相反的感覺。王蒙的身體自幼不強，曾有人為此而擔心其可能早夭。但「我的身體好轉起始於一九五八年的勞動，初到建築工地時感到手指變粗，腰腿變壯，肩膀經得住壓。我堅信體力勞動對我有起死回生之效。到了桑峪，勞動使我渾身血脈貫通，心明眼亮。」因為這樣的描述很可能會招致讀者的誤解，所以王蒙特別強調：「我這裡只是說一個事實，無意為極『左』的知識分子政策塗脂抹粉。我甚至至今在想，如果不是用野蠻的與強制的辦法，而是用文明和自願的辦法，能不能號召多一點專家教授去搞兩年體力勞動呢？我堅信體力勞動有益身心健康。」雖然超乎於公眾的認識經驗之外，但我卻相信王蒙記述的真實性。實際上，我們真的沒有必要將體力勞動視為畏途。以一種強制野蠻的方式對知識分子進行思想改造當然應該堅決否定，但假若是知識分子自願的呢？「號召」當然是不必要的，一「號召」便有「運動」的嫌疑，一切都應該是自覺自願的。現實生活中的作家韓少功不就心情愉快地過起了以體力勞動為主的「山居」生活了嗎？只要讀一讀韓少功的《山居心情》，那麼他的這樣一種「山居」生活還真的是相當令人羨慕的呢。我們真的沒有必要畫地為牢。從這個意義上看，其實王蒙的看法與韓少功的思想行為還是很有一些殊途同歸的意思呢。

再看「文革」。首先是對於「文革」起因與淵源的認識。在強調毛澤東個性的同時，王蒙還注意到了「慣性」的問題。「我還常常考慮一個詞，就是慣性，從一八四零年以來，中國的歷史充滿了激昂，悲壯，犧牲，熱血，堅決，抗爭，轟轟烈烈，如火如荼。它怎麼可能安靜下來，穩定下來，和平下來，建設起來。」導致「文革」的成因應當是複雜的，然而王蒙在此所提出的「慣性」問題恐怕也是確實存在著的。將「文革」的發生與一八四零年以來中國大的文化歷史語境結合起來加以思考，其中所凸現出的正是王蒙的睿智與深刻。「慣性」者，誠不失為「文革」起因之別一解也。其次是關於「文革」與

日常生活關係的理解。「文革」席捲了整個中國，「文革」彌漫於整個生活，然而生活的日常力量還真的是很強大的，「文革」實際上是無法包容替代生活的。「有什麼說的呢？即使是『文革』這樣的大運動，大災難，大浩劫，你無法擋住生活，『文革』中仍然有人吃飯飲酒，有人調情做愛，有人生有人死，有人哭泣有人笑。而且，恕我說一句我的印象，至少在伊犁，大多數人對『文革』只是旁觀和虛與委蛇。」這一方面最有趣的一個例證便是關於一個集體婚禮的記述。在公社領導的主持下，當地的一些維族青年男女以集體的形式首先舉行了一次移風易俗的新式婚禮。這樣的婚禮當然帶有鮮明的政治色彩與「文革」色彩。然後王蒙寫到：「但是我至今不知道領導們是否知道真相，就在集體婚禮後不久，一個晚上我被『秘密』叫去出席補著舉行的傳統婚禮，該喝酒的喝酒，該宰羊的宰羊，該唱老歌的唱老歌，該跳老舞的跳老舞，一仍其舊。」這就是日常生活力量的充分展示。政治的力量誠然是強大的，政治的確在生活中留下了鮮明的痕跡，然而，再強大的政治也無法真正對抗生活的力量。即使是在像「文革」這樣的政治洪流中，日常生活的巨大潛流依然是川流不息的。這也正如王蒙所言：「不要認為文化大革命已經席捲了一切淹沒了一切改變了一切，渺小的市民，渺小的生活，渺小的事務與偉大的政治運動未必事事相關，像渺小的溪流，仍然在靜靜地流淌，包含著污濁泡沫，也承載著喜怒哀樂，不乏糊塗也不乏善良，不無狡猾也不無應對的天賦，無奈仍然有轍，無可言說卻仍然有趣。」生活是不純粹的，不純粹的生活也很可能會一時無法抵擋諸如「文革」這樣的政治洪流。然而，當政治的洪流攜帶著巨大的喧囂聲席捲而過之後，我們卻可以發現，以潛流狀存在的生活卻從來也不曾真正地有過退場的時候。我想，只有明白了這一點，我們才可以更深入地理解王蒙《狂歡的季節》中對於「文革」的描寫和表現。政治是短暫的，「文革」早已經消聲匿跡了，然後生活卻是永恆的。我覺得，我們其實也完全可以在這樣的意義上來理解「生活之樹常青」這樣一句話。懂得了這一點，對於作家的創作應該會有很好的啟示作用。就王蒙而言，能夠在他的《半生多事》中對於「文革」與「日常生活」的關係做如此深入的辯證理解，在很大程度上乃是得益於他一種深邃的理性思考與表達能力的。

然後，是關於王蒙一代知識分子的若干思考。北島在其名作《回答》中有名句云：「我不相信」，不相信便是懷疑，所以在共和國的知識分子編年史上，北島他們這知青一代便被稱之為懷疑的一代。然而，在《半生多事》中，

王蒙卻特別強調了「相信」一詞的重要，特別強調自己乃屬「相信的一代」。
在談到自己為什麼會具有一種樂觀生活姿態的時候，王蒙寫道：「因為相信。
五十年代，共和國的第一代青年是相信的一代。我們相信美好，相信理想和
理論，相信民族團結和人間友誼，……相信勞動創造世界，相信品格，相信
道德和修養的必要性，相信光明的快樂的公正的生活終將變成永遠的不可逆
轉的現實。」在這個段落中，王蒙一氣呵成地寫下了 25 個「相信」，羅列了
25 種乃至於更多種的可以相信的事物。首先我們應該承認，這當然是王蒙人
生經驗的一種真實總結。如果我們難以確認作家的這種說法在他們那一代知
識分子中到底有多大代表性的話，那麼最起碼，在王蒙個案的意義上說，它
的真實性應該是無庸置疑的。何兆武先生曾經說：「一個人的性格或者思想大
多初步覺醒於十二三歲，到二十四五歲定型，形成比較成熟的人生觀、世界
觀，此後或許能有縱深的發展或者細節上的改變，若是有本質的改變，我想
是非常罕見的。」〔註2〕誠如斯言，在我看來，王蒙「相信」精神品格的養成
與他青少年時所遭遇的那個時代是不無關係的。或許有人會對王蒙的「相信」
作出很不屑的一種理解姿態來，以為凡是「相信」者就肯定是浮淺者，就一
定沒有思想深度可言。這實際上陷入的正是一種普遍觀念的誤區之中。在通
常的意義上，我們似乎總是認為相信就是浮淺的，而只有懷疑才可能是深刻
的。這實質上乃是一種簡單主義的絕對論。現實的情形恰好是，所謂的「相
信」與「懷疑」之間乃是一種互相依存的關係。二者之間的關係多少類似於
硬幣正反面的關係。沒有「相信」，何來「懷疑」？沒有「懷疑」，又何來「相
信」呢？這也就是說，簡單地以「相信」還是「懷疑」為標準來評判知識分子
思想的深刻與否，實際上是沒有多少道理可言的。正因為如此，所以我們完
全沒有必要一定要對於北島的「我不相信」與王蒙的「相信」作出一種高下
優劣與否的比較結論來。一種有意義的工作，乃是考察王蒙的「相信」與其
精神構成之間究竟構成了怎樣的一種有機聯繫。在我的理解中，王蒙的定位
乃是一個務實的理想主義者。之所以說王蒙是一位務實的理想主義者，乃是
為了與他父親王錦第的那樣一種空談高蹈的理想主義形成一種鮮明的區別。
我們注意到，由於王蒙曾經寫過一篇很有影響的名為《躲避崇高》的文章，
在其中，王蒙讚賞和肯定了王朔小說中對於曾經一度在中國社會大行其道的
偽崇高所進行的消解行為，所以文學界便形成了一種普遍的看法，就認為王

〔註2〕何兆武口述，文靖撰寫《上學記》，三聯書店 2006 年 8 月版。

蒙與王朔一樣都可以被看作是「躲避崇高」的倡導與踐行者。在我看來，這實際上是對王蒙一種極大的誤解。王蒙固然有與王朔相同的一面，然而他們之間的差別恐怕才更應該引起我們的充分注意。這就是說，王蒙與王朔雖然都有著一種共同的解構偽崇高的傾向，然而王朔只是一個純粹意義上的始於解構也終於解構的解構主義者，但王蒙的解構卻是為了建構，他在消解偽崇高的同時實際上是一直在不懈地致力於一種務實的理想主義追求的。如果說王朔是一個虛無主義者，那麼王蒙就只應該被看作是一位務實傾向十分明顯的理想主義者，二者之間的差別是昭然若揭的。而王蒙之所以能夠成為一位務實的理想主義者，與他對於「相信」的堅執實際上存在著很大的關係。因為「相信」，所以才會去建構，才會去追求這種務實的理想主義。的確很難想像，一位什麼也不相信的懷疑主義者，會成為一位具有務實傾向的理想主義者。由此，我又更進一步地聯想到了究竟應該如何看待和評判如王蒙這樣的一種建構型的有機知識分子的重要問題。

我們注意到，當下的時代乃是一個批判性知識分子大行其道的時代，不知道是不是由於受到了諸如薩義德的知識分子理論影響的緣故，在我們的思想文化界，那些受到人們普遍尊崇聲名廣為傳播的知識分子，都是置身於體制之外的，對體制持對抗與批判姿態者。不管是陳寅恪，還是李慎之，亦或還是我們前面曾經提及過的韋君宜，就都是這樣的一種知識分子。客觀地說，這些知識分子的懷疑批判精神的確是相當難能可貴的，對於他們的那樣一種精神境界，我也是雖不能至但卻心嚮往之的。然而，值得注意的一個傾向是，在尊崇這些懷疑批判性知識分子的同時，卻又出現了一種對於諸如王蒙這樣置身於體制之內的，始終在以一種實實在在的努力推進著中國的社會與文化建設的建構型有機知識分子的貶低與排斥傾向。好像只要置身於體制之內，就會成為體制的同流合污者一樣。在我的理解中，這樣一種看法的偏頗性同樣是十分突出的。與這樣一種偏見形成鮮明對照的是，我認為有兩位論者的看法特別值得引起我們的注意。在談到知識分子的問題時，傅謹特別指出：「多數情況下，現代社會公共事務領域更需要的是專業知識分子提供的建設性的方略和對策，而不是『職業反對派』衝動的批判。在某種意義上說，中國近代以來社會發展歷經曲折的主要原因之一，正緣於一百年來主導社會變革的，主要是那些徒具浪漫主義氣質而缺乏專業素養的所謂『公共』知識分子，他們常常以其勇氣與膽量自詡，同時卻粗暴地拒斥專業知識分子理性的金玉

良言。歷史的教訓，又有多少人會去記取？」〔註3〕而葛兆光先生在談到何兆武先生時，也寫下了這樣一段意味深長的話：「我以前讀薩義德的《知識分子論》，看到裏面說，知識分子的公共角色應當是『局外人』，認為他需要的是『反對的精神，而不是調適的精神。』在中國現實中，這話也許只對一半，因為在『中華民族到了最危急的時候』那種精神緊張和生存危機中，人們無法不嚮往一個光明的未來和富強的國家，他們無法成為『局外人』，也不可能僅僅是『反對』。何先生那一代人，追隨著『五四』時代的精神，把民主、自由和科學當作矢志不渝的追求，把國家整體的富強當作永恆的理想，這是超越專業技術人員，成為『中國』的知識分子的基礎。」〔註4〕不難發現，傅謹與葛兆光先生對於建構型的積極參與到中國社會歷史進程中的知識分子的精神價值進行了相當充分的論述。同時我們也應該注意到，兩位先生在他們的論述過程中不約而同地把此類知識分子與懷疑批判性知識分子進行了有力的比較。聯繫到中國現當代以來的具體社會歷史進程，兩位先生論述中真理性的具備當然是無庸置疑的。然而，有必要指出的一點是，我們此處對於建構型的有機知識分子的肯定，絕不是以對於懷疑批判性知識分子的否定為前提的。客觀公允地說，這兩種類型的知識分子都在以各自不同的方式積極地參與推動著中國的社會歷史進程，我們實在沒有必要在肯定推崇一種類型的同時否定打壓另一種類型。如果說，我們曾經在對這個問題的認識上出現過明顯的偏頗，那麼，現在就真的是已經到了確立這樣一種理性認識姿態的時候了。其實，只要我們認真地品讀一下《半生多事》最後一章中「文革」結束後王蒙的這樣一段激情文字，我們就會對於這樣一位「相信」著的務實的理想主義者，這樣一位建構型的有機知識分子的精神世界有更加深切的瞭解。雖然有過「風雲三十年，故國八千里」的坎坷遭遇，然而，當「文革」結束之後，王蒙卻仍然還是無法改變對於國家民族命運的關心。「我都奇怪，我怎麼還是這樣關心政治？做一個文人雅士，做一個遺老遺少，做一個世人皆濁我獨清，世人皆醉我獨醒的獨善其身的高人，豈不更好？然而我已經不可救藥，我已經入世極深，我仍然感情熾烈，我仍然愛憎分明。不論我怎麼樣地收縮再收縮，認命再認命，矮小再矮小，難得糊塗，裝傻充怔，養貓養雞，做飯燒魚……我仍然心繫中國，心繫世界，心繫社會，關切著祝禱著期待著中國歷史的新

〔註3〕傅謹《沒有「知識」，如何「公共」？》，載《博覽群書》2004年11期。
〔註4〕葛兆光《成為中國那一代的知識分子》，載《讀書》2006年6期。

的一頁。」這就是王蒙，這才是王蒙。歷經坎坷的王蒙的壯心不已真的讓讀者很感動。在這段文字中，王蒙所激情道出的乃是潛藏於自己內心深處一種濃得化不開的社會政治情結。雖九死其猶未悔，王蒙道出的也正是從屈原到杜甫到蘇東坡一直到王蒙自己，這一系列中國傳統文人的一大根本特徵所在。

　　王蒙是中國當代最具影響力的作家之一，有著長達五十多年的創作歷史，當然也有著極其豐富的創作經驗。在這部《半生多事》中，王蒙同樣以大量的篇幅談到了自己的文學創作，當然更主要地還是小說創作。王蒙既完整地記述了他的第一部長篇小說《青春萬歲》的創作與艱難異常的出版過程，同時也有聲有色地描繪了《組織部新來的年輕人》發表後所引起的那一場軒然大波，當然他也特別地寫到了毛澤東對於這個短篇小說的特別關注。可以說，這樣的一些記述與交待，不僅對於研究王蒙的小說創作，而且對於未來中國當代文學史的寫作都提供了極其可貴的重要史料。然而，筆者更感興趣的還是王蒙在自傳中所傳達出的一些極具個性化色彩的創作談。其中尤其值得注意的，是第30章「青春萬歲」中關於長篇小說創作的一段文字。因為這樣一段文字實在是太個性太精彩了，所以儘管這一段文字比較長，儘管我這篇文章的篇幅已足夠長，但我還是要將王蒙的這段妙文全部轉錄於此。王蒙寫道：「我還有一個體會不知道算不算跡近離奇，相信古今中外不會有第二個人這樣想這樣說。五十年代初期我寫作《青春萬歲》的時候，我特別感覺到，寫一個長篇，需要的是一種類似當『領導人』的品質：胸襟、境界、才能和手段。領導藝術，小說藝術，作為藝術它們有相通處。你需要統籌兼顧，心攬全局。你不能顧此失彼，以其昏昏，使人昭昭。你需要知人善任，恰逢其會，你不能張冠李戴，喬太守亂點鴛鴦譜。你需要胸有成竹，舉止有定，你不能任意胡播。同時你必須應對突然和偶然，隨機應變，飛揚靈動，不拘一格，時有神來之筆。你必須有時實話實說，把文章做足做透，而另外的時候另外的人物另外的情節上面，你必須點到為止，含蓄從容，惜墨如金，留有餘地。你有時窮追不捨纖毫畢現，有時則是霧裏看花，月朦朧，鳥朦朧。你有戰略的與戰術的考慮，有長遠的與切近的安排，有所為有所不為，有所寫有所不寫。有時候需要開門見山。有時候需要聲東擊西，圍魏救趙。有時候需要風雲突變，出其不意，攻其不備，有時候則是投石問路，隔山震虎，把鋪墊做足。有時候需要硬碰硬，正面拼搏，不避突兀，有時候欲取先予，欲擒故縱，與讀者賣關子。有時候要知難而上，石破天驚，有時候要繞過暗礁，舉重若輕，釜底抽

薪，化險為夷。要保持虛與實的搭配。要注意急與緩的節拍。要平衡巧與拙的形象。要保持深邃與平易的觀感。有時候要獨具匠心，精雕細琢，有時候要借力打力，意在不言：最高的技巧是無技巧，進入化境，使藝術變得平常些再平常些，使手段服從於真情真意，大道無術，大智無謀。時而抓住機遇，夯實鑿穿，顛撲不破，擴大戰果，延伸領域，上窮碧落下黃泉。時而網開一面，窮寇莫追，餘音嫋嫋，曲終人不見，江上數峰青。時而旁敲側擊，引而不發。時而疾風暴雨，十面埋伏。你不能拖拖沓沓，眉毛鬍子一把抓。你要不恥下問，萬事貫通，黑白兩道，紅綠逢源。你還要保持一點身段，愛惜羽毛，只見撚花而笑。你需要時時注意行雲流水，道法自然，合情合理，不能強人所難，以意為之，矯情生硬。你對自己的部屬、人物要有善意，要有理解，不能拒人於千里之外，不能漫畫化臉譜化。有時候稱得上明察秋毫，見微知著，目能透視如 X 光 B 超 CT。有時候又要大而化之，一笑了之，睜一隻眼閉一隻眼──寬嚴適度，搗糊糊和稀泥。你得勞逸結合，疏密得當，不能一味加班加點疲勞作戰。你要能細心又能放手，能出手又能拉回來，你要尊重你的人物，你不能越俎代庖等等。我簡直懷疑，一個從來沒有作過領導作過組織工作的人怎麼樣組織一部長篇小說。」在我看來，王蒙這長達千餘字的關於長篇小說的創作談簡直稱得上是妙語連珠了。王蒙宣稱自己是在寫作《青春萬歲》時就已形成的這樣一種認識，但我卻更多地把它理解為是王蒙已有近十部長篇小說的寫作經驗之後方才產生的藝術頓悟。很難想像，初次從事於長篇小說寫作的一個作家便會對於長篇小說的創作有如此的妙悟形成。而且更進一步地說，這樣的一種創作體會大約也只有如王蒙這樣有著豐富的領導與組織工作經驗的人方才能夠寫得出的。很顯然，這樣的一種經驗並不具有普適性。實際上，寫作長篇小說的作家極少會有領導與組織工作的經驗。然而，話又說回來，正因為大約只有王蒙才會這樣談論長篇小說創作，所以它那個性化的價值才會顯得相當重要與突出。更何況，能夠以如此普通至極的話語將本來深奧的長篇小說創作的一些規律闡釋得如此清楚明白，能夠將小說寫作的道理以如此平實家常的話語道出，恐怕也真的是夠難為王蒙的了。這樣的「理論」話語，那些科班出身的文學理論批評家們是絕對寫不出來的。能夠寫出如此鮮活之理論文字的，實際上只能是如王蒙這樣富有寫作智慧的極少數的一部分作家。假如有誰要編選一本類似於作家談創作的文字，那麼王蒙《半生多事》中這樣的妙文絕對是不容忽視的。

　　雖然我的這篇談論《半生多事》的文章篇幅已經夠長，但我卻仍然有一種強烈的有話要說意猶未盡的感覺。好在以後還會有再次談論王蒙自傳的機會，所以這一次也就只好就此打住了。能夠在 2006 年酷熱的夏季讀到王蒙的這部《半生多事》，能夠從其中獲得如此之多的感受與認識，真的是應該好好地感謝王蒙了。我真心地希望能夠有更多的讀者對於《半生多事》產生濃厚的興趣，能夠從這部以「還原歷史與人性的真實」為根本旨歸的著作中獲得人生的，社會的，文化的，文學的豐富有益的認識與啟迪。

王蒙《大塊文章》：
複雜多元的「八十年代」記憶

一、傳記寫作的真實性原則

　　真實，是傳記寫作，當然也是自傳寫作的生命所在。對於這一點，正處於自傳寫作過程中的王蒙，其實是有著極為清醒的認識的。正因為如此，所以在自傳的寫作過程中，王蒙才總是情不自禁地要中斷情節的敘事鏈條，與讀者討論「真實」的重要性，以及怎樣才能做到真正的「真實」的問題。早在自傳第一部《半生多事》中，王蒙就曾經以不小的篇幅談論過真實的問題。然而，在我們所要討論的自傳第二部《王蒙自傳・大塊文章》（以下簡稱《大塊文章》）的第 17 章「苦戀風波前後」中，傳主，又一次無以自控地談論起了真實的問題。

　　「你能夠做到完全的就是說百分之百的真實嗎？」就這樣，作者首先開宗明義地以設問的方式明確地提出了真實的問題。然後作出了坦誠的回答：「不，我沒有能夠完全做到。但是我做到了，在我的自傳裏完全沒有不真實」。如果只是從邏輯語義的角度來看，既然沒有完全做到「真實」，那麼就意味著其中存在著若干「虛假」的成份，因為真實的反義詞就是虛假。然而，王蒙同時卻又在強調，自己做到了「完全沒有不真實」。同樣地，按照邏輯的語義看，既然「完全沒有不真實」，那麼也就意味著完全是「真實」的，因為不真實的反面正是真實。這樣看來，王蒙的表述在邏輯語義的層面上似乎就有了自相矛盾的嫌疑。然而，如果把王蒙的表述放置於其自傳寫作的社會文化語境之

中，我們就會釋然，其實王蒙通過這樣一個似乎存在著邏輯語義矛盾的表述方式，是要強調，雖然自己的自傳寫作從客觀上看肯定做不到百分之百的完全真實，但從作者自己的主體寫作心態來說，卻又絕對是在追求著對於歷史事實與歷史情境的真實再現的。從某種極端的意義上說，其實那種絕對的客觀真實，本身就是無法企及的。且不要說王蒙，即使是標榜最為客觀公正的歷史學家，出現於他筆端的所謂「歷史」也都肯定地要打上自己的主觀印記。從這個角度來看，那位古希臘哲人「一個人不可能兩次踏入同一條河流」的至理名言，簡直就可以被看作是客觀歷史無法真實再現的最為恰切的註腳。我真的不知道王蒙是否諳熟於現代西方影響頗大的新歷史主義思想，但他的表述實際上卻是非常地契合於新歷史主義關於「歷史乃是一種敘事行為」這樣一個基本理解的。既然包括王蒙在內任誰都無法抵達絕對的客觀真實的彼岸，那麼對於正在從事著自傳寫作的王蒙而言，只要能夠問心無愧地做到主觀的真實（亦即「完全沒有不真實」）就已經是難能可貴的了。「你必須知道真相，我必須告訴你真相，在我的有生之年」。當我們讀到王蒙如此這般的坦誠之言時，最起碼在我，是完全可以把王蒙的自傳當作一部沒有絲毫主觀虛飾（另一方面，一個不可否認的現實情況是，由於時日相隔的久遠，由於人本身記憶的失誤，王蒙的記憶肯定會存在偏差的）的「信史」來加以體認理解的。

然而，關於真實的問題，更值得注意的卻是王蒙所謂「真實如同解密，這裡有一個過程」的提法。王蒙寫道：「我們允許有一個關於真相的時間表。真實是一種責任，但是責任並不僅僅是真實，還有其他。同時，不論是在什麼樣的責任的大旗下，你不能夠選擇不真實。」王蒙此處富於智慧的關於「真實」與「時間」之間關係的辯證思考，一方面，當然是在為自己之所以要在遲至二十年之後的自傳寫作中，方才說出對於劉賓雁《人妖之間》的真實看法而進行辯解。但是，在另一方面，我的確不知道，王蒙自己是否意識到了，他的這樣一種說法其實客觀上也是在暗示讀者，甚至於一直到了現在，到了王蒙正在寫作自傳的時候，其中關於一些事件的說法恐怕也是會有所保留的。然而，從王蒙能夠準確地預感到會有人以「你惹不起鍋，所以惹罩籬」這樣的說法，來看待評價他自己的自傳寫作來看，王蒙其實是有所感覺有所意識的。實際上，同樣置身於中國當下現實語境中的我們，應該能夠意識到，即使是到了新世紀之初的現在，王蒙的自傳寫作仍然是存在著諸多禁忌的。換

而言之，王蒙自己所不願意承認的「你惹不起鍋，所以惹罩籬」的情形恐怕也的確是一種無法否認的客觀事實存在。

關鍵的問題在於，既然王蒙已經明確地意識到自己的自傳寫作可能會，而且事實上也已經招致了如同「你惹不起鍋，所以惹罩籬」這樣的嚴重誤解，那麼，「聰明的中國作家」王蒙為什麼還要在自傳中明確地提出並討論所謂「真實」與「時間」之間的關係問題呢？或者更進一步地說，王蒙為什麼一定要從事於差不多在未開始之前就注定了會是出力不討好的自傳寫作呢？有同樣的時間與精力，他不是還可以去構思寫作以虛構性為本質的，自己也更為輕車熟路的小說嗎？因為，我們清楚地知道，與自己那些早已告別了小說創作的同齡人相比，大約只有王蒙，在年逾古稀之後的現在，依然在小說創作方面保持著足夠旺盛的創造力。這一點，他的那部影響甚廣的長篇小說《青狐》就是一個極有說服力的明證。在我的理解中，王蒙之所以要甘「冒天下之大不韙」地執意於自傳的寫作，其最根本的內驅力，實際上還是作家內心深處所潛藏著的一種對於歷史高度負責的使命感。這也就是說，雖然已經創作有以真實再現 20 世紀中國風雲變幻的歷史進程為基本宗旨的，包括《活動變人形》、「季節」系列以及《青狐》等一系列帶有時間連續性的長篇小說，但王蒙卻仍然有著強烈的言猶未盡之感。王蒙覺得自己作為 20 世紀中國諸多重要歷史事件的直接當事人，依然有責任需要以非虛構的實事實錄的方式，將自己一生中所體驗感知認識到的複雜中國歷史進程毫無諱飾的講述出來。我覺得，王蒙不惜冒著遭致別人誤解的「危險」，也要堅持進行自傳寫作的根本原因正在於此。

「諱疾忌醫，怨天尤人，自戀自賞，是幾乎人人都有的病。王蒙也有，但症狀稍稍輕一些。對於此症狀的自查和警惕，稍稍高一些」。能夠具有這樣的一種高度自覺，所充分體現出的正是王蒙的清醒。事實上，也正是這樣的一種清醒保證著王蒙在自傳的寫作中能夠較為客觀地呈示表現出一個相對真實的自己來。由於置身於當下中國社會語境中的緣故，王蒙的確無法做到完全的百分之百的真實。這是一種不可否認的現實。但是，在條件允許的情況下，盡可能多地將自己所知道的一切都告訴給讀者，卻應該被看作是從事於自傳寫作時的王蒙的基本心態。現實中的王蒙確實具有著相當高明的處世智慧，也正因此，所以他總是會被某些新銳的批評家指稱為帶有明顯貶義色彩

的「聰明的中國作家」。在這些新銳批評家看來，當代的中國文學之所以未能取得更高的思想藝術成就，一個極為重要的原因正是在於如同王蒙這樣「聰明的中國作家」太多了的緣故。但是，在我的理解中，王蒙執意於自傳寫作的舉動卻無論如何都看不出有多少「聰明」之處來。與其說是「聰明」，反倒不如說是冒「傻氣」還差不多。明明知道自己的自傳寫作要遭致誤解，然而卻偏偏地非得投入極大的精力與心血進行自傳寫作，不是冒「傻氣」還又能是什麼呢！在這個意義上看來，王蒙的自傳寫作其實還是很有一些「我不入地獄，誰入地獄」的悲壯色彩呢。王蒙的自傳寫作，往往會讓我聯想起王蒙在 1990 年代中期參與「人文精神」大討論時的情形來。「人文精神」討論是由上海的一些青年批評家發起進行的，當時的王蒙在這些青年批評家當中有著甚好的口碑。照常理說，王蒙完全可以不趟這個渾水，完全可以事不關己地置身於論爭之外的。倘若真的如此，那麼王蒙可能仍然會保持自己口碑甚好的形象。然而，王蒙就是王蒙，他偏偏地就是要將自己對於「人文精神」問題所持有的，與上海的那些青年批評家明顯相左的觀點不加掩飾地表達出來。這樣，他的「得罪」那些青年批評家，也就是自然而然的了。在我的理解中，王蒙的自傳寫作與他當年對於「人文精神」大討論的參與介入一樣，在某種意義上都屬帶有三分可愛色彩的冒「傻氣」行為。但潛隱於這樣的「傻氣」背後的卻是王蒙的立場鮮明，是王蒙對於歷史高度負責的態度。也正是在這個意義上，王蒙如下的話語表達才會引發出我強烈的共鳴來。王蒙寫道：「自傳是在我年逾古稀後寫下來的一個留言，我已經顧不得那麼多，想說出實話的願望像火焰一樣燒毀著樊籬。我已經為朋友們也是為自己的猶豫（其中當然不無庸俗與利己的量度）活埋了幾十年的真實，現在，不能再深埋下去了。」「在我的書裏，讓我們為一切還壓在井底的真相默哀，並請允許我多說出一些真相，讓我們為一切新出土的真相而摘下帽子吧」。我百分之百地相信王蒙上述表白的真誠度，如果他在自己的自傳寫作中還是要毫無必要地遮三蔽四的話，那麼他為什麼非得要堅持進行自傳的寫作呢？事實很顯然地擺在這裡，王蒙之所以執意於自傳的寫作，正是因為他覺得有許多人生與歷史的真相，只有通過這樣一種方式才能夠準確地傳達給廣大讀者的。在這個意義上，我們完全應該把王蒙的自傳寫作理解為年逾古稀之後的王蒙的一種人生與文學交待。

二、「八十年代」浮出水面

王蒙的自傳第一部《半生多事》主要講述的乃是傳主從出生一直到1976年「文革」結束，這樣一段嚴格地說時間跨度長達42年的歷史進程，期間諸如「反右」「文革」、舉家遷往新疆等，都可謂是對於王蒙的人生影響很大的重要事件。與第一部相比較，到了第二部《大塊文章》中，雖然是同樣的篇幅，但王蒙所具體記述的卻不過是自1976年「文革」結束直至1988年只有十多年時間的歷史進程。相同的篇幅，大不相同的時間長度，所充分說明的是到了《大塊文章》的寫作過程中，王蒙的敘事速度明顯減緩，敘事密度卻大大地增加了。

之所以會出現這樣一種情況，從客觀上說，這十多年的時間正是人到中年的王蒙人生的一個鼎盛時期。一方面，積壓了差不多長達二十年之久的創作熱情與才情終於有了如火山爆發般噴湧而出的機會與可能。這一時期，作為作家的王蒙不僅創作出了數量極為可觀的文學作品，而且其中的一些文學文本所抵達的思想藝術高度使其不只是成為了王蒙個人的代表性作品，甚至於還成為了中國新時期文學或者說是中國當代文學的經典作品。所謂「大塊文章」者，其基本的內涵所指稱的首先就是這樣的一種情況。另一方面，作為一位有著強烈的入世精神的有機知識分子，王蒙的社會政治生涯在這個時期也抵達了甚至很有一些「高處不勝寒」的意味的人生至高點。具體來說，這個時期的王蒙不僅先後擔任過《人民文學》主編，中國作協常務副主席，黨組副書記等文學界的重要職務，而且還先後擔任過中央候補委員、中央委員、文化部部長這樣一些特別重要的社會職務。以一位作家的身份而出任共和國的文化部長，王蒙是茅盾之外僅有的一人。如果從一種寬泛的意義上，把人生也比作文章的話，那麼，八十年代的王蒙所書寫出的其實也同樣是揮灑自如的「大塊文章」。從主觀上說，無論是文學創作上的巨大實績，還是社會政治生涯的順暢通達，都會使少年時即有著遠大人生抱負的王蒙內心深處產生一種異常強烈的自我人生價值實觀的感覺。正是因為八十年代對於王蒙具有如此重要的價值，所以王蒙才會以整整一部四十五萬字的《大塊文章》，對於八十年代進行如此不遺餘力的回憶與書寫。

大約自2006年以來，伴隨著《八十年代訪談錄》《追尋80年代》等一些關於八十年代圖書的先後出版，八十年代逐漸地成為了當下時代一個極為重要的話題。在許多曾經親自經歷過八十年代的人們的記憶中，八十年代是一

個百廢待興的時代，是一個充滿了理想和希望的時代，是一個五四之後的再啟蒙時代，是一個思想解放與改革開放的時代，是一個精神價值倍受重視的時代。八十年代之所以能夠給人們留下如許之多的美好感覺，很大程度上是因為有過於強調物質的九十年代以來的時代作為重要參照存在的緣故。「也許不是所有人都對八十年代心存好感，但是的確像查建英所說，有很多人對它『心存偏愛』。有這種偏愛的，不外是『文革』的過來人。經過政治暴力下的恐懼、壓抑與緊張，1976、1978 年的翻天覆地的政治變革，給了他們精神上獲得解放的輕鬆感。這種輕鬆感，伴隨著進入新時代的興奮和對新生活的憧憬，持續到 1989 年的夏天。說八十年代『深藏在我們每個人的身體裏』，指的當是這樣一種滿足了人的深層需要的美好感覺。並不是所有的時代都能給人這樣的感覺。十年『文革』不能。九十年代也不能。所以八十年代才被人說成是『中國最好的時期』。」〔註1〕在這裡，畢光明或許相當準確地說明了在那些「文革」過來人的心目中，八十年代之所以會顯得如此美好的一個根本原因所在。事實上，恐怕也正是在這樣一種原因的主導影響之下，畢光明才會這樣認識八十年代的：「作為一種感覺為親歷者長久保存，這是八十年代值得我們回望和談論的理由。一個歷史時代用人的感覺證明了自己，這也意味著在這個時代裏，人的精神需求得到了滿足。精神需求才是人的本質體現，因此，八十年代的真正意義在於證明了人的價值，或者說它讓中國人嘗到了做人的滋味」。〔註2〕我相信，畢光明肯定是忠實於自己的人生記憶，從自己的真實記憶和感受出發將八十年代指稱為一個「精神的八十年代」的。同時，在讀過查建英主編的《八十年代訪談錄》之後，我也真誠地相信，查建英所選擇的那些訪談對象對於八十年代的講述也都是忠實於他們各自的八十年代記憶的。即使在我自己，大約由於自己的大學時代是在八十年代度過的，所以只要是提及八十年代，也總是不由得會油然生出一種分外美好的感覺來。

關鍵的問題是，諸如這樣的一些讚美肯定八十年代的文字讀得越多，一種難以釋解的疑問也就會漸漸地浮現成形。那就是，八十年代真的就是這樣的理想美好嗎？在這些人的回憶性描述中，是否因為情感因素作祟的緣故，而存在著有意無意中的對於八十年代過於美化的傾向呢？我覺得，最起碼從邏輯的層面上看，我的懷疑是能夠成立的。但也就是在這個時候，我讀到了

〔註1〕畢光明《精神的八十年代》，載《海南師範大學學報》2007 年第 3 期。
〔註2〕畢光明《精神的八十年代》，載《海南師範大學學報》2007 年第 3 期。

王蒙的這部《大塊文章》。可以說，《大塊文章》在很大程度上已經幫助我回答解決了上述的疑問。其實，早在讀《八十年代訪談錄》的時候，我就一方面感到興奮不已，但在另一方面卻又有著隱約的不滿足感。雖然我清楚地知道了查建英不可能將所有與八十年代密切相關的人物都「一網打盡」，但卻總還是為其中一些特別重要的人物的缺席而感到十分惋惜。這其中，我覺得，首當其衝的一個歷史人物就是王蒙。或許是對王蒙有著幾分偏愛的緣故，我總覺得，不論是王蒙對於八十年代，還是八十年代對於王蒙而言，都是極為重要的。無論是從事實上的始終居於社會文化界的漩渦中心而言，還是從王蒙文學創作的極大成就而言，王蒙都應該是談論八十年代的話題時繞不過去的無法忽略的重要對象之一。缺失了王蒙的八十年代肯定不會是完整的八十年代。好在王蒙執意地要進行自己的自傳寫作，好在我們終於在 2007 年的夏天讀到了這部以八十年代為主要記憶描述對象的《大塊文章》。讀完《大塊文章》之後，我的個人強烈感覺首先就是，王蒙終於以自傳書寫的方式彌補上了《八十年代訪談錄》的一大缺撼。通過《大塊文章》，我們終於可以清楚地知道，王蒙記憶中的「八十年代」究竟是什麼模樣的了。更加值得注意的是，出現於《大塊文章》中的「八十年代」的模樣不僅與其他諸多當事人的回憶存在著鮮明的差異，而且明顯地是不那麼理想化的。

應該注意到，浮現於王蒙筆下的八十年代不僅僅具有著理想、美好、理想化的一面，而且也有著灰暗、曲折，因而也就顯得有些曖昧不明的另一面。這一點，與我的心理深層對於許多人記憶中那樣一個理想美好的八十年代的懷疑，應該說還是很有一些共同之處的。王蒙有一個中篇小說名為「雜色」，正如同他的這一小說名所暗示的，有著豐富社會經歷，曾經幾經人生浮沉的王蒙其人的思想精神世界也不可以以單純視之，同樣可以以「雜色」名之。我們的一些天真的理論批評家總以為作家應該具有一種單色調的純粹徹底的精神立場，並且總是要從這樣的一個理論前提出發，對於王蒙大加指責。殊不知，現實世界其實是異常豐富複雜的。在某種意義上說，大概只有如同王蒙這樣具有著「雜色」般豐富複雜的思想精神世界的作家，方才有可能將紛紜複雜的大千世界更加客觀真實地呈現在廣大的讀者面前。具體到這部《大塊文章》，我雖然也並不懷疑其他親歷者談論這一話題時的真誠度與真實性，但我個人卻更傾向於認為，只有具有「雜色」精神世界的王蒙所描述呈示出的，那樣一個同樣複雜豐富多義的八十年代，可能才是最為真實客觀的。我

真誠地相信，無論是對於未來的八十年代社會文化史，亦或還是對於八十年代文學史的書寫而言，王蒙的《大塊文章》所提供給我們的，從王蒙個人的角度出發，對於「八十年代」的記憶都具有著十分重要的價值和意義。

三、「八十年代」的複雜性

《大塊文章》的價值首先體現在，王蒙從一個位置重要的親歷者的角度，盡可能真切地再現出了八十年代的全部複雜性。按照一般的歷史記述，「文革」十年乃是一場民族的空前大浩劫，整個國家的經濟基礎與上層建築均在這個期間遭到了大破壞。正是伴隨著「文革」的結束，中國的社會進入了一個新的歷史階段，亦即所謂的「新時期」。在這樣的一種描述背後，很顯然地存在著一種文化上的達爾文主義的「進化」邏輯，存在著某種可以被稱之為「時間神話」的東西。在一般被描述為向著現代化目標昂然挺進著的這樣一個時期，一切似乎都是那麼神奇美好的，好像所有的矛盾衝突所有的不愉快都已經隨著「文革」的結束進入了歷史的垃圾堆。思想解放、撥亂反正、改革開放，這樣一些習慣於被用來描述八十年代的語彙，所充溢著的也都是無一例外的正面色彩。

然而，只有在認真地讀過王蒙的《大塊文章》之後，我們才會真切地體會認識到，在某種意義上說，其實，八十年代也如同其他的許多年代一樣充滿了各種各樣堪稱複雜的矛盾衝突，也才能強烈地意識到實際上八十年代的社會與文化發展同樣不是一帆風順的，同樣地充滿著曲折與艱難的意味。這一點，首先突出地表現在復出之初王蒙那樣一種如履薄冰戰戰兢兢的謹慎心態中。「真正的日子漸漸來到了，我從一開始已經意識到這一點了，然而我必須夾緊尾巴，我必須格外小心，我相信還有反覆，還有曲折，還有坎坷……」正因為心有餘悸，所以這個時候王蒙的寫作首先考慮的就是「政治正確」：「它不是從生活出發，從感受出發，不是藝術的醞釀與發酵在驅動，而是從政治需要出發，以政治的正確性為圭臬，以表現自己的政治正確性為第一守則乃至驅動力……」作為已有一定創作經驗的作家，王蒙當然知道小說創作的真正驅動力應該是什麼。然而，因為八十年代初期還依然是一個乍暖還寒的季節，還仍然時不時地會有強勁的寒流襲來，所以，已經有著不僅止於「十年生聚，十年教訓」的王蒙當然會在創作時為自己「披掛好了全部攻防甲冑」。因為王蒙的確有過無法忘卻的過於慘痛的人生教訓，所以他才會不無悵惘地

寫到自己這樣一種真切的人生體會：「第二次已經不那麼激情那麼灑滿露珠那麼七彩絢麗了，第二次已經不那麼純潔那麼義無反顧那麼一廂情願了，第二次的人生你會精明一點點，你會老練一點點，你會謹慎許多，只是你有時候會責備自己，悵然若有所失，你會回憶一些事情，暗自苦笑，終於……釋然，有一點漠然。」傳主的精神狀態之所以會發生這樣的一種變化，當然是因為他已經有過曾經滄海難為水般的人生經歷了。

我們注意到，山西批評家謝泳曾經將王蒙的此種精神狀態不無貶意地稱之為「內心恐懼」。應該說，謝泳的這種概括還是相當準確到位的，劫後餘生再度復出的王蒙當然不會如同青年時期一樣仍然葆有天真純粹的精神狀態了。所謂的「一朝被蛇咬，十年怕井繩」，說明的其實就是這樣一種道理。如果有過被蛇咬的經歷之後，仍然對那些類乎於蛇的東西不能夠保持足夠警惕的心理，那說明的只能是被咬者的確有些弱智。更何況，誰也不能保證那類乎於蛇的形狀的東西就的確是井繩，而不是蛇。我覺得，也只有在這樣的意義上，我們才能夠充分地理解王蒙在自傳的行文過程中時而迸發出的憤激之詞。「你們總算可以指點江山，激揚文字，糞土一切得二百元獎金的衝鋒陷陣的作家們了，你們已經是說大話不用上稅的了，祝賀你們。」時事的變遷真的是有些過於疾速了，雖然過去了才不過短短二十多年的時光，回憶起來卻似乎真的就很有一些「白頭宮女在，閒坐說玄宗」的感覺了。生活於當下時代的年輕人似乎真的很難理解，自己的前輩在當年是經過了怎樣的一番「衝鋒陷陣」般的艱苦努力之後，中國的社會文化狀況才會由「文革」後的滿目瘡痍，而發展演變到今天這樣一種地步的。這就難怪王蒙會以如此一種反諷的語調發出如此一種不無激烈的人生感慨了。在某種意義上，大約也只有如同王蒙這樣的過來人方才有資格形成並發出類似的人生感慨的。事實上，置身於八十年代那樣一種時代氛圍中的王蒙也的確並非是杞人憂天，八十年代的中國確實存在著錯綜複雜的矛盾衝突，無論是社會還是文化的發展，都是經過了一個相當曲折艱難的過程的。關於這一點，只要看一看王蒙在《大塊文章》中關於第四次文代會的記述，我們就可以有一種直觀的真切瞭解。

四次文代會召開於 1979 年秋天，在一般的文學史敘述中，這次文代會被描述為「文革」十年浩劫之後文藝界的一次盛會，被當作是新時期文學的一個邏輯起點。但王蒙記憶中的四次文代會又表現為怎樣的一種情形呢？先來看王蒙關於鄧小平致祝詞的相關敘述。王蒙首先注意到當鄧小平承認文學創

作作為一種精神勞動有其自身的特殊性，當他講到「文藝這種複雜的精神勞動，非常需要文藝家發揮個人的創造精神。寫什麼和怎樣寫，只能由文藝家在藝術實踐中去探索和逐步求得解決。在這方面，不要橫加干涉」的時候，全場的文藝家們「欣喜若狂、掌聲如雷」。應該說，鄧小平所謂「不要橫加干涉」的說法，的確與曾經被「干涉」太多的作家們形成了一種強烈的精神共鳴。然而，相對冷靜客觀的王蒙卻注意到了祝詞中另外一些內容的存在。不僅注意到了「鬥爭的弦並沒有放棄，也很難說是放鬆」，注意到了「讚美的要求也並沒有收起」，而且他還注意到了鄧小平「反對『左』也反對右，他預感到了動亂的危險，他發出了警告，勿謂言之不預。」鄧小平的祝詞說明，黨對文藝問題的領導，雖然較之於「文革」前乃至於「文革」中已經寬鬆了許多，但如何地「放」與「收」卻依然是其中最核心的內容之一。當其他人都在為「放」而激動萬分的時候，冷靜如王蒙者卻注意到了「收」的客觀存在。以後的事實發展本身也充分地證明了王蒙感覺的準確性。甚至於一直到今天為止，我們也很難說「放」與「收」的矛盾，就已經不復存在了。

這種情形所表徵說明的，實際上正是文學與政治關係的某種極端複雜性。卻原來為一些作家們所熱望的文學創作的絕對自由，其實是如同空中樓閣般地不切實際啊！正因為王蒙已經意識到了文學與政治關係的複雜性，意識到了文學創作絕對自由的不可能，所以他的發言才是「低調的」：「我希望保持適當的清醒，上海話叫做拎得清，不可拎勿清」。然而，王蒙也正因此而「成了一個椿子，力圖越過各面的人，簡單而又偏面的人都覺得我脫離了他們，妨礙了他們，變成了他們的前進腳步的羈絆，而且是維護了效勞了投奔了對方。有時候我會左右逢源，這是真的。更多時候我會遭到左右夾擊，這尤其是真的」。必須承認，王蒙的確具有某種驚人的洞察力。當其他人都近乎於本能地從自己的內心願望出發，對於所謂的「不要橫加干涉」歡呼雀躍的時候，王蒙卻注意到了嚴格地控制著文學發展的政治力量的儼然存在。既然仍然存在著「收」的問題，那麼也就意味著「收」與「放」之間肯定會發生甚至是十分激烈的矛盾衝突。事實上，整個八十年代中國文學的發展演變過程本身就已經充分地說明，正是在所謂「收」與「放」不斷的矛盾衝突中，我們的文學才逐步地演變成為今天這個樣子的。王蒙的價值就在於，他不僅在文藝界的一片歡呼聲中清醒地洞察到了矛盾衝突的存在，而且還在《大塊文章》中極其形象生動地真實記述了中國文學在八十年代所面對的全部矛盾衝突，記述

了中國文學在八十年代所經歷過的艱難曲折的發展演進過程。我們此前所謂王蒙的《大塊文章》對於八十年代的複雜性進行了真實的描述與再現，所主要指稱的其實就是這樣的一種情況。既然王蒙有過不止「十年」的生聚、教訓，既然他已經敏銳地洞察到了八十年的複雜性，那麼智慧如王蒙者還能夠如同青年時期的自己一樣依然保持理想主義的執著嗎？實際的情況當然不是這樣的。王蒙之所以「會左右逢源」，「會遭到左右夾擊」，當然與他清醒地洞察現實之後所作出的某種必要的妥協，所自覺選擇的「歷史中間物」的立場形態存在著直接的關係。既然是歷史的中間物，那麼王蒙之經常地招致來於更趨保守與更加激進的「左」與「右」的攻擊也就是自然而然的情理中事了。然而，對於歷史與社會文化的進步而言，如同王蒙這樣的類乎於橋樑的「歷史中間物」的作用又是必不可少的。在其中，很顯然是存在著一種難以名狀的悲劇意味的。

關於四次文代會，值得注意的還有王蒙的這樣一段記述：「二十年過去了，回想起來除了大的社會變動的投影與有關政策的宣示以外，這樣的盛大隆重的文代會作代會竟然沒有什麼文藝的內容可資記憶。支持『傷痕文學』嗎？那其實是堅決撥亂反正的同義語。使一大批被放逐的人回到文藝崗位上來嗎？這也是落實幹部政策的一個組成部分。」文代會而沒有多少文藝的內容可供記憶，這一點，雖然從表面上看來是一種極不合理的很不正確的現象，但細細想來卻又似乎是一種事出必然的中國特色。沒有文藝，那麼有什麼呢？從王蒙的記述中，其實我們已經可以看得很明白，那就是政治，而且也只能是政治。文學和政治之間的關係真的是不僅複雜而且格外地綿長不絕呀！國外的情況我不是很清楚，從中國文學的情況來看，文學與政治之間大約真的是一種須臾而不可離的關係。因為四次文代會普遍地被認為是新時期文學的邏輯起點，所以，由王蒙對四次文代會的憶述評價，我們自然而然地就會聯想到八十年代以來關於所謂「新時期文學」的一種主流文學史敘述。「80年代以後的文學史的本質化與整體化敘述常常不由自主地陷入一種悖論之中：一方面，『新時期文學』與『50～70年代文學』的關係被理解為『文學』與『政治』這一更高層次的二元對立的演化，『新時期文學』被描述為文學回歸自身的過程；另一方面，文學史敘述又都反覆強調『新時期文學』參與新政治『撥亂反正』的功能。」〔註3〕首先應該承認，論者對於八十年代主流文學史敘述

〔註3〕李楊《重返「新時期文學」的意義》，載《文藝研究》2005年第1期。

特點的發現與描述是相當準確到位的。其次，我們也應該認識到，所謂的「文學回歸自身」，所強調的其實正是文學在很大程度上剝離了與政治之間的關係。按照論者的考察研究，八十年代的主流文學史敘述，主要是通過對於「50～70 年代文學」的一種本質化描述，而確證「新時期文學」的價值特徵的。「如同『西方』需要創造一個『東方』才能確認自我，『現代』需要創造一個與之對應的『傳統』才能找到自身，『新時期文學』的建構也需要首先創造一個完整的、本質化的『50～70 年代文學』，或者至少需要一個高度本質化的『文革文學』，而這樣完全的『他者』其實並不存在。」〔註4〕通過以上的分析，我們就會明白，新時期文學之被描述為重返「五四」的文學回歸自身的這樣一個過程，其實並不是一種客觀的事實存在，更多的只應該被看作是一種有著明確敘事目標的敘事策略。

實際上，正如同王蒙的描述所顯示的，即使到了新時期文學中，文學與政治依然是纏繞糾結在一起的。一方面，似乎是對中國文人傳統的一種自然延續，中國的作家對於政治有著一種濃得化不開的興趣與情結。另一方面，雖然與「十七年」「文革」相比，政治似乎也的確顯得要更加開明了許多，但這開明了政治卻也並沒有完全地撒開手中的韁繩，任由文學這匹野馬去自由地馳騁。卻原來，所謂剝離了政治影響因素存在的「純文學」，說到底也只不過是文人作家的一廂情願的心造的幻影而已。必須承認，能夠發現八十年代主流文學史關於「新時期文學」的敘述存在明顯的弊端，能夠發現洪子誠所提出的「一體化」概念對於「新時期文學」的有效性：「事實上，如果『一體化』指的是社會政治制度對於文學的干預、制約、控制和影響，文學生產的社會化機構的建立以及對作家、藝術家的社會組織方式等等，那麼，用這一概念來描述『新時期文學』顯然是同樣有效的。」〔註5〕應該說這確實是一種非常值得注意的很有創造性的學術洞見。王蒙《大塊文章》中關於四次文代會的記述的根本價值，乃在於從一個當事人的角度為這樣一種學術洞見提供了一個相當有說服力的佐證。王蒙不是專門的文學研究者，我相信的一個事實是，在撰寫自傳之前，他不大可能注意到學術界關於新時期文學與政治關係的最新討論。這就是說，王蒙的記述並沒有受到任何外來因素的誘引性影響，他的記述絕對是忠實自己的真實記憶的。而愈是如此，王蒙所提供的佐

〔註4〕李楊《重返「新時期文學」的意義》，載《文藝研究》2005 年第 1 期。
〔註5〕李楊《重返「新時期文學」的意義》，載《文藝研究》2005 年第 1 期。

證的力量就愈是會顯得特別雄辯有力。

四、關於胡喬木

《大塊文章》另一方面的價值，在於王蒙以一些大約只有自己才能有所瞭解的生活細節，鮮活生動地勾勒描寫了若干對於八十年代的文化與文學產生過重要影響的重要歷史人物的真實形象。首當其中的乃是胡喬木。胡喬木曾任毛澤東秘書，官至政治局委員，曾經長期主管中國的意識形態工作。胡喬木是最賞識王蒙的中共高官之一，王蒙之所以在八十年代曾經一度官至文化部長，應該說，與此公的賞識推薦有著很大的關係。可以說，胡喬木在某種意義上說乃可以說是對王蒙有著知遇之恩的私交甚篤者，因此，出現於王蒙自傳中的胡喬木形象應該具有相當的可信度。

出現在王蒙筆端的胡喬木，首先是一個頗有幾分可愛的，對於文學藝術問題有著自己獨到的認識與感受的知識分子形象。「我的印象是，他仍然是一位知識分子。他喜歡讀書，他說話慢條斯理，字斟句酌，記錄下來更像是一篇文章。他的樣子儒雅可親，雖然我其實已聽說了他老的翻覆，與有時候批起人來極嚴厲的另一面。」很顯然，王蒙並沒有親身感受到過胡喬木「翻覆」以及「極嚴厲」的另一面。然而既然聽說過，那就肯定應該是確有其事的。王蒙特別寫出這一面的原因當然是為了使出現於自己筆下的胡喬木形象更為全面真實可信。應該看到，對於文學藝術問題，胡喬木確實頗為內行地發表過一些真知灼見。比如關於畢加索，胡喬木說：「在我們這樣的國家裏，很難接受畢加索。」這就說明，胡喬木不僅接觸過畢加索，而且也在某種程度上理解了畢加索，否則深知中國國情的他不會說出這樣的一番話來。不只是畢加索，他的關於高爾基、溫庭筠、愛倫坡以及王蒙本人的一些看法也都是相當深刻相當準確到位的。「他說，高爾基的代表作是《克里·薩木金的一生》而不是《母親》，雖然後者受到列寧的高度評價」「他的另一個見解也極精彩，他說中國的溫庭筠（他非常準確地讀『云』而不是像一些人讀『均』），美國的愛倫坡，都是極有風格的，但並不是大家。」「他是內行。他讀到我的一篇文章，說是我的靈感我的題材來自『故國八千里，風雲三十年』。他說，不能每篇作品都這樣寫，否則就會自我重複。他說的完全對。」能夠對於文學藝術問題形成並發表這樣一些精闢的觀點，確實說明了胡喬木真正堪稱文學藝術的「內行」，如王蒙所言「仍然是一位知識分子」。

但與此同時，我們還應該注意到，胡喬木既是一位知識分子，同時卻更是黨的負責意識形態問題的領導人。作為黨的領導人，王蒙也特別地記述了胡所發表的關於文學藝術問題的一些看法。「他說到馬恩的文藝理論問題，說是馬恩並沒有對文藝問題作過系統的論述，並笑著說：『我這樣講也許會被認為是大逆不道……』卻原來，主管意識形態的高級領導，也有到了嘴邊留三分的話」，「對於《延安文藝座談會上的講話》，胡喬木提出，政治標準與藝術標準的兩分，可以不這樣提。這是迄今為止對於『講話』最大膽的修正，差不多是唯一的一次，……為此，胡喬木也遭到了一些攻擊。」一方面，作為主管意識形態的高級領導，能夠發表對於馬恩與「講話」的如上一些看法，真的有些「大逆不道」，的確是需要具有相當膽識的。另一方面，王蒙也生動地展示出了高級領導的無奈之處，卻原來，如胡喬木這般的高級領導也並不是無所不能的啊，卻原來，他的言行其實也是要受到體制的制約與約束的。一句「我這樣講也許會被認為是大逆不道」，活畫出了胡喬木的一種無奈與自嘲狀。

與此同時，王蒙對於胡喬木性格中極富人情味的一面也有所記述，其一是針對浩然，其二則是針對王蒙自己。「有過一個命運也大致相近的作家，當著我的面向胡喬木彙報浩然走到某地受到大張旗鼓的超規格接待的事，似乎是一種什麼涉嫌未能全面否定『文革』的『動向』，胡對他的彙報非常反感，後來專門向我提及，聽了他的話，他是如何地不快，胡並進而告訴我，他已與媒體打了招呼，要正面報導浩然的新作《蒼生》出世的信息。」「但喬公在一九八三年春節期間接待我暢談，並親自給中南海的車隊打電話，要車去接我愛人到他家小坐，極大的友好情節一傳出去，《文藝報》的某些人長歎一聲，領導對王的態度不一般啊！便只好放過了王某。信不信由你。」由於曾經在「文革」中大出風頭的緣故，「文革」後浩然的處境當然可以想像得到，差不多真的有些「過街老鼠，人人喊打」的味道。然而，浩然畢竟只是一個作家，並不是政治家，他只不過是無意間被當時的政治風潮裏挾而去了而已。因此，將浩然與「文革」綁在一起加以全面否定，很顯然是沒有太多道理的。在這一點上，胡喬木乃是一位明白事理者。在他對浩然同情式的理解幫助中，我們所見出的正是胡喬木不僅不肯落井下石，反而對身處逆境者慨然施以援手的人情味。王蒙的情形同樣如此。由於王蒙在新時期之初在小說寫法上率先進行了時稱「意識流」的實驗探索，故而在「十二大」之後出現的批判「現代

派」的風波中，理所應當地被當作一個批判的主要靶子。對於這一點，主管意識形態工作的胡喬木自然是十分清楚的。胡喬木性格中某種分裂色彩在此時就有了明顯流露。一方面，胡喬木本人對於所謂的「現代派」確實比較反感，這一點從他不喜歡王蒙的《雜色》，從他託老同學韋君宜給王蒙帶話「少來點現代派」的行為中即可明顯地見出。但在另一方面，對於如同王蒙、舒婷這樣雖然與「現代派」不無瓜葛的作家詩人的作品，他又是十分喜歡的。不僅如此，在內心裏胡喬木恐怕還想盡可能地保護這些作家詩人，使他們的思想精神避免受到不必要的傷害。那麼，怎樣才能讓「魚與熊掌」二者得兼呢？春節時接待王蒙並故意使這樣的消息廣泛地傳播出去，從而讓那些準備批王的人們知道「領導對王的態度不一般啊」，從而也就自然地達到了保護王蒙的目的。在其中，也的確是能夠看出胡喬木的某種政治智慧的。由此，王蒙相當準確地概括出了胡喬木精神上的一種分裂性特點：「這很有趣，即他老人家欣賞創作上的新意與新異，卻警惕異論新論。他在形象思維上寬容，在理論思維上嚴峻。」

當然，出現於王蒙筆下的胡喬木同樣還有著思想較為僵化保守的一面。比如「胡還提出，不能老是沒完沒了地寫『文革』寫傷痕了，否則等於人為延長了『文革』的影響。他的邏輯比較給人以與眾不同的印象。」確實如此，胡喬木的這種邏輯不僅顯得特別怪異，甚至還有情理不通之虞。新時期文學初期之所以出現很多描寫「文革」描寫傷痕的文學作品，其根本意圖正是要通過對「文革」的批判性描寫，最終達到防止類似於「文革」這樣的悲劇再次上演的目標。天知道，胡喬木從什麼樣的邏輯出發，居然會得出寫「文革」寫傷痕的作品能夠「人為延長『文革』的影響」這樣一種其實十分荒謬的結論來。再比如，「有一次談話中胡喬木說『憂患意識』是受了現代派而且是『納粹分子』海德格爾哲學思潮的影響，我說恐怕未必，憂患云云，更像是從范仲淹的『先天下之憂而憂，後天下之樂而樂』那裡來的，但是胡堅持他的看法，他的知識太多，可能自找了麻煩。」不僅如此，胡還「向我大罵《當代文藝思潮》。《當代文藝思潮》是八十年代一個十分重要的理論批評刊物，曾經為新時期文學的發展作出過不小的貢獻。胡之反感這個刊物，大約與刊物曾發表過徐敬亞的長篇理論文章《崛起的詩群》有關。因一篇文章而殃及整個刊物，由此可見胡喬木思維的偏狹之處。然而，能夠當著王蒙的面大罵《當代文藝思潮》，卻又可以見出胡喬木的三分可愛之處來。至於所謂「憂患意識」的來

歷與出處問題，則又可以明顯看出胡喬木思想的某種偏執症候來。我以為，只有將胡喬木思想中相對僵化保守的這一面同時展示在讀者面前，王蒙方才真正做到了對於胡喬木形象的一種相對完整的描寫表現。當然，關於胡喬木的形象，在《大塊文章》中，還有一個細節是絕對無法被忽視的。「代表主管方面作報告的領導是胡喬木，他講了幾句話，覺得天冷，工作人員給他加上一件罩衣，他歎息說：『風燭殘年……』」。雖然只是一個小小的細節，但胡喬木形象中的可愛一面卻已經躍然紙上，王蒙優秀小說家的特點在這一點上表現得可謂相當突出。

五、關於周揚

然後便是周揚。如果說胡喬木乃是一位人情味十足的知識分子型高級領導幹部形象的話，那麼出現於《大塊文章》中的曾經長期擔任黨的文藝工作實際領導人的周揚，則很明顯地帶有點悲情英雄的意味。「周揚在文壇上的地位、資歷、影響、水平，無人可以匹敵。但是周揚也有點茫然，而且不用說遠了，就是我們聽到的傳達，也有對他有所批評告誡的含意。顯然，更高的領導對他也並不十分滿意。我必須坦白，對於這一段周揚的組織學習，我都覺出來他在期以時日，以求『精神』的更加明朗。而他的對於中、青年作家的偏愛，使事實上不無被邊緣化之感的許多老作家也不滿意周揚，更不滿意馮牧。」「只是我覺得周揚似乎在孤軍奮戰。當年，他為反右運動作總結，……那是多麼氣宇軒昂，意氣風發，如尖刀、如利劍，寒光閃閃，豪氣騰騰。而現在，他老了，喉嚨嘶啞了，沒有當年的威風也沒有當年的嚴厲了，不嚴厲了還有誰敬重你畏懼你服從你……」「周揚的風度依然，嗓音退化，底氣不是那麼足。『文革』中他受的刺激太大了。他背起了十字架，上下而求索，用相當古典的思路，力圖給中國社會主義道路的挫折一個說法，他要從經典馬克思那邊追求一個新鮮的、智慧的、富有涵蓋面與穿透力的理論概念。他的精神感人，他的思路已嫌陳舊、他對自身的理論使命估計得高了一些，他的鄭重、悲情、反思的責任心與勇氣，感人淚下」。如果說「文革」前的周揚乃是一位更多地秉承執行著高層意志的文藝界領導人，其身上更多地折射出的乃是一種政治家的特點的話，那麼，在經歷了「文革」那樣慘烈異常的煉獄之旅之後，「文革」結束後的周揚如同浴火後重生的鳳凰一樣，變成了一位擁有著自覺的殉道精神的純粹意義上的知識分子。如果說周揚乃是一個政治家與知識分子的

複合體，那麼，後者的特點在新時期的周揚身上很顯然已經成為了一種主導性的性格特徵。

從王蒙的記述中，即不難發現，新時期的周揚事實上成為了文藝界思想解放與改革開放的積極推進者，自覺地承擔起了中青年作家思想藝術實驗探索保護者的重要責任和使命。為此，周揚甚至不惜與中央高層的意識形態領導者唱起了「對臺戲」，所謂「更高的領導對他也並不十分滿意」，所具體指稱的實際上就是這樣一種情況。從生理上來說，「文革」後的周揚當然不可能再有當年的「氣宇軒昂」與「意氣風發」。從思想與精神的層面上來看，由於「文革」後的周揚「離經叛道」地要「給中國社會主義道路的挫折一個說法」，所以自然會給人留下一種「孤軍奮戰」的感覺。二者整合的結果，當然就是一種十分突出的悲情的感覺了。周揚執意探索的具體成果，乃是所謂「人道主義與異化論」問題的明確提出。隨著時光的流逝，我們現在已經看得越來越明白，那就是，「人道主義與異化論」問題的提出，正可以被看作晚年周揚在八十年代所作出的一種最重要最可貴的思想理論探索。關於這一點，王蒙在《大塊文章》中當然有著詳細的記述：「一九八三年三月十三日召開馬克思逝世一百週年紀念會，周揚作題為《關於馬克思主義的幾個問題的理論探討》的主題報告，講了異化、人道主義等問題，周是想從馬克思的早期著作中尋找精神資源，來解釋為什麼會發生『文革』這樣的事，以及怎麼樣防止再發生這樣的事。他找到了異化論與人道主義這兩個古老而又彌新的武器。但是胡喬木等則認為這樣的理論會為反共反社會主義者打開缺口，會把自己的理論陣腳搞亂。十二屆二中全會上鄧小平的講話實際上肯定了喬木的觀點而否定了周揚的觀點。」周揚與胡喬木圍繞「人道主義與異化論」問題發生激烈的衝突與碰撞，是八十年代思想文化領域影響意義深遠的一件大事。從當時的情形來看，當然是胡喬木佔了上風，因為他的主張得到了鄧小平的肯定。從更長遠的一種影響和結果來看，則應該承認，周揚的帶有強烈自我犧牲色彩的思想理論探索則顯然具有重大的價值。

應該說，這次自己的思想理論探索遭到來自於高層的否定，對於周揚的精神世界形成了極為巨大的打擊。周揚此後的鬱鬱寡歡以及他最後長期以植物人的方式躺倒在病床上的人生結局，與這種精神打擊之間，其實是不無關係的。可以說，周揚的悲情色彩在這一歷史事件中體現得最為充分和突出。我們注意到，王蒙在自傳中同樣坦誠地表明了自己對於這一歷史事件的態度：

「而周揚呢，我相信他的莊重與認真是會被人們所承認，他的苦苦思想研究的果實，總有一天會得到相應的參考和汲取。為了真理，為了大局，誰能在需要等待的時候而耐心等待呢？讓我個人選擇，我會選擇周揚，同時我很清醒，我的選擇沒有那麼大意義。我必須冷靜地理性地妥當地面對別樣的選擇和決策。」對於周揚的思想理論探索，王蒙當然是贊同肯定的。在某種意義上，周揚所說出的也正是王蒙的心聲。然而，也正是在這樣一個表明自身態度的過程中，我們看出了周揚與王蒙的不同。如果說，晚年周揚是一位激情燃燒的理想主義者，在他的身上明顯地可以看出堂吉訶德的某種影子的話，那麼，王蒙則很顯然是一位清醒冷靜的現實主義者，他的身上所投射著的恐怕更多地是那位憂鬱徘徊著的哈姆萊特的身影，因為他在認同周揚的同時，的確還可以「冷靜地理性地妥當地面對別樣的選擇和決策。」正因為王蒙與周揚之間存在著明顯的差異，所以王蒙在《大塊文章》中對周揚作出如下評價也就不足為怪了。「正如有些人不一定是好意地說過的，他領導（統治）了中國的文藝界數十年，他已經習慣於指揮、規劃、保護或者整頓文藝了，特別在『文革』以後，我十分感慨於他的反思，他的歉意，他的決心，他的將一切經驗教訓將革命的歷史概括成理論方針的努力。我也是很願意聽從他的領導的。」「親愛的周揚同志，你對我的，我要毫無顧忌地說，你對我的青睞與『施恩』我完全明白，我永遠感激你，想念你，親近你。然而，你在二十世紀八十年代的痛苦的努力本來可以不做成那個樣子，你在黨的第十二次代表大會退而成為中央顧問委員會委員以後，您本來應該往後稍一稍，您本來不應該那麼天真地自信，那麼捨我其誰了啊。」以上的評價當然是王蒙的肺腑之言，因為在胡喬木之外，周揚應該是另外一位對於王蒙的命運產生了重大影響者。雖然對於周揚的一些話語行為，王蒙從自己的觀點立場出發而頗有微詞，但從行文的字裏行間我們卻能感受到王蒙內心裏對於周揚那濃烈異常的殷切愛意。

然而，如果周揚真的按照王蒙所說的那樣「往後稍一稍」的話，那麼周揚還能稱其為周揚嗎？其實，王蒙非常清楚周揚他們這一代知識分子的一個突出特點，正是「在他們自以為的真理面前，他們會熱血沸騰，天真地興奮起來。」事實上，在王蒙關於周揚的評價態度中，所凸顯出來的同樣是周揚與王蒙的差異所在。從《大塊文章》中即可明顯看出，除了理想主義與現實主義（必須強調的一點是，我們說王蒙是一位現實主義者，乃主要是相對於

周揚那種執著的思想理論探索精神而言的。這並不意味著我們對王蒙的總體定位。事實上，現實主義這個說法只是對王蒙某一精神側面的描述判斷，用這樣一個概念是不可能準確全面地涵蓋王蒙那複雜的精神構成的）的一種反差外，周揚與王蒙之間的差異也是理論家與作家之間的一種差異。周揚是理論家，所以他堅持相信理論在現實生活中的重要作用，這也正是他在晚年一直執意於思想理論領域的創造性思考探索的根本原因所在。而王蒙，雖然有一定的理論興趣和理論能力，但從本質上說，卻是一位更強調生活重要性的作家。「十年生聚，十年教訓，我已經不那麼年輕，我已經不那麼相信概念的區分，命題的轉換必定能夠決定一切。我知道了一個與方針政策理論同樣同時強大的力量：這就是生活，這就是常識，這就是現實」。是的，王蒙的說法當然有一定的道理，這一點發現，與他的作家身份之間肯定存在著某種內在的聯繫。很顯然，王蒙對於周揚的微詞也正是從這裡出發而形成的。但是，我們有一點要特別地質疑於王蒙先生的卻是，一方面，固然在許多年之後「許多條文許多名詞可能已經斗轉星移，而生活依然長青」，但在另一方面，我們是不是能夠因為結果的許多年之後的「生活依然長青」，就完全地否認過程中的「許多條文許多名詞」所可能發生過的現實與歷史效用呢？

六、關於《人妖之間》

胡喬木、周揚之外，王蒙在《大塊文章》中關於馮牧、賀敬之、張光年、丁玲等歷史人物的記述也都生動形象且別有意味，惜乎篇幅所限，在此處無法一一詳細展開分析。但是，有一位作家的一部作品卻是不能不提及的，這就是劉賓雁的那部著名的報告文學作品《人妖之間》。如果說王蒙的這部《大塊文章》中真的有什麼堪稱「驚世駭俗」的內容的話，那肯定就是關於劉賓雁的相關記述。由於劉賓雁身份的特殊性，更由於劉賓雁已不在人世，所以這注定了會是能夠引起足夠爭議的一部分內容。事實上，在《大塊文章》問世之後，王蒙關於劉賓雁的記述果然引起了不小的爭論，有不少還是負面的評價。其中，《〈大塊文章〉與王蒙的史識、史德》〔註6〕一文應該是很有一些代表性的。在文中，作者將王蒙關於劉賓雁的記述上升到了「史德」的高度加以指責。然而，反覆再三地閱讀該文，卻又怎麼也不明白作者所謂王蒙「史德」的問題出在什麼地方。為了證實我的所言不謬，讓我們先把作者的文字

〔註6〕汪成法《〈大塊文章〉與王蒙的史識、史德》，載《山西文學》2007 年第 10 期。

一字不漏地引述於此：「如果說這還只是認識問題，和作者的史識有關，那麼書中關於劉賓雁的記述就實在是充滿卑劣的惡意，屬真正的史德問題了。本書第 16 節『一位先生和他的大方向』，不點名地就劉賓雁及其《人妖之間》一文展開了深入細緻的批判，而在書中其他地方則一次又一次對劉施以攻擊。因為作品讀得不多，不知劉賓雁在什麼地方開罪於王蒙了，竟至於遭致這樣的報復。當然，劉的言行確有可非議處，也無妨公開指出，甚至，就是在劉賓雁屍骨未寒時指出也未嘗不可，因為寫出人物與歷史的真實總是有其可以諒解、可以理解的理由與意義的。而且正如書中第 136 頁所說，『如果我不說就再沒有人說了』，確實很少有別人有這樣的材料和勇氣指出劉的這些問題。甚至，不妨對比魯迅在劉半農和章太炎去世後的悼念文字中說到自己對他們的不滿之處。甚至，若其在本書第 90～91 頁那樣一筆帶過地寫一下自己對其人觀點的不認同，也是可以理解和接受的。但是，這裡的王蒙是在寫自傳、是在講述他個人的人生故事，根本沒有必要拉來這樣一個典型以確認自己永遠正確的光輝形象，即便從文章做法上講，也是不必而又不宜的。然而，他竟然專門用一節的篇幅來進行這一記述，實在可以看出其中怨毒的深重來。」

我覺得，作者這一段文字主要存在兩個方面的誤區。首先，作者對於自傳寫作的理解存在明顯的問題。「這裡的王蒙是在寫自傳，是在講述他個人的人生故事，根本沒有必要拉來這樣一個典型以確認自己永遠正確的光輝形象，即便從文章做法上講，也是不必而又不宜的。」誠然，既然是自傳，當然應該以講述傳主自己的人生故事為主。但是，任何一個個人都是在社會上生存，在與他人相處打交道的過程中走過自己的人生道路的。再強調自傳應該講述傳主個人的故事，也無法否認在任何一部自傳的寫作中都是要不同程度地涉足於對其他一些人與事的描寫。這一點，應該也是一種公眾所公認的常識。不只是王蒙的自傳，其他人的自傳的情形實際上也都是這樣。讓我們感到不明白的是，王蒙在《大塊文章》中記述過的人與事，可謂多也，為什麼王蒙關於其他人的記述沒有引起作者的質疑，而唯獨關於劉賓雁的記述會引起作者的憤怒質疑呢？難道因為是劉賓雁，所以就老虎的屁股摸不得了嗎？更何況關於劉賓雁的記述只是佔用了一章（節）的篇幅而已，這一章（節）相對於全書而言，也只不過是佔用了三十八分之一的比例而已。不難發現，作為自傳的《大塊文章》中，大多數的篇幅所講述的其實也還都是王蒙自己的人生故事。不獨如此，作者還認為王蒙之所以要刻意地敘述劉賓雁的故事，其目

的不過是為了「確認自己永遠正確的光輝形象」。在我看來。這就真的很有一些「欲加之罪，何患無詞」的味道了。王蒙的自傳已經出版了兩部，對這兩部作品我都進行過不止一次的認真閱讀，我不僅沒有從中讀出過王蒙憑此而「確認自己永遠正確的光輝形象」的意思來，而且我從中讀出的，反而更多地是王蒙對自我人生歷程的一種不無懺悔意味的深刻反思。能夠以一種主觀上不隱惡不諱美的態度坦然寫出自己真實的人生歷程來，正是王蒙自傳寫作一大根本特徵所在。難道王蒙不隱諱地寫出自己對於劉賓雁的真實看法來，就是為了確認自己的一貫正確的光輝形象？在我看來，王蒙其實是並沒有如作者所說的那樣一種深重的怨毒的，反倒是作者對於王蒙的這種看法，給我們留下了一種誅心之論的深刻印象。

我們注意到，關於劉賓雁之類離開了中國大陸的知識分子，王蒙曾經寫下過這樣一段帶有比較意味的話語：「更不要說自己躲在某種卵翼下罵，而號召別人去衝鋒流血就義了，歸根結蒂，還得化謾罵為理性，化逃離為回歸，化大語欺天為點滴的積累，在這塊土地上，與同樣清醒而且富有建設性的人在一起，挽起袖子，與人為善地做一些有意義有實效的事情」。並不需要作過多的分析論述，只要直觀地看去，應該怎樣評價這兩類不同的知識分子就已經是一目了然的了。雖然我們並不想全然地否定如同劉賓雁這樣的批判性知識分子的價值存在，但是，與這些批判性知識分子相比較，如同王蒙這樣實實在在為社會文化的進步發展紮實奉獻著的建設性的有機知識分子，無疑應該得到更高的評價。從這樣一個意義看來，王蒙這樣一段比較性的話語其實是很有一些合理之處的，如果類似於這樣的話語卻要被一些人理解為是通過攻擊別人而要確立王蒙自己一貫正確的光輝形象的話，那麼我們真的也就沒有什麼話好說了。

其次，作者認為王蒙的「書中關於劉賓雁的記述就實在是充滿了卑劣的惡意，屬真正的史德問題了」。我們注意到，作者在這裡拉拉雜雜地佔用了三、四百字的篇幅，而且還把魯迅、劉半農、章太炎這些早已作古的人們都拉扯了出來，用以說明自己觀點的合理與正確。然而，一再認真地閱讀這段文字之後，除了說明王蒙在《大塊文章》中曾以一章（節）的篇幅對劉賓雁的《人妖之間》進行了深入細緻的批判，以及王蒙在書中的其他地方也曾多次對劉進行攻擊之外，我實在搞不清楚這位作者所指責的王蒙在「史德」方面存在的問題究竟表現在什麼地方。難道對劉賓雁進行一下批判就是作者所謂的「史

德」有問題了嗎？如果真的是因為對劉賓雁的批判而導致了王蒙「史德」問題的話，那麼這位作者本應該詳細地指出王蒙的批判在哪些地方存在錯誤才對。如果指不出王蒙的批判存在的問題，卻還要由此而無端地指責王蒙的「史德」問題，那就真的是很有一些胡攪蠻纏的意味了。這位作者曾經自以為巧妙地借用葉聖陶《潘先生在難中》的「看他對上一句什麼」來為自己的文章作結，在此，我也想借用魯迅先生「辱罵和恐嚇絕不是戰鬥」來回贈於這位先生。因為，從我自己的閱讀感覺來看，雖然在劉賓雁離開了這個世界之後，王蒙方才在《大塊文章》中寫出對於劉賓雁，對於《人妖之間》的真實看法，似乎的確有一些不夠厚道的意思。但是，從對歷史高度負責的角度出發，在今天，在《大塊文章》中能夠寫出這樣一些真實的看法來，卻又的確可以看出王蒙一種難得的真誠與勇氣來。其實，又何止是劉賓雁呢，我們注意到，關於胡喬木，關於丁玲，關於馮牧等歷史人物，王蒙都或多或少地涉及到了他們人性構成中的負面因素，但為什麼此文的作者僅僅揪住劉賓雁的問題不放呢？難道就因為他曾經是值得肯定的民主的積極爭取者，所以就一白遮百醜，所以就不允許談論他所存在的一些問題了嗎？

在我看來，只要談論的問題準確到位，那麼任是誰包括毛澤東在內所有的歷史人物都是可以充分談論的。而王蒙在《大塊文章》中關於劉賓雁的《人妖之間》所存在問題的談論，正好就是屬這樣的一種情況。且讓我們來具體地看看王蒙關於《人妖之間》到底說了一些什麼。《人妖之間》是劉賓雁最有影響力的報告文學代表作之一，這部獲獎作品廣受民眾的歡迎，給劉賓雁帶來了極大的聲譽，而書中的反面傳主王守信卻因為此作而被處決了。王蒙對《人妖之間》的第一個質疑首先就是王守信被處決的根本原因到底是什麼，以及這樣的理由到底站不站得住腳的問題。在對作者所謂報告文學能夠合理想像的觀點進行了批駁之後，王蒙寫道：「即使文章的說法百分之百地準確，此王守信的問題從法學上講到底屬什麼性質？倒賣計劃內物資？粗俗（這哪裏違法）？小小家長式靈感式領導作風？低級的公關策略？還是確有應予極刑的刑事犯罪事實？」很顯然，在王蒙看來，無論從作品中所記述的哪一方面的事實來看，王守信都罪不當死。正因為如此，王蒙才不無憤慨地寫道：「至少這篇作品裏的傳主絕無死罪，甚至不像壞人。我只是就事論事地談談此作斯人，我不明白為什麼說出事實、承認事實，實事求是會這樣艱難和危險。你必須甘冒天下之大不韙，『悍然』公布你的實話，悍然進行無私的也是

真心的評價。是的，悍然，像爆一顆原子彈一樣，我相信我在此節已經悍然爆彈了！」從王蒙《大塊文章》問世後所引起的反響來看，王蒙的預感是十分準確的，他確實「冒天下之大不韙」地「悍然爆彈」了。如果說，在二十幾年後的今天，王蒙的說法依然引起了軒然大波的話，那麼，假如王蒙在二十幾年前就坦然地說出自己的困惑，那他所遭遇到的又會是怎樣的一場劫難呢？畢竟，我們的社會較之於二十幾年前已經清明理性了許多。畢竟，除了指責王蒙的不夠厚道之外，不會再有人對於王蒙的具體看法持有異議了。

其實，通過對於《人妖之間》中王守信冤案的談論，王蒙在把批判的矛頭指向了劉賓雁報告文學可以「合理想像」這種觀點的不合理性的同時，更是把批判的矛頭指向了當時不合理的法律體系，不合理的社會體制。畢竟，劉賓雁再有天大的能耐也無法最終決定王守信的命運，最終把王守信送上了法場的只能是當時的公檢法機關。在質疑劉賓雁報告文學可以「合理想像」這種觀念的合理性的同時，王蒙也指出了《人妖之間》在寫作的思維方式上存在著的明顯弊端。其一是「簡單的二分法」，「它的邏輯是反妖者好人也，這樣的結論比較簡易，但未必靠得住」。其二是性別歧視，其三則是對於王守信公關活動與福利活動的妖魔化，其四是暴力語言的運用，其五則是在無意中「投合了許多讀者的弗洛伊德力比都」。只要不是帶著有色眼鏡去重讀劉賓雁的《人妖之間》，那麼所有的重讀者都應該承認王蒙的如上分析其實都是能夠站得住腳的。王蒙以一位作家的身份，如實地指出關於自己的同行的文學作品所客觀存在著的藝術弊端，本來應該被看作是正常的文學批評活動。然而，王蒙這樣一種對歷史高度負責的盡可能多地講出歷史真相來的做法，卻難以避免地遭到了一些人的誤解，卻被某些人無所憑據地指責為王蒙的「史德」存在著莫須有的問題。這就真的有些情何以堪的味道了，這也就真的無怪乎王蒙會發出「如果我不說就再沒有人說了」的深切感慨了。卻原來，說出真話來居然需要付出如此巨大的代價呀。什麼時候，我們才能夠真正地迎來一個不再需要為說真話而付出代價了的時代呢？！

七、餘論

王蒙是一個把文學創作看作自己最重要的人生使命的作家，八十年代是王蒙的小說創作取得巨大成就的一個時期。《布禮》《蝴蝶》《雜色》《春之聲》《夜的眼》《海的夢》《活動變人形》，王蒙一系列能夠代表自身小說寫作最高

成就的作品，均寫作發表於這一個時期。在這部名為《大塊文章》的自傳第二部中，關於每一部重要作品寫作的心得與體會，王蒙都有著格外詳盡深入的回顧與總結，其中自然也潛藏著不少極富藝術智慧的小說詩學命題，需要我們予以高度的關注與思考。怎奈本文的篇幅已經夠長，所以，關於這一方面的話題只能留待另文而充分展開了。

最後，請允許我以王蒙自傳中一段格外意味深長的文字為本文作結吧。「所以我不是索爾仁尼琴，我不是米蘭・昆德拉，我不是法捷耶夫也不是西蒙諾夫，我不是（告密的）巴甫連柯，不是（懷念斯大林的）柯切托夫，不是（參與匈牙利事件的）盧卡契，也不是胡喬木、周揚、張光年、馮牧、賀敬之，我同樣不是巴金或者冰心、沈從文或者施蟄存的真傳弟子，我不是也不可能是莫言或宗璞、汪曾祺或者賈平凹、老李銳或者小李銳……我只是，只能是，只配是，只夠得上是王蒙。」是的，王蒙真的只能是王蒙。因為王蒙只能是王蒙，所以我們讀得到的，也就同樣只能是如同《大塊文章》這樣的王蒙式關於「八十年代」的記憶了。

王蒙《九命七羊》：
時代的證詞與自辯狀

　　早在 2008 年 4 月，王蒙的自傳第三部《九命七羊》，由花城出版社正式出版。循舊例，我本來早在作品剛剛出版的時候就完成關於這部作品的研究文字，但或許由於雜務纏身的緣故，這件事情不僅被耽擱下來，而且一耽擱就是差不多十年的時間。這一次，我終於找時間再一次認真閱讀了他的這一部《九命七羊》，對作品產生了更加真切的體會與認識。首先需要面對的，就是看起來頗有些怪異的作品命名問題。毫無疑問，王蒙自傳第一部「半生多事」與第二部「大塊文章」這兩個標題，都恰如其分地精準概括了各自相對應的人生時段。第一部相對應的是從王蒙出生的 1934 年，一直到「文革」結束為止。這個時段，王蒙既作為「少年布爾什維克」參加了革命參加了黨組織，也因為短篇小說《組織部來了個年輕人》的寫作而一時蜚聲文壇，更因為這個短篇小說的寫作而被錯誤地打成右派，然後舉家自我「流放」新疆長達十七年之久。其間，時代的風雲激蕩與個人命運的跌宕起伏，的確稱得上是「半生多事」。第二部相對應的時段相對短暫，只是「文革」結束後的 1980 年代差不多前後十年的時間。雖然只是短短的十年時間，但卻堪稱王蒙人生與文學創作的巔峰時刻，無論是政治仕途上的官至中央委員、文化部部長，還是文學創作上「井噴」現象的出現與一系列代表作的生成，都配得上「大塊文章」這樣的四個字。到了第三部《九命七羊》中，相對應的時段就應該是 1990 年代初期一直到作家完成自傳寫作的 2007 年，差不多將近二十年的時間。關鍵的問題在於，對於自己從高官位置上激流勇退之後的這將近二十年

時光，王蒙為什麼要命名為「九命七羊」呢？對此，王蒙自己在自傳中曾經給出過明確的解釋：「這就叫九命七羊。貓有九條命，狗有九條命，同樣的說法，在內地也好新疆少數民族聚居區也好，英語世界也好斯拉夫語世界也好都認同。斯拉夫民族的說法叫做貓有九死。我也有九條命啊，漢語世界一條命，維語世界一條命，英語世界一條命，寫作一條命，工作一條命，翻譯一條命，講課也是一條命，休養生息也是一條命呀，城市一條命，下鄉也是一條命，講學論道也是一條命。九條命就是九個世界，東方不亮西方亮，堵了南方有北方。而不論走到哪裏，總有朋友，總有相助，總有好人好心，總有真理之光，總有得學習，有得思考有得切磋有得回味有得積累。總有光明在前，快樂在前，意義在前。七羊，就是吉祥，豈止七羊，七祥，到處是希望，到處是吉祥，到處是快樂，到處是健康！只要國家好，人民好，社會好，生產好，王蒙就永遠不會吃癟，王某就永遠不會形影相弔，倉皇無主張！」卻原來，這裡的「羊」，並不是作為動物之一種的那個「羊」，而是取了「羊」的古義，也即「祥」的意思。也因此，所謂「九命七羊」者，就很明顯是在強調，儘管王蒙的一生充滿著各種各樣的不幸與劫難，但最終的結果卻總歸還是遇難呈祥。由此可見，與其說「九命七羊」是對於王蒙 1990 年代以來這一人生時段的概括，反倒不如被看作為是王蒙對於自我人生的一種「蓋棺定論」式的總體性理解與評價。

王蒙從部長的位置上激流勇退的具體時間，是 1989 年 9 月初。這一年，王蒙 56 歲。雖然距離六十歲這樣的花甲之年還有四年時間，但伴隨著王蒙政治生命的發生變故，他的人生與文學創作也開始進入了一個新階段。沿用一般意義上青年、中年以及老年的階段劃分，倘若說被劃為右派打入政治另冊前的文學創作被看作王蒙的青年寫作，「文革」結束重新復出後也即 1980 年代的文學創作被看作王蒙的中年寫作，那麼，從 1990 年代起始迄今為止的文學創作，自然也就可以被看作是王蒙的老年寫作。三個不同的歷史時期，三種不同的時代境遇，最終所導致的，乃是三個階段思想藝術特徵差異明顯的文學創作。王蒙自傳第三部《九命七羊》所主要記述的，就是 1989 年 9 月初作家從文化部長位置上卸任後一直到 2007 年的人生經歷與文學創作狀況。這一階段，王蒙人生的主要內容由以下幾個板塊組成。其一，雖然王蒙已然辭任文化部長職務，但擁有濃烈社會政治情結的他，卻不可能完全脫離開政治。文化部離職後不久，他就被吸納到全國政協，先是政協委員，後是政協常委，

並且擔任過全國政協的文史與學習委員會主任的職務。這一部分內容，自然會成為《九命七羊》的記述對象。

其二，不管怎麼說，王蒙都是一位把文學創作尤其是小說創作視作身家性命的作家，無論在什麼情況下，他都不可能放棄文學尤其是小說創作。正如同部長的職務不會使他放棄文學創作一樣，卸任部長職務後的他，更是把相當大的一部分精力投入到了文學創作之中。對於這一點，王蒙在《九命七羊》中曾經不無自得地寫到：「『激流勇退古來難，心未飄飄身已還。』這是我的古體詩《秋興》中的最為得意的兩句。陸文夫後來寫過一篇文章，說是許多作家當了官就再下不來了，當不成、也不想當作家了。然而，王蒙能轉體三百六十度，後翻七百二十度，穩穩落地，此屬金牌體操冠軍動作，不是常人做得到的（大意，不排除我本人趁機忽悠的因素）。」「紅、李、契佛這些事還讓我欣喜地發現，王蒙仍然是王蒙，當了部長也罷，不當部長也罷，委員也罷，不委員也罷，出入中南海也罷，出入胡同市井村鎮也罷，被稱讚肯定也罷，被絕非善意地送上了『等身』的材料也罷，被趕車人羅列了一堆罪名也罷……咱們從來沒有認生過文學，認生過生活，認生過平民，認生過書桌前的工夫！王蒙仍然能夠規規矩矩地做活兒，興會空前地讀書，雲蒸霞蔚地寫作，一定之規地做人，其樂無窮，其味雋永，人莫予毒，別有天地。」質言之，從部長的高位上下來後，王蒙能夠以一種平淡從容的姿態回歸到文學創作的本位，安心於文學事業的創造，其實是非常不容易的一件事情。具體來說，一方面固然是老本行小說創作的回歸，是包括《戀愛的季節》《失態的季節》《躊躇的季節》《狂歡的季節》在內的「季節四部曲」，《青狐》《暗殺——3322》等長篇小說以及《春堤六橋》《歌聲好像明媚的春光》，短篇小說《尷尬風流》《十字架上》等曾經產生過廣泛影響的小說作品的創作，但在另一方面，卻又是王蒙文學創作與研究視野的極大拓展。在從事小說創作之餘，無論是他的新舊詩創作，抑或還是他關於中國古典名著《紅樓夢》與傑出詩人李商隱的研究，甚或他的英語小說比如作家契佛的翻譯，都曾經引起過社會各界的廣泛關注。唯其因為作家把主要精力都投入到了文學創作之中，所以在《九命七羊》中以不少篇幅來談論自己的文學創作，自然也就是題中應有之義。

其三，由於主動或者被動的原因，一向置身於各種思想與文化漩渦中的王蒙，不僅依然從這些思想與文化的漩渦中脫身不得，而且一直在引發著各種各樣的爭議。對於這一點，王蒙也作出過形象的自我描述：「除了作家供養

問題、人文精神問題、王朔作品問題、世俗化問題、通俗文藝問題、不爭論問題與知識分子的使命在於批判問題即不可重在建設問題、某個青年評論者的文風問題等外，還有一個可笑的卻也是不無狼狽尷尬的問題，叫做十個魯迅一百個魯迅問題。」雖然王蒙的描述看似輕描淡寫，事實上，以上任何一個問題，都是緊密關切著時代精神的大問題。某種意義上，把這一系列問題連綴在一起，也就構成了1990年代以來的一部中國思想文化史。作為一位極有社會影響力的作家，其觀點看法正確與否姑且不論，單只是能夠以積極的姿態介入到這些問題的爭議與討論之中，就足以說明王蒙一種強烈的入世精神，一種同樣強烈的現實與歷史責任感的存在。

其四，從部長的位置上激流勇退之後，王蒙有了足夠豐富的空暇時間，使他可以接受世界各國政府與文化機構的邀請出國訪問交流。對於自己作為文化使者而四處出國交流的盛況，王蒙在自傳中也有著真切的記述：「這段時間我可真走了不少地方。一九九一年新加坡。一九九二年澳大利亞。一九九三年，新加坡、馬來西亞、美國、臺灣。一九九四年，美國、日本。一九九五年，加拿大、美國、韓國。一九九六年香港、英國、德國、奧地利。一九九七年，澳門、馬來西亞、新加坡。一九九八年，美國、挪威、瑞典、香港、澳門。一九九九年，西班牙、法國、德國、奧地利、韓國、意大利。兩千年後則有挪威、愛爾蘭、瑞士、新加坡、美國、墨西哥、印度、日本、韓國、不丹、尼泊爾、毛里求斯、南非、喀麥隆、突尼斯、法國、埃及、荷蘭、瑞典、菲律賓、印度尼西亞、越南、伊朗、俄羅斯、英國、烏克蘭、愛沙尼亞、立陶宛、捷克、斯洛伐克等。」

其五、如同前兩部一樣，在《九命七羊》中，王蒙也會拿出一部分篇幅來回憶記述一些關係要好的師友的境況。這種記述，對於讀者更加深入地理解把握這些歷史當事人的思想與精神狀況自然會有不少助益。以上五大部分內容中，我們所集中關注分析的，或者說與「時代的證詞與自辯狀」這一命題關係更加密切的，是第二、第三以及第五這樣的三部分。這三部分，實際上也就構成了我們這篇文章的重點考察對象。

首先，是關於若干師友的真切記述。由於曾經因為獲得魯迅文學獎的詩歌獎而一度引起過軒然大波，所以，請允許我們的分析，從周嘯天教授開始。我們注意到，在第十三章「吾心光明，亦復何言」中，王蒙不僅曾經專門提及過周嘯天教授，並且還給予其舊體詩寫作以很高的評價。王蒙不無激動地寫

到：「我喜歡各種絕妙好詞，例如由於參加安徽師範大學中華詩學中心的活動結識了四川大學的周嘯天教授，他的詩令人拍案捧腹」，緊接著，在引用了周嘯天舊體詩《洗腳歌》的一些詩句後，王蒙進一步分析到：「誰也不會寫到足底按摩也能入詩，而且寫得如此古雅親和。順便說一下，我個人極少做這種按摩。我也不在乎這篇詩作的『政治正確』與否，如果新左派認為應該造捏腳丫子的人的反，那也與我喜歡這首詩的絕鬥沒有太多關係。」緊接著，又引用並評價了周嘯天的若干詩句之後，王蒙得出的一種結論性評價是：「我為他的詩寫了評論，他與我與讀者都挺高興。網上甚至有人說是唐詩之後有了周嘯天。當然是激動過頭了。」我們都知道，王蒙的《九命七羊》出版於 2008 年 4 月，實際的敘人記事截止於 2007 年底。這就意味著，最起碼早在王蒙寫作《九命七羊》的 2007 年的時候，他就不僅已經注意到了周嘯天舊體詩的存在，並且因激賞周嘯天的舊體詩作而主動自發地給他寫過肯定性評論。自然，在這裡，一個無論如何都不可否認的前提是，王蒙自己也不僅有著足稱豐富的舊體詩寫作實踐，而且其中的一些詩作比如古體七言的《秋興》，就的確堪稱佳作，其成就明顯超過王蒙自己的那些很可能投入了更多精力的新詩。「一年豪雨今朝多，文章由心非由他。／仰天長嘯復高歌，四顧茫茫心如割。／……／嗚呼，百年一世揮橡扛鼎筆酣墨飽之作能幾何？／花甲之年撥心曲，遙想讀者淚如雨！」諸如此類的佳言妙句，端的是非王蒙不能為也。唯其因為有了這樣一個前提，王蒙對於周嘯天舊體詩的判斷也才有了令人信服的可能。關鍵還在於，到了七年之後的 2014 年，在第六屆魯迅文學獎的詩歌獎評選過程中，周嘯天教授竟然以他的舊體詩創作而征服了評委，獲此殊榮。因為周嘯天是魯迅文學獎設立以來第一位憑藉舊體詩創作而獲獎的第一人，所以，他的獲獎曾經在文學界引起過不小的爭議。我們注意到，面對著那場明顯帶有混戰意味的激烈爭議，毅然站出來為周嘯天教授站臺，力挺他獲獎的陣營中，就有王蒙在內。事實上，早在周嘯天教授獲獎前七年時候，王蒙在他的自傳《九命七羊》中就不僅曾經專門提及過周嘯天教授，而且還對他的舊體詩創作不吝贊詞。從這個角度來看，周嘯天教授後來的獲獎，所充分證明的，就是身為作家與批評家的王蒙，在舊體詩藝術審美上的慧眼獨具，以及一種超乎尋常的預見性。

周嘯天之外，王蒙關於其他一些歷史當事人比如夏衍、李一氓、沈昌文等人的記述，也都令人印象深刻，予人以充分的人生或思想啟迪。夏衍留給

王蒙最突出的印象，是雖然年逾九十，實屬高齡，但卻頭腦清醒，「乾脆利索，清楚明白」。關於夏衍，王蒙有四點記述值得注意。首先，由於很早就從事革命活動的緣故，夏衍曾經坐過國民黨的監獄。由於被污為「四條漢子」的緣故，在「文革」中也坐過「四人幫」的監獄。所以，王蒙才會寫到：「他這一生可說是見多識廣，歷經風雨，他笑著說，他坐過國民黨的監獄也坐過『四人幫』的監獄，比較起來還是國民黨的監獄好坐一點。」正所謂說者無心，聽者有意，王蒙關於夏衍這一細節的記述，能夠引起我們的疑問與聯想者有二。其一，所謂的「四人幫」會有獨屬他們自己的監獄嗎？其二，為什麼國民黨的監獄會相對更「好坐一些」呢？隱藏於如此一種判斷之後的，又是怎樣的一種差異與區別呢？其次，是關於夏衍的瘦：「從『文革』後我第一次見到老人家，他一直瘦到了無以復加的程度，說是他的體重一直不超過四十公斤。我要說，對不起，他的瘦的形狀具備了一種骷髏精品風格，他的人與他的頭腦都只剩下了精粹，再沒有多餘的一克東西了。」夏衍身形的瘦，是眾所周知的一種事實，王蒙的值得肯定處在於，以生動的文學性筆觸對夏衍的身形之瘦進行了精準不過的傳神描寫。「骷髏精品」四字，看似有褻瀆之嫌，實則有畫龍點睛之藝術效果。尤其難能可貴的是，在此基礎上，王蒙又做了進一步的發揮，指認「他的人與他的頭腦都只剩下了精粹」。這就更是入木三分地揭示出了劫後餘生的晚年夏衍一種高遠深邃的思想與精神境界。第三，對夏衍思想傾向的揭示。「他雖然此生是高度地政治化了的，畢竟還是作家、文人、知識分子，有自己的愛好趣味與個人化的生活方式。就是說，他關心政治，投入政治，但仍然沒有讓政治完全化掉，仍然保留著自我。我聽到過某領導說夏有什麼自由化的問題之類，可能持有這個看法的還有別人。而夏公對我表示過的是：為什麼對文藝人不能多一點信任？」夏衍是一位同時擁有革命者與知識分子雙重身份的作家。不管夏衍自己是否有足夠的自覺，如此一種雙重身份在夏衍身上達到高度統一的同時，實際上也往往會處於相互矛盾衝突的狀態之中。大約也正因為如此，所以王蒙才會特別強調夏衍「仍然沒有讓政治完全化掉，仍然保留著自我」。這裡，一個不容忽視的潛在判斷恐怕就是，究其本質，政治乃是一種能夠讓人精神異化喪失自我的力量。唯其如此，王蒙通過自己的悉心觀察，才會特別強調，高度政治化的夏衍依然難能可貴地「保留著自我」。事實上，只要我們把觀察視野稍加打開一些，反顧一下中國共產黨的發展史，就不難發現，在一部中共黨史上，我們很容易就可以羅

列出一系列類似於夏衍這樣擁有雙重身份的共產黨員形象來。從建黨初期的陳獨秀、李大釗，到瞿秋白，再到後來的胡喬木、周揚、李銳、李慎之、韋君宜等等，以及我們稍後要專門提及的李一氓，都屬這一類在不同程度上難能可貴地保有著現代知識分子精神品格的共產黨員形象。某種意義上，中共之所以能夠保持一定程度上的思想與精神活力，與這樣一批具有現代知識分子精神品格的共產黨員存在著殊為緊密的內在關聯。很大程度上，正是因為夏衍這樣的革命者依然擁有難能可貴的思想能力，所以才會被一些別有用心者污為「有什麼自由化的問題」。第四，夏衍對於文藝界的一種清醒判斷。王蒙寫到：「夏公關心政治，但他從來不多說個人的蜚短流長，有時他略略一笑，表示對某人的不感興趣。有一次說到文藝界是魯太愚與全都換。由於與韓國兩位政治家姓名諧音，令人解頤，這在他，就算是說得最刻薄、最嚴重的一次了。」用韓國兩位政治家的諧音來巧妙表達自己對於文藝界現狀的不滿，在凸顯夏衍謹言慎行性格的同時，卻也同樣凸顯出了他的一種幽默，一種智慧。

　　與夏衍一樣，李一氓同樣既是資深的革命者，更是早在「五四」新文化運動中就已積極介入到新文學事業中的文人。「他原是創造社成員，也是文人。據說一位極高級領導曾經說他，如果能徹底消除自己身上的文人氣，他本來可以擔當更高的重任。重任可能是令人羨慕和珍視的。個性卻也不一定就不值一顧。重任誠可貴，文才價亦高，若為真理故，二者皆可拋。」正如同我們談論夏衍時已經提及過的，李一氓身上的文人氣之所以會成為他進一步升任更高一級職務的絆腳石，關鍵原因恐怕還在於他的革命者與知識分子雙重身份發生了尖銳的難以調和的衝突。最起碼，在擁有更高權位者看來，大凡擁有文人氣或者說知識分子精神品格的革命者，都難免要在被信任的程度上大打折扣。關於李一氓，王蒙的相關記述中，有兩點需要引起我們的高度關注。首先，是他對人道主義立場的堅持。「我想起討論精神污染時候一氓的一個發言，他說在國際共產主義運動中，要慎批人道主義，例如法共機關報的名稱便是《人道報》。他講這個話，當然很有權威性。」緊接著，王蒙自己議論到：「在革命隊伍中有一批文化人，大文化人，他們更容易趨向於理想主義，趨向於現代化，趨向於自由民主平等與人道主義，沒有這樣的文化人革命不可能成功，而且將使革命變得過於簡陋粗暴。但革命的主力確實是工農兵尤其是農民與穿上了軍裝的農民。而這些文化人如何能適應人民革命的種種特點

與實際，如何能理解國情民情革（命之）情，也絕非易如反掌。同時革命隊伍，革命的領導人如何對待自己的文化人，這並不是沒有經驗教訓可講的。」王蒙在這裡所談論的，實際上仍然是革命者與知識分子能否兼容，或者應該如何兼容的問題。針對這一具體問題，王蒙給出的依然是他一貫的相對主義立場。一方面，他強調知識分子介入革命的重要性，因為有知識分子的介入，才會不僅使革命成功，而且也使革命避免了「簡陋粗暴」的弊端。但在另一方面，他卻大談革命的主體力量乃是農民與穿上軍裝的農民，這裡的潛臺詞，仍然是知識分子應該通過思想改造以充分適應所謂「國情民情革（命之）情」的問題。與王蒙的相對主義立場有所不同，我更願意強調的一點是，既然已經是發生在現代社會條件下的一種革命，那為什麼還要強調農民的重要性，為什麼就不能夠用現代的一種啟蒙思想去想方設法改造農民的思想呢？其次，或許與李一氓所一貫堅持的人道主義立場有關，他在為人處事上的一大特點，就是與人為善，就是不願意辜負別人。「一氓也是極不願意辜負旁人的。與他常過往的有一個相對年輕一點的知名文人，這個人比較圓滑活潑，就是說有點見風使舵，隨風搖擺。有另一（比一氓更）老（的）人給一氓帶話，要一氓對他提高警惕。但一氓對我表示，他無法對一個對自己極友好殷勤的年輕人冷冰冰，更不要說板起面孔來了。」倘若再擴大一些聯想的範圍，那麼，李一氓的這種不設防式的與人為善、不辜負別人，簡直就可以讓我們聯想到法國作家雨果《悲慘世界》中那位以德報怨並最終徹底感化了冉阿讓的米里哀主教。說實在話，在中國這樣一個一貫盛行以牙還牙的狹隘復仇觀念的國度裏，能夠出現如同李一氓這樣與人為善、不辜負別人的人道主義情懷的堅持者，其實是非常不容易的事情。

假若說夏衍與李一氓他們兩位是資深的革命知識分子，那麼，沈昌文毫無疑問就屬另一類更多地體現了多元寬容精神的知識分子。關於沈昌文，王蒙寫到：「那一個時期的《讀書》及其主編沈昌文也是值得懷念的。沈的特點是博聞強記，多見識廣，三教九流、五行八卦、天文地理、內政外交，什麼都不陌生。他廣交高級知識分子，各色領導幹部，懂得追求學問珍重學問，但絕不搞學院派、死讀書、教條主義、門戶之見。因為他懂得紅黑白黃，上下左右，我稱他江湖學術家。看看他為雜誌寫的篇篇後記『閣樓人語』吧，嬉笑怒罵，陰陽怪氣，另一面卻是循規蹈矩，知分量寸，言談微中，點到為止。事隔多年，作家出版社的應紅編輯為之輯錄出版，仍然受到廣大讀者歡迎，亦出

版界之奇景也。無怪乎那位愛生氣的兄長憤憤於這樣的刊物：『怎麼還沒有查封？』」既然擁有如此一位非同尋常的主編，那，那一個時期的《讀書》自然也就顯示出了非凡的面貌：「斯時《讀書》上還有藍英年的『尋墓者說』，葛劍雄的『讀史系列』，吳敬璉等的經濟學文字，辛豐年的『門外談樂』，龔育之的『大書小識』（專談毛主席著作），趙一凡的『哈佛讀書札記』，金克木的『無文探隱』『書城獨白』，呂叔湘的『未晚齋雜覽』等專欄……本人也攀附驥尾，借光沾光……其間《讀書》的銷量以幾何級數上升，洋洋大觀，一番盛況……於今難覓。沈公拜拜了《讀書》，當年的那麼有趣有新意的《讀書》也就拜拜了讀者了。」雖然王蒙只是在對沈昌文以及他做主編時候的《讀書》雜誌進行了一番現象描述，但第一，只要看一看王蒙羅列出的這些曾經在《讀書》雜誌開過專欄的作者名字，你就不難想像得到那個時候的《讀書》究竟繁盛到了何種程度。第二，對於沈昌文，雖然王蒙並沒有作性質上的理解與界定，但參考中國現代思想文化史的狀況，我個人判斷，沈昌文其實是一位接受並堅持「五四」精神薰陶影響的具有自由寬容思想的現代知識分子。很大程度上，這樣的一位主編，真正堪比曾經擔任過北京大學校長的蔡元培先生。正如同蔡元培以一種兼容並包海納百川的胸懷同時把當時有影響的新舊派人物都延請到北京大學任教一樣，沈昌文也以一種格外自由寬容的姿態把上世紀八九十年代的一批思想文化界的精英都團結到了《讀書》雜誌的周圍。唯其如此，他才可以成就《讀書》雜誌的一時之盛。

其次，是關於「季節」系列的若干創作談以及王蒙一些曾經產生過不小影響的文學理念。我們首先應該明確，「季節」系列在王蒙的小說創作歷程中佔有非常重要的地位。最起碼，王蒙自己非常看重這四部帶有連續性的長篇小說。之所以要設定為「季節」四部曲，很顯然是為了對應自然界的春夏秋冬四季。唯其因為王蒙非常看重這一系列長篇小說，所以在《九命七羊》中才會不惜篇幅地大談特談「季節」系列。按照王蒙的自述，他最早萌動「季節」系列寫作念頭的時間，是在1990年初冬：「一九九〇年初冬，上海文藝出版社在澱山湖召集長篇小說創作座談會，在那種情勢下率先抓文學的『生產』，其功不可沒。我們也遊了青浦、周莊與仿《紅樓夢》大觀園。我看到了魯彥周、竹林、王安憶、馮苓植、溫小鈺、汪浙成等，我與陸文夫同住一室。高高興興地當我的作家，感覺好極了。此次會議上，我已經開始構思，寫一部一個人的中華人民共和國編年史。陸文夫早就對我說過，他底下要寫的內

容就是『六十年』與『一個人』。這，就是此後『季節』系列的由來，也是自傳四部曲的由來。」更進一步地，關於「季節」系列的寫作主旨，王蒙也作出過明確的說明：「我一直覺得自己有一個使命，把我親見親聞親歷的新中國史記錄下來，把我這一代新中國建立時期的青年人尤其是青年知識分子與青年革命家們的心路歷程表現出來。有太多的爭拗，從而會是太多的偏見，太多的這樣那樣的需要，這樣那樣的潮流，這樣那樣的因人而變的說法，它們分別抹殺著不同的事實與側面，它們宣揚著某一點某一面某一種——而不是全部，不是深刻，不是立體，也不是，起碼不是足夠的真實。更多的人是在用事實來說明自己的見地，而不習慣於運用事實來校正見地、『生產』生發生長見地。於是這個也敏感，那個也紛紜，竟然沒有幾個人說得清來路，沒有幾個人看得明自己的腳印。這怎麼能算是一個鄭重的歷史創造過程呢？」「我想寫的是『季節』系列。溫故則能知新。想一想我們是怎麼走過來的？你不驚異嗎？你不哭一場？你不翻腸倒肺，不仰天長嘯？春夏秋冬，四季輪替，天道有常，歷史起伏變化，政治閃電驚雷，冬去春來，雨住雲開，這命名的本身已經包含了一種理性的從容與客觀了。」一方面，我們固然承認，既擁有突出藝術天賦，也擁有極豐富人生閱歷的作家王蒙，從其創作動機來說，的確想完成一個「全部」「深刻」以及「立體」的反映中華人民共和國編年史的長篇小說系列，但在另一方面，一個無論如何都不能不正視的一個悖論很顯然是，當王蒙興沖沖地指責其他的一些寫作者存在著只是「宣揚著某一點某一面某一種」的片面的思想藝術缺陷的同時，王蒙自己又何以能夠保證自己的「季節」系列就可以完全避開類似的思想藝術弊端呢？事實上，儘管王蒙作為一位非常傑出的作家，他的「季節」四部曲的確堪稱迄今為止以編年史的方式最為全面立體地反映表現中華人民共和國發展歷程的系列長篇小說，但歸根結底，也只是從王蒙個人的角度出發，忠實於個體生存經驗的一種小說寫作。在其他的作家或者旁觀者理解中，也仍然不過是「宣揚著某一點某一面某一種」的小說寫作而已。

　　但不管怎麼說，「季節」四部曲是王蒙在自己數量眾多小說作品中最為看重的小說創作之一種。本來，作家曾經對「季節」四部曲寄予厚望，希望自己投入如此多心血的小說長卷能夠產生激動人心的思想藝術效果：「二十世紀八十年代後期我下決心把一九四九年後的中國人的特別是革命的知識分子的心路歷程寫出來的時候，我以為這是一件激動人心的工程，我以為它能引起回

憶與重溫，舊夢與舊痛，哭號與長嘯，怒吼與狂笑，歎息與流連；我以為它能針針見血，字字入目，句句含情，章章攪他個潮湧浪濺……」但正所謂計劃不如變化，等到「季節」系列陸續完成的時候，中國的社會文化語境卻已經較之於 1980 年代後期發生了天翻地覆的變化，用王蒙自己的話來說，就叫做：「然而，等它寫出來的時候，從一九九四年到一九九八年，社會的關注早已經是別樣了。」依照王蒙的理解，由於社會關注點的轉移，由於文學的邊緣化，他的「季節」四部曲陸續問世之後，並沒有能夠產生預期中的巨大反響。這種情形，讓王蒙倍感失落。實際上，由於筆者一貫關注留意王蒙小說創作的緣故，早在當年「季節」四部曲陸續發表出版的時候，就不僅曾經認真地閱讀過他的煌煌四大卷小說，而且也還都及時地撰寫過相關的批評文章。依照我的理解，「季節」四部曲雖然就其實現藝術成就或者重要性而言未必能抵得過長篇小說《活動變人形》與短篇小說《組織部來了個年輕人》，但卻依然應該被看作是王蒙長篇小說創作中最重要的一部分。關於我對於「季節」四部曲的具體理解與評價，自有本書中專門探討研究這四部長篇小說的那些章節為證，此處不贅。但無論如何，「季節」四部曲沒有產生預期中的反響，是一種無可否認的客觀事實。為此，王蒙的鬱悶，也屬正常的心理反應。正因為心有不甘，所以，在《九命七羊》中，王蒙才會「不管不顧」情不自禁地跳身而出，以一種「王婆賣瓜」的特別心態來談論「季節」四部曲的創作：「我曾經非常看重我的『季節』系列寫作，我相信再沒有一個人真實地而又是理解地，切近地而又是超拔地，熱烈地同時仍然是冷峻地，尖銳地卻又是多情地書寫這一切。我置身事中。我超然物外。我有情有義。我無掛無牽。我上了天入了地革了命當了官打入了另冊成為了寶貝蛋或者眼中釘。寫這一切我有血有淚有笑有歡有驕傲也有恥辱，有熟熟的套子更有新見。我是有童子功的共產黨員又是多情應笑我早生華髮的詠歎者。在大風大浪中我是弱者在情感、智力與經驗上我相當強，我豐富得不得了，在掌握權力上我習慣於貧而且乏，在掌握語詞造句上我富可敵眾而且得心應手。我不寫誰寫？我不書誰書？就任憑那些爆料的牛皮，那些塗抹的粉飾，那些非理性的咒罵或者自吹自擂，那些黨八股或者反共八股們編造──我說是偽造──生活的腳印嗎？」實際上，在中國的文化語境中，一位寫作者，以如此一種「不管不顧」的方式對自己的小說作品大肆地進行自我誇讚，是一種嚴重犯忌的事情。曾經做過部長的王蒙，竟然如此地犯忌，可見他內心裏對於「季節」四部曲的

特別看重。唯其如此，他才會繼續「不管不顧」地對「季節」四部曲做進一步的談論：「我從生命，生活，人的角度來見證這一切。我是一個見證者，見證榮耀與艱難，荒唐與坎坷，步伐與代價。」「從一九九一年到一九九九年，我一直在寫『季節』系列，我把它看作我的歷史責任……僅僅每部『季節』的命名也花了我太多腦筋。每一部書都是寫到三分之一到五分之二處才確定了題名，而一旦確定了題名，底下的書寫就勢如破竹起來。從純小說的角度看它不無缺憾，然而，它是無可替代的，它還遠遠沒有被挖掘和理解。例如我的最好的朋友之一李子雲，她接受『失態』和『躊躇』兩個『季節』，盛讚『失態』之命名，卻無法接受『戀愛』與『狂歡』的神經兮兮。我的最熱忱的評論者郜元寶，再沒有哪個像他那樣認真地閱讀了文本，他作出的辨析仍然顯得單薄與直線。就前面那段講毛主席的話，誰還能寫得出來？誰能真正看懂？滿紙荒唐言，孰解其中味？」乾脆指名道姓地認定自己的批評家好友都沒有能真正理解「季節」系列，王蒙之對於「季節」特別在意的那樣一種情狀，於此即可見一斑。實際上，「季節」系列的思想藝術價值究竟如何，蓋棺論定者既不是李子雲與郜元寶，也不是王蒙自己。又或者說，包括「季節」系列在內的王蒙全部的文學創作的價值和意義，唯有在經歷殘酷而漫長的時間與歷史的檢驗之後，方才能夠得到確證。

「季節」的創作談之外，王蒙在若干演講中所傳達出的關於文學理念的深入思考，也給我們留下了相當深刻的印象。比如，在臺灣的一次名為《清風·淨土·喜悅》的演講中，王蒙就有若干關於文學理念的極富智慧的表達：「我很欣賞吳亮先生講的『從迷茫開始，到更深刻的迷茫』，雖然這句話似乎有點虛無主義的色彩，起碼卻留下切磋和探索的空間，來取代嚴格和排他的斷語。」從絕對真理的角度來說，作為一個有限的生命體，我們的認識水平永遠也無法抵達真理的彼岸，而只能無休止地徘徊在企圖探求真理的迷茫狀態。就此而言，所謂「更深刻的迷茫」，自然也就意味著人類個體在探求真理的道路上抵達了某種更高的境界。然後，針對臺灣人特別在意的邊緣與中心的問題，王蒙強調：「大作家在哪兒都是大作家。耶穌降生在馬槽裏，他的襁褓放在馬槽裏，然而他還是上帝兒子。同樣，不是大作家放到哪兒也不是大作家，放在宮廷裏、放到監獄裏、放到自由女神的火炬下，都不是大作家，因為作家的工作畢竟是個人的工作。擺脫掉那種關於中心／邊緣、主流／非主流、大陸／海島的計較，我們會活得更舒服一些。」毫無疑問，對於一個以寫

作為根本志業的作家來說，寫作永遠是第一位的。能夠證明其成就的，只能是他的作品，而不是他在現實中所處的社會地位。想明白了這一點，作家自然就能夠以一種平常心更專注地投身於寫作的過程之中。與此同時，王蒙也談到了自己對於藝術自由屬性的真切理解：「我是一個入世很深的人，從小就參加政治活動，還有種種經歷都是不可迴避的。我深知藝術並不是生活在真空，我深知藝術不斷地受到政治、經濟、權力、金錢、意識形態、社會心理、觀眾好惡以及獎金的利誘與威逼。即使是這樣，藝術畢竟還是藝術，藝術畢竟還有自己的品格，它的品格在於心靈的一種自由，因為人生實際上是不自由的，不僅僅在政治上會有各種各樣的問題，而且生命本身有時候就是那樣的可憐，但是正是藝術知其不可而為之，在自己非常短暫的生命當中，渴念著一種天馬行空的境界，渴念著一種形而上的永恆，渴念著能夠突破地理政治的意識形態的侷限，能夠成為被更多的人所接受，讓更多人聯繫起來的一個因素。」在充滿著各種利益衝突與人生侷限的人世間，看似虛無縹緲的文學藝術之所以還有存在的價值，就在於它所擁有的自由屬性。通過與實際上處於不自由狀態的人生與生命相比較，王蒙所思考並提出的，正是文學藝術存在價值一個非常重要的方面。

再比如，關於文學與科學的關係，王蒙也發表過極其精闢的看法。話題的起因，是身兼中國海洋大學文學院院長的王蒙，曾經專門邀請了一批作家與海大管華詩校長邀請的一批科學家進行對話。在那次對話過程中，王蒙不無驚奇地發現，竟然形成了一種一些作家批判科學主義的現象。對此，王蒙自己很是有些不以為然：「與科學家相比，我們的同行們的立論顯得太輕飄、太隨意，也未免廉價了。目前從全國來說，除王小波學過（自然）科學以外，有哪個作家認真研究過科學？沒有研究為什麼就批上了呢？無非來自西方新左思潮的皮毛。但是中國的主要問題仍然是愚昧無知迷信啊，更應該批判與解決的是蒙昧主義，是迷信、邪教，是對於科學的無知。不是嗎？」事實上，只要是對王蒙的經歷有所暸解的朋友，就都會知道，他其實堪稱一位數學迷，對於論證各種數學題有著濃厚的興趣。假若不是從事了文學創作成為一名作家，那王蒙成為一名數學家也未可知。王蒙的為科學主義辯護，很顯然與他濃厚的數學興趣緊密相關。然而，與王蒙個人的數學興趣相比較，更重要的恐怕卻是他對一種現代啟蒙精神的守護與堅持：「順便說一下，中國朋友現薑現買的對於科學主義的聲討，弄不好會與中國的迷信和愚昧傳統，中國的源

遠流長的反智主義的傳統結合起來，畫虎不成反類犬，追求後現代的結果是回到前現代回到原始巫術回到傻子功——如金克木教授所說——這樣的例子多著呢。那幾年流行過一種氣功，叫做傻子功，練『功』的人天天念幾十遍『我是傻子，我真傻……』早在我國處理法輪功事件之前，天津作家馮驥才與蔣子龍就對我說過，這樣下去，什麼唯物論什麼五四精神就全完了，不知道上頭想明白了沒有？」雖然說王蒙與五四精神之間的關係並沒有這麼簡單，但從對於現代科學主義的堅持這一點上來說，王蒙的啟蒙主義思想立場卻無論如何都值得肯定。

第三，相比較來說，「九命七羊」階段，王蒙最引人注目的一個方面，還是他對思想文化領域一系列重要論爭的強勢介入。細細數來，以作家的身份而積極介入到 1990 年代以來思想文化史建構過程之中，大約也只有王蒙一人。無論是人文精神的大討論，還是作家王朔的評價問題，不管是中國社會的世俗化問題，還是所謂「上百個魯迅」的問題，王蒙都發表過旗幟鮮明的觀點。這一系列論爭過程中，王蒙的一些觀點固然遭到了社會的普遍誤解，但在另一方面，他的另外一些看法卻也不盡正確，有明顯值得商榷處。

關於作家王朔的爭議，緣起於王蒙在《讀書》雜誌發表了一篇名為《躲避崇高》的批評文章。對此，王蒙在自傳中也有所記述：「我給《讀書》雜誌寫的一篇評論王朔的文章叫做《躲避崇高》，這篇文字使我在一定的程度上幾乎『名譽掃地』（？）。我起這個文題是太不慎重了。雖然我說的其實是躲避偽崇高而不是一切崇高。我相信有些評論的看法是有道理的，認為王某是中國最後（？）一個主流意識形態的理想主義者。再有，我說的是王朔的作品的敘述策略是躲避崇高的詞句與煽情，而不是我本人提倡躲避什麼什麼。」王朔是 1990 年代中國文壇一位非常重要的所謂「痞子作家」。之所以被視為「痞子作家」，乃因為王朔在他一系列有代表性的作品，比如《一點正經沒有》《頑主》《玩的就是心跳》《千萬別把我當人》中，極富藝術智慧地運用充滿幽默色彩的戲謔與調侃筆法，正話反說或者反話正說，肆無忌憚地撕下了曾經充斥於中國社會數十年之久的「偽崇高」的面具，解構主義特質非常明顯。究其根本，王朔小說創作最不容忽視的一種特點，就是對於反諷藝術手法的創造性使用。對於敘事藝術中的反諷，有不少學者進行過專門的探討：「在敘事研究中，反諷也是一個重要的概念。韋恩‧布斯指出，如果敘述者同『作者的聲音』不一致，讀者的理解同敘述者或人物有差異，都可能構成反諷。例

如馬克‧吐溫的小說《哈克貝利‧芬》中，流浪兒哈克是敘述人，他『聲稱要自然而然地變得邪惡，但作者卻在他身後默不作聲地讚揚他的美德』，這就是反諷。韋恩‧布斯引用馬克‧肖勒爾的話說：『在每一點上我們都被迫發出疑問：「我們怎能相信他呢？他的觀點一定是錯誤的觀點。」我們感到事物所具有的特性，與那個為我們描述這個事件的敘述者所具有的特性這兩者之間的不一致，就是基本的反諷，而且它絕不是一個簡單的反諷。』」〔註1〕借用艾布拉姆斯的話來說，就是：「在這種手法裏，故事的講述者本人就是這個故事的參與者。雖然他可能既不傻也不瘋，但他缺乏洞察力；他用帶有他自己的偏見和個人利益的扭曲了的看法來觀察和評價他自己的動機以及其他人物的動機和行為。」〔註2〕儘管說反諷是現代作家所普遍使用的一種藝術手法，但由於它的「佯傻」面目，實際上對於讀者有著比較高的理解要求。也因此，圍繞王朔作品的評價問題，實際上存在著雙重的誤解。第一重誤解，首先來自於讀者對王朔作品本身的誤解，第二重誤解，方才是對王蒙《躲避崇高》的誤解。這其中，尤其值得玩味的一點是，在王蒙自己也曾經深度捲入過的那場人文精神大討論中，很多頗有修養的學人也都簡單地把王朔與賈平凹剛剛發表不久的長篇小說《廢都》作為批判的靶子。究竟是這些學人的學養的確存在問題，抑或還是他們的一種故意為之，至今想來，都令我感到難以理解。退一步，倘若說王朔的被誤解尚且存在著文化修養的制約問題，那麼，王蒙《躲避崇高》的被誤解，就的確不應該了。唯其如此，王蒙才會不無痛切地指出：「同樣，就這個『躲避崇高』的標題，已經令王蒙無顏見江東江西父老了，愧恨哉！是的，人們就是這樣閱讀的，他們重視標題超過內容，他們重視一句『怪話』勝過全篇的邏輯，他們重視口碑與議論反映勝過原文，他們重視某篇文字的反響勝過研討文本，他們喜歡草草地作出判斷，而不是由表及裏、去偽存真地去辨析。一句話，他們更多地是用耳朵、用鼻子、用四肢和眼角口角，說句笑話就是用腳後跟去感受把握一篇文章的，而盡力少用大腦思考。」實際上，只要認真地讀過《躲避崇高》這篇文章的讀者，就會知道王蒙的本意絕非是在公開提倡要「躲避崇高」。不僅文章本身如此，即使聯繫王

〔註1〕 王先霈、王又平主編《文學理論批評術語匯釋》，第292～293頁，高等教育出版社2006年5月版。
〔註2〕 艾布拉姆斯語，轉引自王先霈、王又平主編《文學理論批評術語匯釋》，第293頁，高等教育出版社2006年5月版。

蒙自己，作為一位在 1950 年代成長起來的擁有突出「少共」情結的作家，他無論如何都不可能去躲避一切崇高。唯其因為王蒙曾經有過在偽崇高的氛圍中長期生活的經歷，所以他才會在讀到王朔小說之後，因為激賞於王朔以反諷的藝術手法消解「偽崇高」的小說創作，而撰文給予充分的肯定。由以上分析可見，在王朔評價這一事件中，王蒙的所作所為完全無可厚非，令人倍覺遺憾的，反倒是那些不深究文本只知望文生義的不分青紅皂白的批判者。

然後，就是所謂「上百個魯迅」的問題。事情的起因緣起於王蒙在加拿大接受了一位名為丁果的撰稿人的採訪。那次採訪中，丁果問到了王朔作品的事情，「並說有人擔心作家都變成了王朔式的玩世不恭者，中國文學會成為什麼樣子呢？」對於丁果這樣一種其實已經明顯脫離了文學常識範圍的提問甚為反感的王蒙，給出的回答是：「都成了王朔當然不行，都成為魯迅也不行啊，如果出現了幾十個上百個魯迅，我的天！」緊接著，王蒙進一步展開道：「我是極而言之，我是爭辯有術，認為文學的成批成捆，作品與作家的成類成風，人物的批量生產，是很恐怖的。都成了某一小小作家固然不美，即使都成了大大作家偉偉作家，也沒準更可怕。因為越是偉偉作家大大作家個性越是強，越是不可重複，不可克隆，不可成群出現。」王蒙根本沒想到，自己接受採訪時隨口講出的一句話，竟然會在社會上引起一場軒然大波。這裡，恐怕存在兩方面的問題。一方面，我們的傳媒在報導王蒙的說法時存在著斷章取義的現象，但在另一方面，更重要的問題在於，魯迅在我們這個時代有著過於神聖的地位。作為一位被明顯「神化」了的作家，魯迅顯然已經成為了一個不容冒犯的代名詞。在這樣的一個前提下，王蒙的這種說法，自然也就捅了馬蜂窩。進一步來說，這裡其實存在著兩種對於「魯迅」的不同理解。在那些對王蒙強烈不滿的社會大眾的理解中，神聖的魯迅意味著一種不可褻瀆的魯迅精神。對此，王蒙自己事後才認識到：「但還是有問題，我實不該拿魯迅打比方。因為，魯迅在咱們這裡是不可以輕易提及的，談魯迅應該有足夠的敬畏與悲愴。為什麼眼裏常含淚水，因為愛魯迅愛得深沉。此後王朔談魯迅，大馮談魯迅，《收穫》講魯迅，都受到了痛擊，至少是干預，有了批示，有關單位還寫了檢討。而且恰恰是在咱們這裡，魯迅的深沉、孤獨、透徹、悲憤與幾近絕望的詛咒與對於未來的全新期待，特別能引起精英意識的共鳴與傾倒。你可以不是魯迅，就是不能沒有魯迅式的精英意識。」「有的精英遺憾於魯迅的只有一個，人們瞪著雙眼看能不能多出一些魯迅。人們有沒有說痛

快的話，有委屈，有憋悶，有不平，有大炮在肚腸裏轟轟隆隆，自己又不敢放或不會放，正期待著幾十個幾百個魯迅萬炮齊轟，蕩滌一切黑暗，釋放一切怒氣，你卻說魯迅只應有也只能有一個，你犯了眾怒啦，你又闖了刀山火海陷阱啦，你把自己置於不敬魯迅的被動位置上了。」但在王蒙這裡，他所談論的卻只是作為一位個體作家存在的魯迅，雖然說他也很清楚與魯迅相關的某種彌賽亞情結的存在：「事到如今，我乾脆再說明白一點，對於魯迅的苦苦期待也是人民的一種彌賽亞情結的表現。魯迅是偉大的深刻的與冷峻的，同時也是具體的時間環境與文化傳統文化激蕩的果實，是歷史、社會與中國人民大革命從醞釀到走向高潮的果實」，但不管怎麼說，作為作家個體的魯迅都只能是唯一的，「與一切有成就的大家一樣，他是絕對不二的。魯迅不二，莎士比亞、托爾斯泰與巴爾扎克……當然也只能不二。問題是那些外國大家與前面提到過的中國古代文人的形象都是文學家，而不像魯迅這樣具有彌賽亞的光環。」能夠通過自己「上百個魯迅」言論的遭遇而頓悟出魯迅被賦予的彌賽亞情結的隱然存在，也可以被視為王蒙的一種獨特發現。

相比較而言，更值得引起我們高度關注的，還分別是他在人文精神大討論中所持有的思想價值立場以及他對於 1989 年那場重大歷史事件的態度與看法。然而，要想深入考察王蒙對人文精神問題的相關思考，首先須得搞明白那場人文精神大討論的基本內涵與狀況：「90 年代文化界最顯著的特徵就是知識分子群體價值立場的分化，以及由此引發的一系列文化論爭。『人文精神』論爭是其中涉及面最廣、影響也最深遠的一次思想交鋒。論爭的緣起是1993 年王曉明等人一篇題為《曠野上的廢墟——文學和人文精神的危機》的文章，文章主要就當代文學中精神的萎靡，作家人格的退化以及文學的市場化等文化現實提出批評，並以『人文精神的危機』來概括當前的文化狀況。這篇文章引起了文化界的關注並形成了一場持久而廣泛的論爭。論爭的主題詞是『人文精神』，對這個概念的理解卻存在明顯的歧異，即使同一陣營內部也不同。由於概念本身的抽象性、包容性，『人文精神』的內涵最終也沒能加以確定，對立的雙方（呼籲『人文精神』者與反對者）也無法在同一個理論層面上展開學理性的對話。」〔註3〕饒有趣味的一點是，積極介入到這場大討論中的王蒙，竟然頗有些「不幸」地站到了這些人文精神倡導者的對立面。對

〔註3〕董健、丁帆、王彬彬主編《中國當代文學史新稿》，第 557～558 頁，人民文學出版社 2005 年 8 月版。

於當時的情況，王蒙寫到：「基於這樣的思路，我就不能接受一些精英人物，特別是上海的文友所謂『人文精神失落』的提出。乖乖，計劃經濟時期反而從來沒有哪個精英提出人文精神的問題，吃不飽肚子的時候反而不失落人文精神，越是從物質到精神都嚴重匱乏的時期，越有高談闊論，豪言壯語，高屋建瓴，勢如破竹，也就越有人文精神（！）。而現在，小平同志剛剛在南方說了幾句有利於改革不利於極左的話，市場經濟八字還沒有一整撇，封建主義極端主義教條主義與空談主義還十分猖獗之時，剛剛吃飽了沒有幾天，已經痛感到了人文精神的失落啦！」正是沿著如此一種思路，王蒙才會「奮不顧身」地成為人文精神論者的對立面：「是市場經濟誘發了悲涼的失落感了麼？是『向錢看』的實利主義成了我們道德淪喪、世風日下的根源了麼？如果現在是『失落』了，那麼請問在『失落』之前，我們的人文精神處於什麼態勢呢？如日中天麼？引領風騷麼？成為傳統或者『主流』麼？盛極而衰麼？」這一連串的詰問，所充分凸顯出的，正是王蒙對於市場經濟條件下人文精神失落論的不以為然。也因此，他才會毫無疑義地寫到：「正是因為計劃經濟的停滯與挫折，使左翼文人們集中批評資本主義的軟腹部——精神空虛、道德墮落、吸毒、賣淫、環境污染、社會治安狀況惡化等等。而強大的執政黨、強大的人民政權、強有力的無所不包無所不能的意識形態，似乎確實能夠掃除或基本掃除或一度掃除人類面臨的永無解除之日的精神危機。」由於如此一種反對者立場的堅持，王蒙頓時就站到了人文精神倡導者們的對立面，一時間簡直就是毫無徵兆地得罪了一大批朋友：「這回我一下子得罪了一大批人，恰恰是我最看好、最欣賞、最喜愛的一批創作人與評論人。這就叫一波未平，一波又起，為供養作家問題我已經討嫌一回了，斯事並未過去，如今又為人文精神問題得罪了那麼多優秀的、有影響有威信的、自我感覺極佳的可畏的後生們，而且，直到一九九四年十一月十二日，我到了上海領獎與參加『面向新世紀的文學』的座談會，我竟然對自己的失誤與不妙處境渾然無覺。王某是夠渾然的了。」這大概就是所謂的中國特色了。本來只是圍繞人文精神是否失落展開的學術討論，在論爭的過程中卻會慢慢地變味，卻會有現實人際關係的各種因素介入進來。然而，問題的關鍵還在於，我們今天到底應該如何理解看待王蒙當年所持有的思想價值立場。其一，正如同王蒙自己所一再強調的，王蒙反對人文精神失落論的根本出發點，乃是源自於其自身生存經驗的對於極左思潮的強烈擔憂：「我的體會，極左只能消解，而不要搞什麼

大批極左。生活是消解極左的，市場是消解極左的，經濟運轉本身就是消解極左的，執政黨的地位是消解極左的，小說詩歌散文影片電視劇相聲大鼓都是消解極左的……同時克服與消解極右。」由以上論述可見，從「一朝被蛇咬，十年怕井繩」，從警惕與反對極左思潮的角度來看，王蒙的觀點自然有其相當的合理性。其二，從 1990 年代以來的中國社會現實狀況而言，我們無論如何都不能不承認，伴隨著所謂物慾橫流風塵滾滾的一個物質時代的驟然到來，人文精神的失落，其實也是無法被否認的一種事實。從這個角度來看，人文精神提倡者們的觀點，當然也有其合理的一面。王蒙固執於所謂的反對與防備極左，因而罔顧市場經濟時代人文精神的失落這一事實，其思想立場的偏頗，同樣不容輕易否認。

人文精神大討論之外，是 1989 年的那一場重要歷史事件。王蒙的《九命七羊》之所以在一開頭就用整整一章的篇幅專門探討作家自己發表於一九八八年六月的一篇小說《十字架上》，實際上就是要借助於對小說的談論，展示再現 1980 年代後期瀰漫於國內的那樣一種特定的時代文化氛圍。王蒙雖然不是基督教徒，但《十字架上》卻是一篇以耶穌為主人公的小說作品。關於這篇小說，王蒙在《九命七羊》中寫到：「信仰是美好的，信仰又是極可能排他的，排他的結果會帶來偏見、衝突、敵對、仇恨直到互相殺戮的戰爭。世界歷史與現實中，有多少戰爭衝突與不同的宗教乃至同一宗教的不同流派間的爭拗有關！為了追求和捍衛美好而排他，帶來的會是非美好，是醜惡和紛爭。應了老子的那句話，世人皆知美之為美，斯惡矣。」「不僅是信仰，在這篇小說裏，我探討、我擔憂的是使命、真理、人眾，還有人類的包括本國的分裂與危機。」這哪裏是在談論王蒙自己的小說，這簡直就是在談論 1980 年代後期的中國。都說優秀的作家具有某種預見的功能，這篇發表於一九八八年的小說《十字架上》，或許也可以被理解為王蒙格外精準地預見到了稍後發生在中國大地上的那個重大歷史事件。大約也正因為如此，所以，王蒙才會進一步寫到：「這就是使命的悲哀與憂心忡忡。這就是彌賽亞主義的窘境與挑戰。這就是不僅王某一個人而是一些人的八十年代後期。現在的知識分子時興回味八十年代，似乎那個年代是浪漫的、光榮的、激動人心的、呼嘯與歌唱的。」「然而王某的感受與您不同。他的感受是八十年代對於彌賽亞主義的不安和困惑，他感到——對不起，這太誇張，然而沾點邊——他和一些人，被架到了十字架上。」也因此，與其說王蒙的《十字架上》書寫表現著耶穌的故事，

莫如說作家是在借助於耶穌的故事真切傳達著他對於那個特定歷史時代的預感與憂慮：「對不起，這是我在一九八八年的預見，預言，預寫。而且，已經寫到了對於民主和諧的挑戰，寫到了邪教，寫到了分化與牛皮，寫到了惱羞成怒與恩將仇報，寫到了陷阱與災難。」

從對小說《十字架上》的討論，王蒙非常自然地迫近了那個無法迴避的歷史事件。「早在一九八九年春天，我已經在一些主流媒體看到近代史專家的文章，說是二十世紀開始的時候，中國與日本的發展情況與改革決心差不多，歐洲普遍更看好中國，但是中國的變革中起主導作用的是激進主義，最後在實現現代化上反而不如日本。」王蒙自己很顯然不贊同這種看法：「其實我並不認為是理論、是意識形態決定了中國的選擇與命運，多半倒是中國的國情、遭遇、處境、歷史與現實決定了人們對於意識形態的選擇。」倘若說這些屬背景性的探討，緊接著，王蒙便把筆觸伸向了一些具體的事物。比如，關於《河殤》與遊行。先是《河殤》：「我知道《河殤》立論基礎的不牢固與簡單片面。《河殤》中也彌漫著某種彌賽亞情結。它的對於改革開放的高歌猛歎，它的書生論政的豪情，它的實際上的愛國主義、速成主義、根本扭轉主義、從此康莊大道上闊步前進主義也曾令我感動。感動但是不放心，覺著它玄、懸、炫，帶幾分野路子。對於它的爭論，使我難受。」一方面，是對激進主義的隱隱不安，但在另一方面，王蒙也強調：「當然激進主義我也並非籠統反對，沒有激進主義就沒有革命，而革命的成功與慣性大大張揚了激進主義，過分張揚的激進主義反過來又會危害與歪曲革命事業。」這裡，一方面是我們一向所慣見的王蒙式的相對主義思維，另一方面卻也道出了當時依然身處高位的王蒙內心深處某種自相矛盾心理的存在。緊接著，王蒙寫到了遊行：「然而，如果說彼時僅僅是自由化，不可能那麼激烈與風起雲湧，成不了那麼大氣候……一切街頭抗議的方法完全沒有超出我國出版發行傳播的黨史、革命史、革命小說、革命影片戲劇圖畫木刻的範圍。」「所有這些都是我們的長項，是我們自己教出來的。年輕人學了這些回到臺灣去鬥爭嗎？回到日本還是美國？他們就地消化，就地實驗，就地與袞袞諸公幹上了。」一切遊行示威的方式皆從各種宣傳品中來，然後又把這種方式對準了那些宣傳的主體。王蒙的如此一種洞見式的描寫，實際上帶有強烈的「以其人之道反治其人之身」的反諷意味。

雖然說明顯受制於國內特定的意識形態氛圍，但王蒙在《九命七羊》中

還是以文學性的語言而勉力寫出了他對於那個歷史事件的理解與看法：「所以我憂心忡忡，焦慮沉重，寢食難安。我珍惜黨的十一屆三中全會以來撥亂反正與改革開放的空前成果，我不希望我們的多災多難的偉大祖國發生改革受挫的嚴重事態，不希望我國發生從改革開放的道路上走回頭路的情況；更害怕十餘億貧困憤怒委屈而又急躁激動直到少知少識的被激進主義所點燃的國人的無政府狀態。我頓足捶胸，為什麼誰要是所謂『民主』一點和善一點寬容一點客氣一點，就一定要首先把這樣的人鬧到死無葬身之地，不把對你客氣一點的人搞光搞絕絕不罷休，這算是什麼慣性？什麼傳統？什麼國民性？什麼拋物線？什麼規律？」誠如王蒙所言，於今細細想來，當年那一個歷史事件最大的問題，恐怕就在於當事人必要的理性與妥協精神的極端匱乏。倘若並非如此，事情的結局也許會有所不同。也因此，王蒙才接著寫到：「這實在是某種食而不化的改革與『進步』的悲哀。某種允許和提倡批評、異議、表達。這樣的民主本來是一種政治文明，是長治久安和不斷前進的保證。但如果將之變成挑起紛爭的火種，星星之火可以燎原，於是昨天的順民一個晚上變成了造反派。」「民主當然是個好東西，是普世價值，但是如果操作脫離了國情，脫離了發展階段，如果民主意味著權力的鬆散與削弱，如果民主引起了哪怕是最最原初的無政府主義，那麼，這時可能出現的混亂與失控，挑戰與動盪，毛澤東喜歡講的叫做亡黨亡國亡頭的局面，就恰恰成為極左（或國際上的右翼如佛朗哥、皮諾切特之屬）專制主義的扭緊螺絲釘主張的最好根據；在我國則成為回到原教旨主義、紅衛兵主義，回到『反右』與『文革』路線，回到階級鬥爭為綱、無產階級專政下繼續革命與清洗『走資派』方針的最好的理由。」一方面，我們無法斷定王蒙的這一番言論是否屬事後諸葛亮式的表達，另一方面，歷史事件結束後的社會發展態勢，似乎的確在某種程度上印證著王蒙這一番預言的正確。但不管怎麼說，王蒙所做出的一種結論性看法，還是比較切合歷史事實的：「是的，這一年我意識到，改革開放的初期、浪漫期、蜜月期、呼喚期、理想期、幻想期、一廂情願、一步登天與想入非非期正在結束。王蒙的活躍從容、通達周到的風頭歲月正在結束。一個標榜健康的溫和態度，舉起善意和寬容大度的旗幟，以瀟灑和遊刃有餘的聰敏，依仗著對於同行同樣對於各級領導幹部的理解與親近作基礎，自詡的黨的領導與知識分子、特別是與作家之間的橋樑的使命已經破綻百出，已經搖搖欲墜，已經難以有聲有色地繼續。」乾脆直截了當地說，「僅僅靠橋樑呀好話呀

閻連科《她們》：
鄉村女性的賦形塑像與命運沉思

　　近些年來，雖然面臨著這樣或者那樣的生存與寫作困境，但作家閻連科的寫作意志卻絲毫未見衰減，在繼續從事他最得心應手的小說創作的同時，作家也把很大一部分精力投入到了帶有鮮明自傳性色彩的非虛構文學這一文體的寫作上。從《我與父輩》，到《田湖的孩子》，再到這一部《她們》（載《收穫》雜誌 2020 年第 2 期），閻連科非虛構文學寫作的視野始終未曾脫離一直為自己所魂牽夢繞的那片苦難深重的故土。儘管有著鮮明不過的自傳性色彩，但佔據文本中心地位的，卻又並非閻連科自己，而是包括他家族成員在內的那些父老鄉親。我們都知道，作為一位曾經的農裔軍人作家，閻連科的一系列小說作品所講述的故事，很多都發生在一個叫做「耙耬山脈」的地方。從文學地理學的意義上說，耙耬山脈，正如同賈平凹筆端的「商州」，莫言筆端的「高密東北鄉」一樣，乃是與閻連科緊密相關的一個地標式文學建築。雖然說耙耬山脈是閻連科虛構的一個文學地標，但這一文學地標的原型，卻毫無疑問是作家不管怎麼說都不可能遺忘的那片故土。由此可見，無論是更強調想像虛構的小說創作，還是更強調真切紀實的非虛構文學寫作，閻連科的文學創作，自始至終都與他那片魂牽夢繞的故土存在著緊密的內在關聯。這一次，在《她們》中，進入閻連科關注視野的，也正是以他自己家族中的女性為核心的一眾長期生活在那片故土上的鄉村女性形象。

閱讀《她們》，首先一個意外的驚喜是，我竟然知道了閻連科的名字來自於他那位身為鎮上糧站會計師的小姑父：「我的姑父名字叫『王福來』，他十幾歲

時就能讀書和看報，天大的數字他都能在十二柱的算盤上，彈撥得確鑿並清晰。我的名字『連科』兩個字，是我小姑父在我出生時送給我的小禮物，他說：『社會主義蘇聯有很多人都叫連科哪！』」卻原來，閻連科的名字居然與那個時候的蘇聯有關。雖然說作為當時的兩個社會主義大國，中蘇的交惡從閻連科出生的 1958 年就開始了，但身為平頭百姓的小姑父，卻很顯然不可能這麼迅速地瞭解上層的情況。也因此，他給閻連科的命名，其實也還是鮮明地留下了 1950 年代「中蘇友好」的時代痕跡。

但與名字的來由這一細節相比較，更值得注意的，卻是閻連科《她們》中語言上的若干特色。一個，是對「著」這一語詞的特別使用。「著」在現代漢語中是一個多音字。在閻連科這裡，這個「著」更多地應該讀作「zhe」。根據《現代漢語詞典》，讀作「zhe」的「著」，共有四個詞義。一，表示動作的持續；二，表示狀態的持續；三，用在動詞或表示程度的形容詞後面，加強命令或囑咐的語氣；四，加在某些動詞後面，使變成介詞。還有一點，前三個詞義的詞性都是助詞。〔註1〕具體到閻連科的《她們》，其中的「著」，首先恐怕更多地是第二種詞義，亦即「表示狀態的持續」。其次，很多時候從語法的角度來看，好像還顯得可有可無，似有某種「累贅」的感覺。比如，「因為提幹再也不是士兵著，再也不打算回到那個村莊與父老風雨同舟、共赴春秋了，於是有一種逆子感。」這其中的「著」字，如果去掉，不僅語義不受影響，而且似乎還更顯得合乎語法規範。以我愚見，閻連科之所以一定要這麼表達，其實還是要藉此傳達出終於由士兵而變身為幹部的那種特別不容易的興奮感。要知道，自打穿上軍裝進入部隊的那一天開始，閻連科一個根本的追求，就是千方百計地逃離土地到城裏去。要想達到這個遠大目標，唯一可行的路徑就是提幹。為了提幹，閻連科真正可謂是無所不用其極：「在軍營為了得到榮光與表揚，曾經把連隊早上打掃衛生的掃帚、鐵鍬藏在被窩裏，目的是在第二天早上起床號沒有吹響前，可以獨自在軍營裏掃地和除灰。為了入黨曾經在每月只有六元津貼時，把從縣裏絲綢廠批發來的每個十二元的綢子被面壓到指導員和教導員的枕頭下；然後在周末種菜時，和別的士兵一道捲起褲腿，跳到廁所的大便池子內，用雙手去鏟刮凝結在便池底部的大小便。也還可以為了見報和立功，在『七一』和『八一』還未到來的前一個月，就把歌頌黨和軍隊的詩歌與散文詩，早早地寫好寄到報社去，等待『七一』『八一』到

〔註1〕《現代漢語詞典》第 7 版，第 1661 頁，商務印書館 2016 年 9 月版。

來那一天，詩文剛好登出來。」更有甚者，閻連科也還「曾經在連隊為排長洗過腳，為副連長洗過襪子和褲頭。」說實在話，如果不是閻連科坦誠地寫出來，我們的確很難相信，他曾經在部隊經歷過如此屈辱的一種生活。關鍵還在於，所有的這一切，都完全是出於閻連科的自覺自願，沒有任何被強迫的成分在其中。一方面，是閻連科為了提幹，曾經飽嘗過如此巨大的屈辱，另一方面，是提幹過程中的戲劇性一幕：就在閻連科眼看著提幹無望，就要打道回府退伍回家的時候，團長卻急匆匆地乘坐吉普車趕到商丘火車站，給早已絕望透頂的閻連科帶來了可以提幹的大好消息。兩方面的因素整合在一起，我們就完全能夠理解，一次由士兵而成為幹部的提幹，對於閻連科來說，其實有著改變命運的重大意義。也只有在這個意義層面上，我們才能夠理解作家為什麼一定要使用「因為提幹再也不是士兵著」這樣一種看似累贅的，已然突破了語法規範的語詞表達方式。不如此，就不足以把他提幹的艱難程度充分地凸顯出來。比如，「時間成於時間又敗於時間著」。這句話裏，如果把「著」去掉，同樣一點也不影響語義的表達。有點令人費解的，反倒是三個「時間」的一種羅列式表達。思來想去，這句話所要表達的意思似乎是，時間在時間中存在，時間最終卻又不是時間的對手。在這種理解中，第一個「時間」，實際上明顯包含有「人生」的意思。某種程度上，完全可以被替換為「人生」。但相比較來說，「時間成於時間又敗於時間著」的表達方式，更模糊，也更準確，更具有一種令人琢磨不透的禪意。再比如，「因為非同小可著，我愈發饑渴地想要去讀它。」之所以非同小可，乃因為閻連科所捧讀著的這本外國小說，是大姐在那個書籍奇缺的時代千方百計才從同學那裡借來的。若不借助這個看似累贅的「著」字，書籍的那樣一種稀缺感就不足以充分地表達出來。

再一個，是對一些語詞習慣性用法的倒置式使用。比如，寫到閻家的親戚吉伯伯急匆匆地乘坐一輛吉普車趕到田間要給閻連科介紹對象的時候，作家的描寫是：「有個人下車站在大堤上，大喚著我的名字朝我招著手，切急如他或我的生命裏生發了一件大事情。」這裡，作家一連使用了兩個倒置句。一個是「切急」，另一個是「生發」。一般情況下，這兩個語詞，我們都會寫成「急切」和「發生」。閻連科之所以要做一種倒置式表達，恐怕意在強調事情發生的突然程度，以及吉伯伯的急迫程度。比如，「他預感著多年不愈的哮喘病，會讓他難度這年冬天的冷寒和蒼生；說他一生辛老努力，四個子女中有

三個都已結婚成家，只有老小連科還未結婚是他最心頭的痛。」父親因為哮喘病的緣故，特別怕冷。作家之所以要把習慣性的「寒冷」倒置為「冷寒」，正是為了強調表達這一年冬天的寒冷程度。果不然，也就是在這一年冬天，在眼看著閻連科結婚成家後，他的父親因為天氣的過於「冷寒」而不幸辭世了。再比如，「我知道這次大姐真的可以轉正了。就是一種交換我也把我的物貨完美超額地交你了。剩下的就是你把你的還給我。」原本以為自己可以憑藉所謂作家的身份幫助各方面表現都很優秀的大姐解決民辦教師的轉正問題，沒想到卻一再受挫。這樣一來，能否幫助大姐早日轉正，也就成了嚴重困擾閻連科的一個心病。正因為如此，一旦有機會能夠通過一篇文章的寫作給大姐兌換來轉正的可能，閻連科自然就會全力以赴。他之所以要把習慣性的「貨物」倒置為「物貨」，也正是為了充分凸顯大姐轉正問題的重要性。

但與以上兩方面的語言特色相比較，更值得注意的，恐怕卻是閻連科所明確出示的基本寫作立場。我們注意到，到了第七章的臨近結尾處，閻連科曾經做出過這樣一種表達：「我一定是個內心潮濕、敏於黑暗的人。為了寫作這部《她們》中的第七章，我在我家鄉洛陽乃至河南文化博古的那塊土地上，從這個縣走至那個縣，從這個村到至那個村，歷經各類成敗、得失、庸常、光輝和高大的女性採訪不下數十例，而被我挑選寫作的，卻偏偏是讀者讀到的這幾位。」為什麼呢？因為「作家的內心總是為他的敏感而衝動。我也只能為使我衝動的女性而落筆。」事實上，也正如閻連科所明確指出的，在他的那些被採訪對象中，也並不是就沒有所謂切合時代思潮的女性成功者，但這些成功者，卻偏偏就是無法激發閻連科的創作衝動。因此，他也才會特別強調：「倘若我不是我，而是另外一位寫作者，完全可以筆走亮色，寫出一部關於我家鄉偉大女性的讚美詩，但我卻在這部史詩中，聽到弱女子的哀嚎了。看到女人作為女性的另外命運了——朝著窄門走過去的女人們，背影的悠長和撲向她們的灰暗的光。」光，當然是有的，只不過卻是一種「灰暗的光」。當其他一些作家都趨向於寫作一種讚美詩的時候，如同閻連科這樣總是要發出異樣批判聲音的作家，簡直就如那些會在夜晚發出怪異聲音的夜梟一樣，不討人喜歡。但一個獨有個性的現代作家，卻又絕不是為了討好大眾或者討好某一種社會權力機制而寫作的。其他且不說，單只是從夜梟般的批判性立場選擇這一點，我們也應該向閻連科致以崇高的敬意。

我們注意到，作為一部以自己家族中的女性為核心，同時也兼及故土的

一眾鄉村女性的長篇非虛構文學作品，閻連科的這部《她們》，其實由判然有別的兩部分組成。佔有主要篇幅的主體部分，是由自己家族的女性和故土其他一些女性加起來大約二十幾位女性的人生故事。這些女性的故事，閻連科是分門別類地通過一種散點透視的方式完成講述的。另外一個部分，就是那些穿插於這些女性故事間隙裏的「聊言」或「聊話」（具體來說，一至三，是「聊言」，四至九是「聊話」。其實，二者的實質是一樣的）部分。何以為「聊言」（或「聊話」）？閻連科給出過明確的說法：「信馬由韁的閒話是可以叫做聊言的。」實際上，閻連科的這種表達有著明顯的自謙色彩。依照我的理解，如果說《她們》的主體部分旨在講述那些女性的人生故事的話，那麼，這些聊言就是作家閻連科由這些人生故事而進一步生發出來的，更主要是關於女性命運的帶有突出形而上色彩的理性思考。到這裡，也就必須涉及到我自己關於小說與非虛構文學這兩種文學文體特質的一點思考了。如果說在優秀的小說作品中，作家所欲傳達出的思想內涵，總是越隱蔽越好的話，那麼，到了非虛構文學作品中，作家就不僅應該具備一種超乎於尋常的理性思考能力，而且還應該把自己對於歷史或者現實的思考結果盡可能旗幟鮮明地凸顯出來。一部優秀的非虛構文學作品，一方面需要的固然是感性的對於生活場景的鮮活呈現，但在另一方面，卻也特別需要作家具備一種理性沉思的力量。同樣的道理，如果說，一位優秀的小說家未必非得同時是有著強烈的社會現實關懷的批判知識分子的話，那麼，要想成為一位優秀的非虛構文學作家，要想讓自己的非虛構文學作品真正顯示出超乎於尋常的理性思考力量來，作家自己首先就必須是一位積極介入生活的，有著強烈的社會現實關懷的批判知識分子。具體到閻連科，一方面，他那一系列出類拔萃的小說作品，早已充分證明他是當下時代中國第一流的小說家之一，另一方面，《我與父輩》《田湖的孩子》以及這部《她們》（某種意義上，我們也不妨把這些作品乾脆稱之為閻連科的「非虛構三部」或者「故土非虛構三部曲」）這三部作品的相繼問世，卻也強有力地說明小說家閻連科同時也是國內文壇並不多見的優秀非虛構文學作家。既然是優秀的非虛構文學作家，那首先就必須具備一種非同一般的理性沉思能力。具體到這部《她們》，閻連科的理性沉思能力，突出不過地體現在其中的「聊言」或者「聊話」部分。從根本上說，正是帶有明顯感性書寫色彩的主體部分，與帶有突出理性思考色彩的聊言或聊話部分，二者相互依託，彼此以一種互文互證的方式，最終完成了《她們》這樣一部關注思

考中國鄉村女性生存方式與命運遭際的長篇非虛構文學作品。

比如，「聊言之一」中，閻連科曾經由「緣分」一詞而進一步引申開去，對「偶然」「必然」以及「命運」進行過一番深入思考：「佛把偶然、無定的聯繫與分離稱為緣分時，也正是對偶然、無定不可解的逃離、迴避才使用『緣分』一說來遮蔽、模糊這種不可解。」「其實，所有的命運都是偶然決定的。／偶然與偶然相遇的結果才是必然吧。」也因此，一種無法迴避的結論就是：「人們所有的活著、行走和努力，都不是在偶然中去尋找必然的，而是為了在必然中去相遇偶然的。當相信偶然決定必然、并是決定人生和命運的關鍵之鍵後，那麼許多事情我們都可以釋然了，放下了，去坦然面對了。」作家之所以要生發出如此一種關於偶然、必然以及命運的感慨，與他自己所經歷的幾次相親有關。為什麼前前後後相了幾次親，到最後和他一起走進結婚殿堂的是自己的妻子而不是其他女性，這其中起決定性作用的其實是一種偶然或者無定。因此，閻連科才不僅會做出一種「如果怎麼樣」的假定性推理，而且更會從其中獲得某種關於命運的啟悟。尤其是人活著不是在偶然中尋找必然，而是在必然中相遇偶然這一句，更是充滿著閻連科某種獨有的智慧。

但相比較來說，相對於《她們》這部作品，更重要的卻是乾脆被作家單列為第六章內容的「聊話之九」。正如同這一章的標題「第三性：女性之他姓」已經明確標示出的，閻連科在這一章以理性思考的方式所集中探討的，乃是當代中國鄉村女性身上所謂「第三性」特質的具備。不管怎麼說，能夠在廣有影響的西蒙·波伏娃與安托瓦內特·福克她們的「第二性」之外，提出「女性之他性」的「第三性」理論，正可以被看作是閻連科對現代性別理論的一大貢獻。為了相對忠實地把閻連科的理論原創性體現出來，請原諒我在這裡可能要更多地引述作家的相關文字。閻連科首先在與既存女性主義理論比較的前提下開宗明義地提出了「第三性」的命題：「由此我們看到女權主義也好，女性學也罷，多都是在女性的『先天』與『後天』中的一場充滿思想與發現的苦口之論戰。福克談論的『我生而為女性』和『我接受了自身性別賦予我的心理和生理層面的命運』，是說從先天到後天的生命與自然的過程。而波伏娃的『女人不是先天的，而是後天形成的』，則是更多地行走在後天和政治、社會、文化的路道及龐大、蕪雜的政治廣場上。波伏娃的『第二性』，指的是相對男性的第二性，也即女性自身後天的『第二性』。而福克說的『兩性』，首先說的是先天的『男性和女性』，其次還是先天相對男性存在的女性之『兩性』。

而這兒——我閒扯聊說的『第三性』，是在兩性——男性和女性之中和之外的女性的——『第三性』。」那麼，到底什麼是「第三性」呢？「第三性是說女性之他性。」「而我說的第三性（狂言妄語），首先是指超越了女性自幼應允並接受的那部分。比如女孩從意外、恐懼中接受了月經這一與生俱來的安排後，並逐漸接受了女性『必須』縫衣、做飯、生孩子等第二性後天賦予並加諸她的『責任與規範』。但在這之外，在我老家那塊土地上，女孩除了與生俱來的第一性的生命與生理（女性），和後天加諸她的歷史與政治的第二性（波伏娃的『女人是後天形成的』），還有歷史、環境和文化加諸她們的第三性——女人先天是女性和後天歷史、政治加諸她們女性的第二性，在那塊荒野廣袤的土地上，她們還有文化、環境、歷史加諸她們必須有『男人性』的第三性——女性作為『社會勞動者』身上的他性之存在。」請一定注意，閻連科「第三性」理論的提出，乃是建立在他對故鄉女性為模本的中國當代鄉村女性廣泛觀察的基礎之上的。某種程度上，如果沒有《她們》這部長篇非虛構文學作品的寫作，恐怕也就不會有「第三性」理論的提出。具體來說，閻連科的相關理論，既與 1949 年後的所謂「前三十年」期間，也與「文革」結束後所謂「後四十年」改革開放與市場經濟時代中國的社會實踐緊密相關。

首先，是「前三十年」期間。閻連科一方面充分肯定毛澤東的「婦女能頂半邊天」（儘管說一直到現在為止都找不到毛澤東這句名言的具體出處）觀念，不僅曾經產生過巨大的影響，而且也的確在很大程度上推動了中國乃至世界的女性解放運動，有著不容忽視的重要意義和價值：「和民國時期的男人剪辮、女人放腳一樣偉大和有著歷史性的進步及人類社會學的價值與女權主義里程碑的意義。」然而，真正的問題在於：「但如果我們把『婦女能頂半邊天』和『時代不同了，男女都一樣』作為理論、思想、精神推延到別的時代和場域，如勞動場域之外的政治、文化、金融、教育及執政機關和機構——除了勞動力所需要的任何一個場域間，會發現婦女解放在那兒不像勞動場域——農村的田間地頭、城市的紡織車間樣——『男同志能做到的事情女同志也在做』。在勞動場域外，女性並沒有真正的自由與平等，沒有真正尊重女性的權利與人格，而且在勞動場域外的任何場域裏，那些男權世界的中心地，依然是『女人嘛，呵呵』的曖昧和固有。如果我們只是在國家、時代最出力流汗的勞動場域才能看到『婦女能頂半邊天』，那麼，我們怎麼去想像自由、平等、平權這些關於女權主義的理想、訴求、理念與精神？會不會在這些光輝的詞

語下面想到侵佔、剝削、佔有、預設、預謀等等這些詞彙呢？」很顯然，依照閻連科的觀察和分析，所謂「婦女能頂半邊天」的名言，與其說是對女性權利的一種解放和張揚，莫如說是借助於某種冠冕堂皇的理由對女性進行的更加肆無忌憚的公然剝奪與侵害。

其次，進入「後四十年」，也即改革開放與市場經濟時代之後，儘管說如同毛澤東「婦女能頂半邊天」這樣的一種強制性觀念已經退出了歷史舞臺，但中國的鄉村女性們卻並沒有由此而獲得真正的解放，如閻連科所說的「第三性」狀況在轉換了一種表現形式後，依然是一種不容被否認的客觀事實：「當改革開放的重心從農村轉移到了城市後，農村不再是中國改革開放的主戰場，而成為朝往城市輸送勞動力取之不竭的倉庫時，女人之他性——第三性的侵入就變得更為微妙、自覺和殘酷。當我們家、我們村、我們那塊土地和幾乎所有的男女都被命名為『農民工』湧進城市的工廠、車間、工地、街角、生產線和屋簷下，人們發現在兩個完全不同的時代裏，而婦女作為勞動者身上的他性卻是幾乎相同的。只不過在前一個時代裏，她們身上的他性是被歷史強行注入的……但是在今天，在這個偉大的改革開放的時期裏，那隻歷史之手隱藏起來了，時代的注射器似乎沒有誰再拿在手裏要強行注入女人的身體內部去。但市場、金錢和欲望，這些看似自由地擺在社會文化裏的現實和精神物，卻又似無形之手和無形的力，讓女性自己去拿起那似乎擱置的『第三性』的歷史注射器，由她自己朝著自己身上注射和變異。」由以上分析可見，如果說「前三十年」期間或者說毛澤東時代，中國鄉村女性身上「第三性」特質的具備還帶有一定的被動性色彩的話，那麼，進入了經濟為主導的「後四十年」也即改革開放與市場經濟時代之後，「第三性」竟然出人意料地變成了女性自身主動選擇的結果。之所以會是如此，關鍵原因恐怕還是在於她們內心中有著難以克制的強烈物慾。對此，閻連科有著一針見血的揭示：「是什麼力量在推動著她們自覺自願地朝著『自塑他性』大刀闊斧地行進呢？／是錢！／是物！／是物望！」從根本上說，正是「這些既能看見、又能摸著的物，取代了歷史把女人變成男人的不可抗拒的推動力，正一點一滴、一物一件地誘惑著男人外出去打工，也誘惑指使著女人和男人一樣外出打工和掙錢。」從這個角度來說，到了「後四十年」期間，中國的那些鄉村女性自覺自願地將自己轉變為「第三性」的行動，其實是她們被物慾和金錢扭曲異化的一種必然結果。

在對當代中國「前三十年」與「後四十年」鄉村女性的「第三性」狀況進行了相當深入的分析與解剖之後，閻連科最後得出的結論就是，中國鄉村女性，「尤其是我家族中的女人和那塊土地上的女性們，她們沒有參軍，沒有革命的歷史，沒有系統地受過任何教育，但她們卻像沙塵中的任何一粒沙或一捧土，沒有缺少過新中國成立後任何一場沙塵暴般的運動的襲擾和夾裹。當那些文學作品和電影中的女性『唯一的，必然的道路是由奴隸而成為人（女人）而成為戰士』時，而我家族和那塊土地上的女人們，『唯一的，必然道路是由舊（女）人而成為新人（女人）而為勞動者（勞動力）』。她們沒有成為作為人的女人享有女人與男人同樣的平等、自由權，而是作為『勞動力』把自己『女變男』（勞動者）地同男人享有無差別勞動的義務和責任。」「這個勞動與勞動力的變化之過程，就是她們接受他性、塑造第三性，『女變男』的起始、中段和目標。」如果說以上的結論主要是針對「前三十年」的，那麼，如下的結論就肯定是針對「後四十年」的：「但當歷史來到今天時，她們的女兒、兒媳們，『能夠不這樣，卻又不能不這樣』。於是，後者便更自覺地在享有單一的與男人一樣『勞動權』的平等權利下，自願地接受著第三性的注入和改變，讓自己時時成為中國社會中的『建設者』『勞動者』和『女男人』，從而使『第三性』最終成為了中國鄉村女性——尤其是我們家族和那塊博大深厚的中原大地上，女性最鮮明的與其他任何地區、國度的女性都不同的獨有之特質。」

以上，我們對閻連科在《她們》中提出的「第三性」理論進行了一個基本的梳理。一方面，正如我們在前面已經明確指出的，這一理論的提出，毫無疑問是在以其突出的原創性極大地豐富著現有的女性主義理論，但在另一方面，閻連科提出「第三性」理論的本意，恐怕卻也是試圖尋找合適的路徑以便更加深入透徹地理解把握並書寫出「我家族和那塊土地上的女人們」的生存狀況與命運遭際。也因此，在充分肯定「第三性」理論重要性的同時，我們無論如何都必須強調的一點是，這一理論無論如何都不應該成為理解分析《她們》中諸多女性人物形象的框限與桎梏。正所謂「理論是灰色的，唯生命之樹常青」，事實上，在很多時候，閻連科筆端關於若干鄉村女性形象的理解與書寫，早已經溢出了所謂「第三性」理論的框限。

事實上，在先後兩次認真閱讀《她們》的過程中，最令人感到震驚的，就是作家在第七章《她們》中更多地通過實地採訪的方式記錄下來的故土若干女性的悲劇性命運。之所以要採取實地採訪的方式，主要因為其中大多數

都是因犯罪而被拘禁的囚犯。比如，那位不惜以觸犯刑律的賣淫方式拼命收集各種手錶的髮廊女趙雅敏。趙雅敏的人生理想，其實也很卑微，不過是掙夠一百塊手錶之後，就金盆洗手，和她的男朋友結婚過日子。為什麼一定要掙夠一百塊手錶呢？「她說之所以要接客賣淫換這一百塊錶，是她的對象是同村人，從小渴望手錶，可從一歲長到二十二歲上（她比她對象大兩歲）一生沒有買得起一塊錶。」每當他的錢差不多可以買一塊錶的時候，都會因為生活意外的發生而失之交臂。因為「她像愛弟弟一樣愛著他」，所以，「她要贈送給他一百塊錶」。沒想到，就在她已經辛辛苦苦地積攢了九十九塊手錶的時候，卻不幸被警察抓獲而被判處了三年有期徒刑。我想，對於趙雅敏如此一種帶有明顯偏執意味的行為，我們恐怕只能從精神分析學的角度來加以理解。如果說能夠擁有一塊手錶是趙雅敏男朋友的一個心結的話，那麼，趙雅敏就可以被看作是此種心結的自覺承接者。寧願賣淫，也要想方設法為自己的男朋友圓夢，趙雅敏那看似不可思議的畸形之愛，其中卻也有著一種勇敢色彩的隱然存在。比如，那位五十七歲時命喪親子馬小飛之手的楊翠。早在三十三年前，楊翠曾經在城裏和一個名叫關正文的男人相愛，因為關正文當時已有家室的緣故而不得成婚。在已有身孕的情況下，楊翠萬不得已嫁給了鄉下她現在的丈夫馬川子。雖然說楊翠與馬川子的日子過得也還算平和，但她的心卻始終都牽繫在關正文身上。兇殺案得以發生的主要原因，就是生母楊翠逼迫馬小飛要麼給我五萬、八萬塊錢，讓她和關正文去一起生活，要麼就把她勒死在荒野無人處乾脆一了百了。馬小飛一時氣急無奈，一場塌天大禍就此釀成。此案的令人稱奇處，一方面固然在於親子對生母的擊殺，但另一方面卻更在於楊翠數十年都沒有發生更易的那種情感狀態：「沒有人能體會一個女人和一個男人分手後，在和另一個男人過了三十三年的日子裏，她心裏裝的永遠還是原來那男人。」再比如，那位同性戀的吳芝敏。雖然打小就喜歡女性不喜歡男性，但一直到高中時遇到同學柳雅玲之後，吳芝敏方才確證了自己就屬所謂的同性戀。然而，由於柳雅玲畢業後考上大學，吳芝敏卻是無奈落榜的緣故，她們之間的一段情感聯繫遂告終結。此後的吳芝敏，迫於家庭和社會的壓力，拖來拖去，拖到二十七歲的時候，實在拖不下去了，只好和一個叫彭大明的二婚男人結婚成家。用她自己的話來說，這個時候假若不是早已闊別多年的柳雅玲的突然出現，她和彭大明的日子或許也就這麼半死不活地維持下去了。柳雅玲不期然間的突然現身，一下子就把吳芝敏看

似平靜的生活搞了個一團糟。到最後，因為丈夫彭大明不管不顧地阻止妻子和柳雅玲相會的緣故，腦子一時間「又亂又脹還熱疼」的吳芝敏，終於在夜半時分向熟睡狀態中的彭大明出手。一連七錘，吳芝敏就這麼一錘一錘地砸死丈夫彭大明後，成為了一名殺人犯。當然，也還有那位千里迢迢地把丈夫從國外喊回來堅決要離婚的全改枝。到後來，我們才知道，全改枝之所以要堅決離婚，原來卻只因為床上「高潮」的有無：「不怕你笑話，也不怕你寫出來——我和吳成民結婚十幾年，在床上從來都不知道高潮是咋兒一回事。三十三歲第一次高潮是在鎮上賓館野合時，是鄭州那個男人給我的。現在我和我這個男人在一起，兩個人每天都覺得那事特別好。」我們無論如何都難以料想到，卻原來，致使全改枝這樣一位鄉村女性婚變的根本原因，竟然在於「高潮」的追求。唯其如此，閻連科才會給出這樣的一種評價：「我一直都在盯著她，一直都在想著我家鄉也有這樣前衛、先鋒的女性。儘管她長得並不好，身上還有一股醫院的藥雜味，然無論如何，她身上還充滿著一個女人面對世界的靈視和尖銳，是我家鄉那塊土地上，獨一無二、與眾不同的女性的超然和光。」一方面，我們固然應該承認，如同全改枝這樣特別看重「高潮」體驗的鄉村女性的出現，似乎的確昭示著某種最起碼是現代「性文明」的曙光，但在另一方面，如同趙雅敏、楊翠以及吳芝敏她們人生悲劇的釀成，卻不管怎麼說都不能不讓我們驚歎：「問世間情為何物，直教人生死相許」。質言之，這些鄉村女性人生悲劇的成因，都與特別看重情感緊密相關。為了情感，趙雅敏寧願賣淫，楊翠不惜以身赴死，吳芝敏甚至乾脆就變成了一個殺人犯。不是說情感不重要，也不是說不應該看重情感，關鍵的一個問題是，這些情感悲劇苦難結局的承受者，為什麼往往總會是那些鄉村女性呢？！難道說，僅僅只是因為女性是一種更加偏重於感性的生命存在，她們便會如此這般地以飛蛾撲火的方式去面對並處理情感的問題嗎？又或者，她們的悲劇命運與她們所處的時代和文化背景之間的關係究竟如何？面對著諸如此類幾近無解的亙古命題，我們恐怕只能隨同閻連科一起把相關的思考繼續進行下去。

然而，與趙雅敏、楊翠、吳芝敏這些故土上的悲劇女性相比較，佔據著文本中心地位的，畢竟還是閻連科自己家族中的那些女性。這其中，既有大姐、二姐以及嫂子她們這樣的同輩女性，也有以母親為核心包括姑姑與嬸嬸她們在內的上一輩女性。正是她們以形形色色的方式拼湊在一起，方才構成

了鄉村女性那樣一種堪稱斑斕多姿的生命樣態。大姐，首先是閻連科文學道路最初的引領者。大姐坐在閒靜的農家小院裏讀書的情景，在閻連科這裡，是一種永難磨滅的恒久記憶：「在不冷不熱的時段裏，大姐從她的小屋裏走出來，捧著書，坐在小院的姣好間，背後是掛在牆上的鋤鐮或者紅辣椒、大蒜辮，再或是一冬都未及取下脫粒的最後一掛金黃色的玉米穗。她就那麼看著書，坐在屋門口。這時天下就為她看書的這一瞬寧靜了。凝著不動了。像一尊神為世界留下的可命名為《靜》《讀》或抽象一些就叫《時間》《幸福的人類》，再或《人類最後的追求》之類的油畫或雕塑。」大姐在農家小院讀書的情景之所以會深深地刻在閻連科的腦海裏，與她向閻連科開啟了文學的大門緊密相關：她的床頭是我的第一個人生圖書館，雖然不大卻也似乎應有盡有。」從《西遊記》開始，包括那個時代普遍流行的一系列革命小說，閻連科大都是在大姐這裡讀到的。也正是在這個過程中，閻連科（其實也不只是閻連科，那一代中國作家大致都有過這樣的一個文學接受過程）形成了自己最初的文學認知：「我最初對文學的認知和理解，都來自大姐的床頭和小說主人翁們不求愛、不怕死的紅色經典。」後來做了小學教師的大姐，最糾結的一件事情，就是怎樣才能夠由民辦教師轉為公辦教師。為此，她不僅自己在工作中積極努力，而且還數度求助於身為作家的弟弟閻連科。為了大姐的轉正，閻連科可以說使出了渾身解數，但最終卻都無濟於事。等到事情最終獲得解決的時候，大姐已經做了整整三十一年教師：「大姐剛教書時是十七歲，轉為正式教師時，已經快要四十八歲了。」閻連科原以為是自己的求情起了作用，沒想到大姐轉正的這一年，是全國範圍內民辦教師轉正的收尾年，只要沒有特殊問題，所有的民辦教師都被一刀切地轉成了公辦正式教師。現實就這樣在無情地嘲弄著閻連科的同時，也無情地嘲弄著文學。然而，即使是閻連科也都無法料想到，正如同二姐所預言的那樣，等到退休之後，命運多舛的大姐竟然又會落入到另一種人生的虛空之中。那就是，因為她只是感覺到身體不舒服，所以，也就變成了醫院的常客，總是行走在通向各家醫院的路途上。一直到很久之後，家人們方才恍然大悟：「忽然意識到大姐不是沒有病，而是在學校教書時，對孩子、講臺、民辦、公辦、轉正和爭當模範教師的過度之投入，而退休讓她的人生落空了，活著的意義被懸置起來了，為此她先是有了一點憂鬱和不安，可這憂鬱和不安，沒有被醫院和我們當成病，最終發展成了終生難愈的憂鬱症⋯⋯」這樣一來，最初的文學閱讀，後來的轉正努力，

再後來的憂鬱症，疊合在一起，就構成了大姐的人生三部曲。

二姐對閻連科的重要影響，集中體現在擁有自我犧牲精神的她，竟然把一次難得的上高中機會出讓給了弟弟。那一年初中升高中的時候，由於都是農村戶口的緣故，閻連科姐弟二人面臨著只有一人可以讀高中的艱難選擇：「命運那時冰明水亮地冷在了我和二姐間，就像時間成了石塊或冰坨，無形地砌壓在了我家院子裏。」最終的結果是，二姐在經過了一番痛苦的內心掙扎後，把升學的機會讓給了閻連科。在閻連科的理解中，正是二姐的自我犧牲，給自己未來的命運帶來了人生的一次重要轉機：「然那一年的高中生，也是二姐把她的命運當成沙石為我修築的一段人生的路。倘是沒有這段路，沒有這一年的高中之肄業，我就不能冒偽為高中畢業而從軍入伍去。」正如同我們在前邊已經提及過的偶然、必然與命運之間的關係一樣，如果喪失了這次升入高中的機會，閻連科個人的命運走向就不會是現在這個樣子：「不從軍入伍去，而我的寫作與命運，將必然是另外的樣貌和岔道。」原本不怎麼被閻連科接受的嫂子的一大人生壯舉，是以勇毅的「單刀赴會」的方式，徹底化解了三叔、三嬸和我們家之間因為一堵「活牆」而存在多年的矛盾。在瞭解到矛盾的原委之後，新嫁到我家的嫂子，竟然一個人風塵僕僕地從縣城趕回到村裏三叔家的蓋房工地上，最終化干戈為玉帛，以一番有理有據的說辭說動了一貫「冥頑不化」的三叔和三嬸：「三叔家果真停下了挪移牆基之工程，徹底不再談論一生為活牆、死牆和挪移土地之爭了。並且在那次嫂子的橫刀立馬、長篇大論之後，三叔、三嬸和我母親的關係也開始修補得完美無瑕樣。」也正是在擁有了如此一番不尋常的經歷後，閻連科對嫂子的印象和評價大為改觀：「自此後，我覺得我嫂子不僅是最堂正儼然的閻家人，而且如我的父母樣，是我們家雜務千萬的主正骨。自此後，大姐、二姐嫁走的家庭塌陷不僅被我嫂子和妻子滿滿填起來，還讓那血緣和情感的坑陷堆起了山。」但正所謂「有一利必有一弊」，憑藉著口舌之利化解了家族矛盾的嫂子，到了她閨女芳芳那裡，竟然變成了「我媽媽啥都好，就是話太多，一天到晚吵得整個縣城的大街小巷都裝不下她的聲音和道理。」又或者，這也算是人性的一種複雜和立體吧。

相比較來說，人性的豐富程度，恐怕更突出地體現在上一輩以母親為核心的姑嬸們身上。比如，那位閻連科到最後也沒有搞明白的大姑。大姑和大姑父，是一對看起來極不相配的夫妻，一個美極，一個臭極。貌美如花的大

姑，為什麼會嫁給醜陋無比的大姑父為妻，這是長期困擾著閻連科的一個問題。關鍵還在於，這樣一對看上去極不般配的夫妻，竟然似乎從來也沒有過「吵架和不悅」。如此一種情形，讓意欲一探究竟的閻連科震驚不已：「最重要的事情是，大姑到底有沒有婚前史，如沒有，以她那樣的美人胚子怎麼會嫁給形象、內心、秉性都如泥土般的大姑父？而且彼此那種被日常俗事遮掩的愛，如同溫潤無語的河流樣。倘是大膽不倫地想像大姑婚前有過自己浪漫的追求和自由，最後在悲劇到來時，才不得不嫁給我姑父，不得不心歸菩薩每天都燒香，那麼我目不識丁的大姑的人生該是多麼壯美的一部中國近代史、婦女自由解放史和女性平權努力的鄉村歷練奮鬥史。」只可惜因為閻連科對大姑既往歷史的一無所知，所有的這一切便只能停留在空想的狀態了。比如，那位似乎總是在哼著小曲唱著戲的大娘。大伯一家，兩個大人，八個孩子，加起來一共十口人。這樣的一家人，在那個貧瘠的苦難時代，其日常生存之艱難，是一種無可否認的客觀事實。面對著如許的「苦難和辛酸」，大娘怎麼還能夠唱得出口呢？一直到很久之後，「我們終於意識到，那從年輕開始一直哼唱到老的女腔音，不是從她的嗓音發將出來的，而是源自她的生命對生活和命運的抵抗與堅韌。倘若不是她不息的哼唱和反抗，在那多年幾個孩子必須擠在一張床上、只蓋一床被子的寒冷裏，人又怎麼能熬過寒冬之冷呢？」事實上，也正是出於對大娘生存意志之堅韌發自內心的欽服，所以，閻連科才會明確表示：「現在想，如果要評選一位我家族中最英雄、偉大的女性，我想我應該把這一票投給我大娘。」再比如，那位看似一生都在追求愛情的小姑。因為在內心裏深深地愛上了小姑父，小姑不顧家人的堅決反對，義無反顧地嫁給了小姑父，嫁到了那個名叫劉家澗的偏遠小山村。因此，「現在想起來。我小姑和小姑父，應該是我們中原鄉村那方隅地自由式婚姻的奠基人。」關於小姑和她那至死不渝的愛情，有兩個細節特別耐人尋味。其一，儘管她自己一直堅持呆在劉家澗，但對子女的婚嫁卻有著一種特別的要求：「我小姑對孩子們的婚姻幾乎沒什麼要求和苛責，其所有子女的嫁或娶，她都任由他們自主選擇和確定，但對他們唯一的寄望條件是，兒子們一定要進城，到繁華熱鬧好掙錢的地方去。女兒們，即便不能嫁到城裏去，找的婆家也要離公路近一些，出門到繁華鬧市趕集方便些。」何以會如此，從所謂精神分析學的角度來說，正是因為她當年嫁到了偏遠山鄉的緣故。正因為自己有過真切的體驗，所以才不希望子女們重蹈覆轍。其二，當我們一再動員小姑離開劉

家潤乾脆住到娘家來的時候，卻遭到了她的斷然拒絕：「可我小姑卻鏘鏘言言說：／『我哪兒也不去，我就守在這個村裏和院裏。』」更進一步說，小姑的堅守乃是因為小姑父的緣故：「我走了你的姑父咋辦呢？」小姑的如此一種舉動，頓時便讓閻連科聯想到了胡安·魯爾弗小說《盧維納》中的女人們拒絕離開的理由：「如果我們離開的話，誰來照顧這些死人呢？我們待在這兒，我們可不能把他們孤零零地撇在這兒不管啊。」小姑的如此一種固執舉動，同樣可以在精神分析學的層面上得到解釋。正因為小姑內心裏一直都深愛著已經去世很多年的小姑父，所以她才不管怎麼說都不願意搬離偏遠的劉家澗。

　　雖然說以上這些家族或者故鄉的女性們的生命樣態已經足夠斑斕多姿，但說到底，《她們》中最核心，同時也最切合前述「第三性」理論的一位鄉村女性形象，都只能是在文本中被單獨列為一章的閻連科的母親。「把我母親單列出一章寫，是因為她是我母親。」看似同義反覆的一句話，卻寫出了閻連科對母親的一種深情款款。關於母親這一形象，我們可以從以下幾方面加以把握。其一，母親是一位有能力提出「天問」來的鄉村哲學家。深夜坐在三亞的海邊，母親出乎意料地對兒子說出了自己的不解和思考：「連科，你說世上真的有神嗎？沒有神世上怎麼會有白天和黑夜，日頭和月亮，大海和高山？可你說有神了，神咋會這麼不公呢？讓這兒的水多得用不完，讓我們那兒吃水、澆地都困難。還有這兒的樹，葉子肥厚成黑顏色，花都開得和假的樣。可北方——我去過陝西的西安、臨潼那地方，農民沒有房子都住窯洞。莊稼草木盼著一點雨，像娃兒盼著親娘回家樣。」「既然神總是對人好，那為啥不當初創世時，讓缺水的地方多點水，山高的地方多條路。住在水邊天天泡在雨裏、水裏的人，也讓他們少些水災和大風。何苦到現在，弄得天下那兒缺的這兒又太多，那兒多的這兒又太缺。」聆聽了母親的一番話，身為作家的閻連科一時無以應對：「可是我，怎麼能回答母親這關於人類起源與世界盈缺、公正的問題呢？母親她不僅懂得語言學，可能還是一位同蘇格拉底一樣敢於面對真相的思想家和哲學家，而我只是她的一個愚笨、懦弱而無知的學生和孩子呀！」其二，關於母親文化的有無。一方面，母親的識字數量確實非常有限，但在另一方面，閻連科卻不無堅定地表示：「誰說我母親目不識丁他就目不識丁。」閻連科之所以如此鏗鏘有力，乃因為「我母親有文化。相當有文化。即便我們總把文化的含義狹隘固定在了識字多少、讀書多少的基準上，母親認識的字數和識字的能力也還要用驚人一詞去形容。」其實，母親還真

就是一個「目不識丁」的人，但閻連科卻為什麼一定要不無憤激地做以上的
表達呢？實情恐怕還是要用二姐的話語來表達更為精準些：「應該這樣去描述
我母親：生活需要她認識多少字，她就能認下多少字。這個說法是我二姐對
我母親的總結和概括，精確得如天旱時要下雨，天就果然下了一場雨。」設
身處地地想一想，對於如同母親這樣早已錯過了求學可能的鄉村女性來說，
即使是生活需要她去認識的那些數量有限的字，也都是極其不容易的一件事
情。據記載，倉頡當年造字時候的情景是「天雨粟，鬼夜哭」，某種程度上，
母親的識字也差不多可以做如是觀了。

其三，更重要的一點，是母親那簡直就是無休無止的勞作。首先需要對
「勞動」與「勞作」有所區分：「『勞動者』——這一概念有著男性最卑微的傲
慢在其中。為了區別男性為『勞動者』，我們稱女性的勞動為『勞作』。」「所
以不稱女性的勞動為勞動，而是說勞作，這表明著比勞動更為辛苦的勞動和
繁瑣。」在閻連科的記憶裏，母親除了如同父兄一樣一直參與著鄉村裏所有
的勞動項目之外，也還必須承擔男人們的後勤比如做飯，做衣等生活的使命。
因為母親會裁縫手藝，她便在無形中承受了更多的勞作使命：「像一個詩人不
停地寫下的句子樣，母親在縫紉機上寫著農家日子的長篇敘事詩，述說著她
和鄉村女性及所有人的日子和故事。」唯其因為如此，當閻連科從一位大夫
口中聽到「你們農村的婦女太經得起病瘤折騰了」的時候，方才會由衷地發
出這樣的一種感慨：「不知道他是誇讚還是嘲弄我。但是我知道，如我母親樣
的女性們，在我們村裏和那塊土地上，不是幾個、十幾個，而是幾十、上百
個，上百、上千個。在她們的一生命運中，家務和勞作，被傳統灌輸為那是她
們天經地義的事，宛若她們生而為女人，生而就該和男人一樣去幹『男人的
事』，並且絲毫不能丟棄『生而為女人的事』。於是間，衰老提前到來了。疾病
提前到來了。通往村街小藥房的路和走向鎮醫院、縣醫院及洛陽、鄭州大醫
院的小道和公路，鄉村婦女的腳跡遠多於男性、男人們，成了一個完全被忽
略的與『女性問題』息息相關的鄉村女性生存的必然了。」很大程度上，正是
因為如同母親這樣的鄉村女性總是在過度勞作的緣故，所以她們才會呈現為
晚年母親一般的模樣：「矮胖、醜陋和不堪，白髮縷縷，下巴雙重，垂吊的乳
房如同麻袋的歲月和女人生命史的沉沉暮暮都在她身上樣。」因此，閻連科
「第三性」理論的提出，也毫無疑問正是建立在他對如同母親這樣的鄉村女
性大量觀察的基礎之上的。作為以真切紀實為根本訴求的長篇非虛構文學作

品，既能提出帶有明顯原創性色彩的「第三性」理論，也能鮮活透闢地描寫塑造出以母親為突出代表的一眾鄉村女性形象，閻連科的《她們》無論如何都應該被看作是當下時代相當罕見的一部文學傑作。

阿來《瞻對》：
複雜民族矛盾的藝術呈示與沉思

　　敏感的讀者應該已經注意到了，最近一個時期，中國文壇特別引人注目的文學現象之一，就是所謂非虛構文學的異軍崛起。說到非虛構文學，必然面臨的一個問題，恐怕就是非虛構文學與報告文學這兩個文學概念之間的糾結與纏繞。究竟何為非虛構文學？何為報告文學？這兩個不同的文學概念是否可以通約使用？這些問題都繞不過去。報告文學，是中國文學界所長期使用的一個文學概念。儘管說從概念形成的時間看，相比較於其他文學文體，報告文學出現最晚，但在約定俗成的意義上，我們卻仍然會把報告文學與詩歌、小說、散文、戲劇並列在一起，把它視為最基本的文學文體之一種。倘若顧及文學史的發展事實，那麼，我們還要說，報告文學這一概念的盛行，實際上與報告文學這種文體在 1980 年代的輝煌存在著緊密的內在聯繫。正是從那個時候開始，報告文學才成為了文學史寫作中無法被忽略的一個有機組成部分。同樣是源自於西方的文學概念，與報告文學相比較，非虛構文學這一概念的進入中國，卻是更晚近一些的事情。既然名之為非虛構文學，那當然是相對於虛構文學而言的。而虛構，則正是小說與戲劇這類文學文體最本質的特徵所在。因此，從一般的意義上說，非虛構文學的範圍，大約就是小說與戲劇這類的虛構文學之外的其他一切非韻文體文學寫作的概稱。與報告文學一樣，非虛構文學最本質的特徵，就是強調表現對象的真實性，就是不允許採用虛構的文學方式。然而，在強調非虛構品質具備的同時，二者之間的差異卻也是相當明顯的。這種差異，最突出地表現為所涵括範圍的大小。具

而言之，報告文學這一概念中，明顯地隱含著一種新聞性的要求。所謂新聞性，就是要求報告文學的表現對象應該是那些具有新聞價值的人與事。而非虛構文學，儘管說並不排除新聞性，但新聞性卻顯然不是其不可或缺的本質規定性所在。因為有了對於新聞性的強調，所以，報告文學所涵括的作品範疇，就要明顯小於非虛構文學。比如說，阿來這部以康巴藏區二百年歷史變遷為主要表現對象的《瞻對：兩百年康巴傳奇》（載《人民文學》雜誌 2013 年第 8 期），就顯然與新聞性無關。與其勉勉強強地把它稱之為報告文學，反倒不如把它看做非虛構文學更具合理性一些。再比如，作為一種專門文學文體的傳記文學，雖然也特別強調非虛構品質的具備，但卻不能夠被稱之為報告文學，只應該被納入到非虛構文學的範疇之中。從以上分析可以看出，儘管都在強調一種非虛構本質的具備，但非虛構文學較之於報告文學，卻明顯具有一種更為開闊，更有包容性的特點。就世界範圍內的總體狀況而言，大家之所以會越來越趨向於使用非虛構文學這一概念，根本原因或許正在於此。具體到中國文壇，雖然在很長一段時間內將會是報告文學與非虛構文學混同使用的情形，但我個人更傾向於使用非虛構文學這一開闊性的概念，卻是毋庸置疑的一件事情。

然而，與文體概念的辨析相比較，需要我們深入思考的另一個重要問題，卻是非虛構文學為什麼會在一時之間異軍崛起，會成為當下時代引人注目的一種重要文學現象。儘管我們肯定無法對這個問題做出全面的回答，但其中一個重要的方面，恐怕卻是現時代中國社會現實的亂象叢生。對於這種亂象叢生的現實狀況，錢理群先生曾經有過可謂是一針見血的尖銳揭示：「記得在 2008 年汶川地震後，我就說過：『我們從現在起，應該有一個新的覺醒，要在思想上作好準備：中國，以至世界，將進入一個自然災害不斷，騷亂不斷，衝突不斷，突發事件不斷的多災多難的時代』。這話不幸而言中：2009 年就發生了全球金融危機造成的全球性的大恐慌。2010 年中國更是進入一個內外矛盾空前激化的年代。從年初的富士康『大跳樓』開始，到連續發生的『血洗幼兒園』的突發事件，以及接連不斷的因種種原因引發的暴力事件，都表明底層社會民與官，民與商，弱勢群體和既得利益的強勢群體的矛盾已經激化到了臨界點，隨時都在爆發，還隨時會有新的爆發。而這一年，處於社會中層的知識分子，一方面是因為一再受到壓制而和體制的矛盾日趨激化，另一方面，知識分子內部的分化日趨嚴重，以至到了本來是既平常，也是正常的不同看

法，都會引起軒然大波，彼此水火不能相容。這就意味著，整個社會，都感覺到：『不能再這樣生活下去了！』」〔註1〕惟其因為當下時代的中國處於各種複雜的社會矛盾空前糾結的狀態之中，一個突出的感覺就是，中國的確又走到了一個異常關鍵的十字路口。未來的中國究竟向何處去，實際上已經成為橫在國人面前一個無法迴避的問題。面對著如此一種曖昧不明的社會現實，每一個擁有思考能力的中國人都渴望著能夠做出更加合乎情理的理解與判斷。在我看來，當此之際，非虛構文學之所以能夠鼎盛一時，一個重要的原因就是這些作家們試圖以這種特定的文學文體對於曖昧複雜的社會現實有所勘探有所辨析。即使是那些看似把自己的表現視野投向了既往歷史的非虛構文本，一種意欲通過對於歷史的回訪而對於現實有所啟示的寫作意圖，實際上也是昭然若揭的。從讀者的角度來說，他們之所以會熱衷於此類非虛構文學的閱讀，自然也是為了能夠從中獲得關於當下複雜社會問題的文學性解答。很顯然，來自於讀者的這種真切閱讀期待，乃是非虛構文學強力市場需求得以最終形成的根本動因所在。某種意義上，正是以上分別來自於作家與讀者的雙重力量，從根本上推動著非虛構文學的異軍崛起。別的且不說，單只是《人民文學》一家刊物，這些年來對於非虛構文學的竭力推舉，即特別引人矚目。「本刊在三年前闢出『非虛構』欄目，相繼發表了梁鴻的《梁莊》及《梁莊在中國》、王小妮的《上課記》、李娟的《羊道》、鄭小瓊的《女工記》、喬葉的《蓋樓記》及《拆樓記》、孫慧芬的《生死十日談》、丁燕的《在東莞》等作品，如今『非虛構』已是文學界與社會學、歷史學界以及廣大讀者熱議的話題。這些作品推出單行本之後，反響強烈，形成了獨特的『非虛構』出版現象。」〔註2〕窺一斑而知全豹，通過《人民文學》這一一個特定的窗口，我們即不難感覺到非虛構文學這些年來興盛一時的寫作狀況。

茅盾文學獎得主阿來，之所以在小說寫作的同時，把自己的寫作精力分身到了非虛構文學的寫作之上，寫出了長篇非虛構作品《瞻對：兩百年康巴傳奇》，主要動因正在於他對於民族問題一種強烈的現實關切。「這些年來，中國的民族主義情緒高漲，可少數民族的民族主義情緒高漲的時候，也是對國家大一統的挑戰。這個問題，是現在有還是過去就有值得我們研究。過去有的話，民間是怎麼對待的，官方又是怎麼對待的？寫歷史，實際上是想回

〔註1〕錢理群《保存我們心中的美》，載《隨筆》2011年第1期。
〔註2〕《人民文學》2013年第8期「卷首」。

答今天的問題。很多時候對於中國的問題解答過於宏觀，而文學是從微觀的角度出發。對於瞻對，當地人也自詡為『鐵疙瘩』，但是用了兩百年時間，鐵疙瘩也終於融化了。」「《瞻對》寫的是歷史，其實是在關注今天少數民族特別是藏區不安定的現實問題。現實和歷史總是有關聯的。」〔註3〕文章合為時而著，面對著已經過去了很多年的既往歷史，作家的書寫所不能或缺的正是如同阿來這樣一種鮮明的當下問題意識。惟其如此，阿來的這部歷史非虛構作品才能夠引發我們對於複雜民族問題的深入思考。

對於長期從事小說寫作擁有豐富小說寫作經驗的阿來來說，要想寫好非虛構文學作品，真正需要注意的，恐怕是兩個方面的問題。其一，是如何盡可能地保證史料的真實性。既然被稱作非虛構文學，那麼，非虛構當然就是最重要的一個美學要求。要想很好地做到這一點，作家就必須進行深入細緻的田野調查工作。非虛構文學的寫作，之所以會和社會學發生密切的關係，正在於二者均離不開田野調查的強力支撐。與小說家的向壁虛構不同，田野調查強調的，是作家必須親臨現場，必須充分地掌握與所表現對象密切相關的那些材料。儘管說阿來所具體表現的是消逝已久的既往歷史，但他也一樣需要完成必要的田野調查工作。細讀文本，即不難發現，在這部《瞻對：兩百年康巴傳奇》的寫作過程中，阿來主要進行了兩個方面的田野調查工作。首先，是對於大量原始歷史資料的悉心查閱。當地包括諸如《西藏志》《四川通志》《瞻對·娘絨史》等在內的各種地方志，各種文史資料，清朝時各級官員與皇帝之間的往返奏覆文檔與各種條約，民國年間的各種報告，以及相關歷史人物的年譜、日記，等等，均在阿來的查閱範疇之內。一方面是這些原始資料的查找過程本身非常艱難，另一方面則是對於這些枯燥史料時所需要的閱讀勇氣。要知道，從一大堆浩如煙海的原始資料中搜尋一些與自己的寫作主題相關的東西，某種意義上直如大海裏撈針一般艱難。別的且不說，僅憑此二端，我們也完全能夠想像得到，在這部非虛構文學作品的寫作過程中，阿來到底下了多大的工夫。稍微誇張一點說，阿來一不小心就把自己研究成了一個瞻對史方面的專門歷史學者。其次，是歷史現場的實地探訪。儘管已經不可能回到消逝已久的歷史現場，但阿來田野調查工作的一個重要方面，卻是到瞻對這個特定地域的實地親身探訪。一方面，只有置身於今天的新龍縣也即當年的瞻對所在地，阿來才可能真切地感受並想像還原當年的歷史場

〔註3〕舒晉瑜：《阿來：民族主義的鐵疙瘩》，載《中華讀書報》2013 年 9 月 22 日。

景。另一方面，許多珍貴的史料與民間傳說，也只有在實地探訪的過程中才可能獲得。對於這一點，阿來自己在作品中其實已經有過明確的交代：「我在新龍，又訪得過去時代一個僧人所著瞻對史事藏文文書一件，到康定央人翻譯，其中又說，那在官寨內被殺死的洛布七力之子是位喇嘛。」「在今天的新龍縣，在過去的瞻對尋訪舊事時，我常常陷入民間傳說中如此這般的敘事迷宮之中，不時有時空交錯的魔幻之感。」由以上這些時時穿插出現於文本中的細節片斷，我們即不難想像出阿來在歷史現場實地探訪時的基本情形。

史料的真實性之外，更為重要的，恐怕卻是作家一種深邃理性思考能力的具備。在這裡，我們必須注意到小說與非虛構文學這兩種不同的文學文體對於作家提出的不同要求。如果說在優秀的小說作品中，作家所欲傳達出的思想內涵，總是越隱蔽越好的話，那麼，到了非虛構文學作品中，作家就不僅應該具備一種超乎於尋常的理性思考能力，而且還應該把自己對於歷史或者現實的思考結果盡可能旗幟鮮明地凸顯出來。一部優秀的非虛構文學作品，一方面需要的固然是感性的對於生活場景的鮮活呈現，但在另一方面，卻也特別需要作家具備一種理性沉思的力量。同樣的道理，如果說，一位優秀的小說家未必非得同時是有著強烈的社會現實關懷的獨立知識分子，那麼，要想成為一位優秀的非虛構文學作家，要想讓自己的非虛構文學作品真正顯示出超乎於尋常的理性思考力量來，作家自己首先就必須是一位熱情擁抱生活的，有著強烈的社會現實關懷的獨立知識分子。雖然說阿來是第一次涉足非虛構文學這一文體的寫作，但我們卻可以明顯感覺到作家理性沉思能力的突出。惟其擁有一種特出的理性沉思能力，所以，阿來才能夠穿透層層歷史迷霧，直抵歷史的內核地帶。正如標題所昭示的，這部作品的時間跨度很大，在相對有限的篇幅內，阿來梳理表現了從清雍正六年也即公元一七二八年清政府第一次對於瞻對的土司用兵開始，一直到共和國的成立為止，先後長達二百多年的時間裏，中央政府與瞻對地方土司以及包括西藏在內的整個藏區的複雜糾葛關係。究其原因，中央政府之所以會和自己的屬區之間關係極度緊張，關鍵在於其中夾雜著堪稱盤根錯節尖銳複雜的民族矛盾。換而言之，阿來通過瞻對這一特定藏區與中央政府之間的長期對抗過程的細緻描寫，展示在廣大讀者面前的，是跨越了清朝與民國兩個不同歷史時期的民族關係史。

作為一位創作經驗異常豐富的作家，阿來非常清楚，非虛構文學並非專業的歷史著作，只有從歷史的細微處切入，抓住豐富生動的生活細節，才能

夠在恰切精準地進入歷史現場的同時，更好地吸引讀者的閱讀注意力。惟其如此，阿來才會從一件看起來似乎不起眼的小事作為自己的敘事起點。時值所謂「康乾盛世」的乾隆九年，也就是公元一七四四年，川藏大道上，由三十六人組成的一隊清兵，在一個名叫瞻對的藏區地方，被藏語稱為「夾壩」的藏人襲擊搶劫了。所謂「夾壩」，計有二解，一曰強盜，二曰遊俠。用阿來作品中的描述來說：「是的，這就是夾壩，這就是劫盜，這就是遊俠。」「劫盜，是世界對他們行為的看法。遊俠，是他們對於自己生存方式的定義。」很顯然，前者的所謂「世界」，並非是整個地球，其實不過是瞻對之外中央政府的一種代稱而已。這就意味著，儘管「夾壩」們把自己看做遊俠，但在官方眼裏，他們卻不過是依靠劫道為生的強盜而已。既然是來自於蠻夷之地的「夾壩」襲擊了清兵，而且這個消息居然上達天聽，驚動了位至至尊的乾隆皇帝，那麼，清政府對於瞻對的再度用兵，就勢在必然難以避免了。於是，阿來就依據詳實的史料，以工筆方式細緻地展示了這一次清政府對於瞻對的征討用兵過程。令人倍感驚訝的是，儘管對陣雙方實力懸殊，儘管清政府徵調了大量的兵馬糧草，但最後的結果卻是鎩羽而歸。只有在後來的金川戰事的演變過程中，皇帝才徹底搞明白，原來所謂的瞻對大捷，不過是慶復等一眾官員瞞天過海撒下的一個彌天大謊。瞭解事件的真相之後，惱怒異常的乾隆，以極其嚴厲的手段懲處了相關人員。值得注意的是，在詳細地敘述了乾隆年間的這次瞻對用兵過程之後，阿來借助於微博發出的一番由衷感慨：「寫一本新書，所謂現實題材，都是正在發生的事情，開寫的時候有新鮮感，但寫著寫著，發現這些所謂新事情，裏子裏都很舊，舊得讓人傷心。索性又鑽到舊書堆裏，來蹤跡寫舊事。又發現，這些過去一百年兩百年的事，其實還很新……」之所以發這麼一通感慨，原因在於阿來在進行非虛構寫作的同時，還寫著一部現實題材的新長篇小說。現實題材是新的，瞻對故事是舊的。但也正是在這種交叉進行的寫作過程中，阿來對於所謂的新與舊產生了頓悟式的感受。緊接著，阿來解釋道：「諸多陳年舊事，映照今天現實，卻讓人感到新鮮警醒。看來，文學之新與舊，並不像以新的零碎理論包裹的文評家所說，要以題材劃分。」

不能不注意的一個問題是，阿來為什麼要發出如斯的感慨與浩歎？這一點，只有在讀過他的非虛構文本之後，方才能夠覓得切實的答案。卻原來，由於一種無法迴避的民族矛盾作祟的緣故，自打雍正六年亦即公元一七二八

年清政府第一次對於瞻對用兵開始，一直到民國十九年亦即公元一九三零年的大白之戰，中央政府先後多達將近十次對於瞻對的用兵，除了清朝末年趙爾豐的那一次頗見成效之外，基本上都是以失敗而告終結。以至於，阿來在書寫的過程中只能夠一再感歎「又是重複的老故事」「老故事再三重演」。正如同作家所詳細描述過的乾隆九年的那次用兵情形一樣，若干次用兵的狀況，差不多都是進攻者一開始節節勝利捷報頻傳，但到最後卻無奈地發現，這勝利不過是虛妄的勝利，是各級官員出於自保的目的謊報軍情的結果。「又是重複的老故事，最該要斃的那個人未被燒斃。上次這個人叫班滾，這次不過換了個名字，叫作洛布七力。這個未被燒斃的人，比之班滾更加囂張。大軍退後，回頭就把陣前投誠清軍的頭人格格絨泰殺掉了。」閱讀阿來這樣一種充滿著感慨的敘事文字，我們便不難想像書寫者內心中那種無法排遣的沉痛憂傷。令阿來倍感沉痛憂傷的，當然是一種可怕的歷史循環。長達二百多年的時間裏，我們的政治、社會，我們的文明，就這樣一次又一次地自我循環著，根本談不上任何的進步。面對著如此一種令人震驚的「歷史發現」，阿來一種極度失望的心情就是可想而知的：「我是一個寫故事為生的人，開初，覺得貢布朗加比起別的土司，自是心懷大志，所以，對這個故事已經產生了不一樣的期待。但接下來，聽多了這樣的小故事，又漸漸覺得老套，心生悲涼，原來，歷史就這樣在原地踏步。原來，一代梟雄貢布朗加不過就是重複著老套的故事。原來，被人津津有味傳說的故事，卻是如此陳陳相因，這片土地上，不過是老故事換上了新的主人公，而背後的布景卻沒有任何改變。人的認識與智慧也未見增長。」「我對從這幕大戲中發掘出一些新的意義充滿希望。希望從這一事件，或者從這個被傳誦了近兩百年的瞻對英雄身上發現一點突破藏民族上千年夢魘般歷史因循的東西。但是，不得不說的結果是，我終於失望。」是的，確實只能失望，不要說阿來這樣瞻對兩百年歷史的發現與書寫者了，即使是作為讀者的我們，在閱讀阿來這部非虛構作品的過程中，產生的也只能是一次又一次的失望感覺。

明明知道是一再重複的老故事，阿來卻為什麼還要不厭其煩地加以敘述呢？對於這一點，作家也做出過明確的回答：在談及了法國人托克維爾的著作《舊制度和大革命》之後，阿來寫到：「那時，法國人知道了中國，而且，打到了中國的門上。清朝人也漸漸知道了法國，但瞻對人不知道，青藏高原上的我們的先輩們都不知道。不要說我們這樣普通平民的先輩們不知道，那

些生而高貴的世俗貴族不知道，那些號稱先知般的宗教領袖也不知道。外國人革過命了，反過來又來討論怎麼樣的革命對人民與社會有更好的效果。但是，在藏族人祖祖輩輩生活的青藏高原上，自吐蕃帝國崩潰以來，對世界的識見不是在擴大，而是在縮小。身在中國，連中國有多大都不知道。經過了那麼多代人的生物學意義的傳宗接代，思維卻還停留在原處，在一千年前。」到這時候，阿來的底牌，就完全亮出到了桌面之上。卻原來，促使阿來在緊張的長篇小說寫作的同時，把精力分身到這部非虛構文學作品寫作上的根本動因，還是與他那種特定的族裔身份密切相關。正因為身為藏族人的阿來特別關心自己的同胞在歷史演進過程中的命運遭際，尤其特別關切藏地文明的現代化問題，所以他才會不辭辛勞地對於瞻對長達兩百多年的歷史過程進行詳盡細緻的考察與辨析。

當然，也不能說瞻對就沒有發生根本變革的機會。具而言之，這個機會的到來，與清末能臣趙爾豐的出場存在著直接關係。趙爾豐所施行的，是以「改土歸流」為核心的「治邊六策」。「一、設官，就是改土歸流」「二、練兵」「三、屯墾」「四、通商，就是開發當地資源，促進商業流通」「五、建學，興辦新式學校，開啟民智，培養建設人才」「六、開礦」。由於採取了這一系列相對有力措施，瞻對這個「鐵疙瘩」確實出現了熔化的跡象：「趙爾豐驅逐了駐瞻對藏官，委任米增湘為瞻對委員，將瞻對設為懷柔縣。後因與直隸懷柔縣同名，又將縣名改為瞻化。我們記得，瞻對在藏語中是鐵疙瘩的意思，那麼，瞻化這個漢語名字，在趙爾豐心目中，有將這個兩百餘年來在清廷眼中堅硬無比的鐵疙瘩終於熔化的意思嗎？」答案自然是肯定的。「時人和後世對趙爾豐的評價各式各樣，歧異的產生是他過於殘酷的鐵血手段。但沒有人否定他在短短幾年間改土歸流的巨大功業。重要原因，還是在於這是順大勢而為的結果。」但怎奈這一切都來得太晚了一些，趙爾豐出場瞻對的時候，整個清廷都已經處於一種風雨飄搖的狀態了。所以，阿來才不無歎息地寫到：「細讀晚清史料，破除了過去讀二手書被灌輸的錯誤印象。」「印象之一，是說那時候清廷進行的都是假改革，做樣子給人看的。但看晚清與治藏有關的這些人，趙爾豐、張蔭棠、聯豫，他們是要搞真改革的，而且在短短幾年中，在清朝國力最為衰弱的時候，身體力行，做了不少事情，做了從雍正朝以來就想做而一直沒有做到的事情；在國力最孱弱時，做了國力最強盛時未能做到的事情。」歎只歎，這樣的時候真的來得太晚了：「趙爾豐這樣的人，事業的高峰卻因清

朝的崩潰而人亡政息。接下來的民國，川邊藏區經歷了更多的動盪，中央與西藏間的關係一再惡化，兩者間的矛盾也漸次上升為國族矛盾了」。同時，我們還應該注意到，阿來自己民族立場的存在。正是從自己的族裔身份出發，阿來才在關注思考民族矛盾問題的同時，把自己的著眼點更加傾斜到了藏政的改革上。阿來總結到：「這個教訓就是，治藏文略，有好的動機，有好的構想，在實施過程中卻出現種種問題。偏狹的地方主義與民族主義，固然是一個巨大的障礙，但主導的一方本就占著巨大的優勢，其執行者的行事風格與方法，大部分情況下，卻決定著事情的成敗與效果的優劣。」「當然，更可歎者是西藏。時代巨潮的衝擊下，這個閉鎖千年的社會依然沒有覺悟而行動者，仍然意圖以舊的方法維繫其統治，以舊的方法處理周邊種種事態。」由以上這些議論性文字可見，對於西藏的未能順應時潮實現一種現代性轉換，阿來確實充滿著不甘與遺憾。

但一個不容忽視的問題在於，阿來所持有的難道真的只是這樣一種單向度的現代性迷思嗎？其實也並不盡然。這一點，在文本中同樣有著明確的表現。「無論在今天的新龍，還是在藏區的其他地方，一個人常會感到自己生活在兩個世界。」「一個世界是那些縣城、鄉鎮，人們說著與北京一樣的話語，貫徹著自上而下的種種指令。人們住上了樓房，看著電視，談論著種種世俗的話題，焦慮著種種世俗的焦慮。」「新龍的另一個世界是廣闊的鄉野，人們的精神世界似乎依然停留在古老時代。到處都有寺院，好多寺院都在大興土木。人們仍然在傳說種種神奇之極的故事，關於高僧的法力，關於因果報應，關於人的宿命。」前一個世界意味著的自然是藏區的現代化進程。作為全球大世界的一個有機組成部分，藏區也概莫能外地納入到了現代世界的整體進程之中。而後者，所凸顯出的，卻很顯然是藏地文化形態的一種獨特性存在。我們，以及阿來自己，面對著如此並置的兩個世界，恐怕都會陷入到一種難以判斷的迷惘之中。藏區不應該現代化嗎？藏區不應該葆有自己獨特的文化形態嗎？採取怎樣的一種方式才能夠讓二者更好地同時並存於藏區的現實之中？在這個意義上說，非虛構文學作品《瞻對：兩百年康巴傳奇》的另一個值得肯定之處，就在於阿來把自己思想上的某種複雜與糾結如實地呈現在了廣大讀者面前。有了這種如實的呈現和表達，才能夠引發讀者對於阿來思考表達的問題作更深入的推進思考。

萬方《你和我》:
「你不知道的東西是你唯一知道的東西」

　　最早聽說曹禺的女兒萬方寫了一部關於自己家庭的長篇非虛構文學作品，是在 2019 年初夏的北京。在一次會議上，我邂逅了《收穫》雜誌的副主編鍾紅明女士。當我詢問近期的《收穫》雜誌將會有什麼作品值得予以特別關注的時候，她所特意提到的唯一一部作品，就是萬方的這部長篇非虛構文學。那個時候，我還不知道這部作品的標題到底是什麼。只有在拿到第 4 期雜誌的時候，我才知道這部長篇非虛構文學作品被作家命名為「你和我」。實際上，在這部長篇非虛構文學作品中，作家專門提到，她的那位後來走上了醫學道路的妹妹，在讀過這部書稿的大半部後，曾經給出過一個關於書名的建議:「我想出一個名字——接近真實。」緊接著，萬方寫到:「哦，這實在太好了！說句實話，這是她對我最大的幫助。不管這本書最後叫什麼名字，現在我知道她接受了我所寫的，並且認為是真實的。我要繼續本著這樣的態度寫下去，不管這個世界怎麼想。」質言之，妹妹的評價之所以如此重要，乃因為她也是很多事情的當事人。對於一部以真實性的還原為最高美學標準的非虛構文學作品來說，能夠得到當事人的如此一種評價，是很不容易的一件事情。到最後，「接近真實」這一書名之所以被棄用，很顯然是因為太過於直截了當，過於口語化的緣故。相比較來說，「你和我」就顯得既貼切又富於詩意了。當然，只能是「你和我」，而不可能是「我和你」。因為這裡的「你」，其實同時包括了父親曹禺和母親方瑞（原名鄧譯生）。沒有了他們兩位，自然也就不會有「我」。應該說，在第一次讀過這部作品之後，我就萌生了為之作評

的強烈念頭。怎奈俗務纏身，一時間根本脫不開手。一直到今天下午，當我擠時間再一次閱讀《你和我》（載《收穫》2019 年第 4 期），並再一次從《你和我》的藝術世界中拔身而出，當我的內心世界再一次被這部長篇非虛構文學作品深深打動之後，我終於有機會借助於手中的這一支禿筆來表達自己對《你和我》的真切閱讀感受與體會了。

「你不知道的東西是你唯一知道的東西」，語出英國那位傑出的現代詩人，《荒原》的作者艾略特。萬方在《你和我》中寫到父親曹禺當年婚變的時候，曾經專門引用了艾略特的這句詩：「從清華大學的熱戀到我看到這封信，之間存在著巨大的空洞，如何把它填滿？我的回答是，休想。那空洞就在那兒，但絕不是赤裸裸敞開著，可以隨意參觀，別想拼湊起一個故事，沒有什麼故事，所有的故事都僅僅是表象。『你不知道的東西是你唯一知道的東西。』艾略特在詩裏說。」其實，從更為根本的意義上說，艾略特這一充滿悖論與思辯色彩的詩句，恐怕更適合於描述萬方這部《你和我》的創作行為。一方面，從非虛構文學這一文學文體的根本屬性來說，真實性毫無疑問是其中的第一要義。但在另一個方面，具體到萬方的這部《你和我》，構成了其中最重要部分的父親母親的很多往事，都是身為女兒的萬方自己所不知道不瞭解的。正因為如此，她就需要通過各種歷史考古的「田野調查」方式，盡可能地接近並還原歷史的真相。在經過了作家如此一番非同尋常的積極努力之後，原本「你不知道的東西」也就在不知不覺間悄然轉換，最終變成了「你唯一知道的東西」，並經由萬方的這一支生花妙筆把這一她「唯一知道的東西」，在這部《你和我》中書寫出來，借助於《收穫》這一重要的文學平臺，與廣大讀者共享。儘管，正如同古希臘哲人赫拉克利特所說的那樣，「一個人不可能兩次踏入同一條河流」，作為一位後來者，要想真正抵達歷史原初的真實，是絕對不可能的事情，但從根本上說，也只有通過後來者不竭的探尋努力，我們方才盡可能地迫近歷史的真實。大約也正是因為充分地認識到了這一點，所以，才會有「我」也即萬方和妹妹之間的這樣一種對話。「我和妹妹談到正在寫的這本書，我說我最大的追求是真實。她的反應來得真快，她說，『你知道的根本不是真相，只是一些碎珠子。』天哪，她說得對！」「那麼我要放棄這份追求嗎？不。我必須在碎珠子之中尋找。真相就存在於尋找之中，尋找的行為不也是一種真實麼？」是的，一方面能夠明確意識到抵達歷史真實的不可能，另一方面卻千方百計地以一種「知其不可為而為之」的精神探尋著歷

史真實，這，恐怕才是萬方竭盡所能地創作完成這部《你和我》的全部意義之所在。

那麼，萬方到底以什麼樣的方式才能夠相對圓滿地完成自己對一段真實歷史的打撈行為呢？換言之，正如同一部長篇小說需要有一種結結實實的藝術結構作支撐一樣，一部以真實性（請一定注意，我們這裡所強調的真實，並不僅僅指事件的真實，更是指一種建立在人性的深度勘探之上的人性真實）為最高追求的長篇非虛構文學作品，同樣也需要建構一種合理的藝術結構。具體到這部《你和我》，我們發現，萬方所特別設定的，是三條故事線索以相互交叉的方式不斷向前推進的藝術結構方式。首先，是以「我」的父母為核心的 1949 年之前，也即那些發生在所謂民國年間的故事。這一部分，除了「我」父母之外，特別引人注目的，恐怕是「我」母系家族的那些人物和故事。與「我」的父親曹禺出生於一個舊官僚家庭有所不同，「我」母親方瑞的家庭，乃可以說是一個典型不過的高級知識分子家庭，通過這個家庭，以及這一家庭的交遊圈，萬方所真切再現的，正是那個既往時代一眾高級知識分子的自由精神狀態，以及彼此間的高情厚誼。這其中，最引人注目的，就是圍繞在公公最親的弟弟，那位一直被好姨她們親切地稱之為「三腦腦」的鄧以蟄（請注意，鄧以蟄是中國現代傑出的美學家和教育家。為公眾所熟知的「兩彈元勳」鄧稼先，就是他的兒子）身邊的那一些好朋友：「三腦腦鄧以蟄有許多朋友，用今天的話：一票朋友。有的是同學，有的是同事，同鄉，詩友加酒友，一幫氣味相投的夥伴，名單列出來有梁實秋、胡適、蔡元培、楊振聲（今甫）、聞一多、趙太侔、徐志摩、馮友蘭、丁西林、朱自清……在上世紀二十年代到三十年代，他們正當年，真性情，食欲旺盛，好酒量，談天說地不捨晝夜，一起參加活動，一起發起活動，彼此寫很長的信，互相幫忙，一個個獨立鮮活的生命情不自禁地互相碰撞、連接，那真是人生的大好時光。」只要是對中國現代思想文化史稍有瞭解的朋友，就都知道，這樣一些閃光的名字到底意味著什麼。用萬方的話來說，就是：「他們都年輕，心懷大志，正在滿腔熱情地成就自己，後來個個成為各自領域的大人物，教育家，詩人，大學者，文化名人，一切都不簡單。」關鍵的問題在於，他們何以一個個都取得了突出的成就。以我所見，除了個人的天然稟賦之外，一個不容忽視的重要原因就是，他們遭逢了一個允許自我的個性充分張揚的相對自由的社會空間。若非如此，他們是斷不會那般指點江山激揚文字的。很大程度上，恐怕正是

因為考慮到了這一點，所以，萬方才會把這一眾集聚在一起的高級知識分子，與海明威在《流動的盛宴》中所記述的那些知識分子相提並論的：「誰說中國和世界不接軌，明明接軌。也是上世紀二十年代，也是一場場流動的盛宴，那個時代的他們，無論在法國在中國，多麼相像，屬同類。」在《流動的盛宴》裏，海明威曾經寫到：「巴黎是一座非常古老的城市，而我們卻很年輕，這裡什麼都不簡單，甚至貧窮、意外所得的錢財、月光、是與非以及那在月光下睡在你身邊的人的呼吸，都不簡單。」既然法國的一群與中國的一群都是一類人，那我們當然也就可以把海明威的這段話移用過來描述圍繞在「三腦腦」鄧以蟄身邊的這一眾中國高級知識分子。正如同萬方所揭示的，這些知識分子之所以能夠最終成為為人所傾慕的各個方面的佼佼者，與他們所具有的那樣一種強力自由意志之間，其實存在著不容剝離的內在緊密關聯。

　　與讓人由衷嚮往的自由精神相比較，讀後特別令人心生感動的，是那些知識分子之間甚至超越了生死的高情厚誼。這一點，集中體現在「我」的外公也即公公鄧仲純身上。具體來說，鄧仲純人生道路的鑄定，竟然與中國現代史上的風雲人物陳獨秀有關：「在日本公公結識了一位終生的朋友，陳獨秀，他們是同鄉，公公的爸爸鄧繩侯曾是陳獨秀的老師。陳獨秀用民主、革命的新思想大肆澆灌和公公兩人的友誼，公公自然而然地吸收了。」儘管說公公最後並沒有因此而成為革命者，但選擇了行醫道路的他，卻最終變成了一位革命的見證與同情者。「上世紀的前三十年，中國這艘古老破爛的大船在大風暴的海洋上顛簸，傾來倒去。想想，辛亥革命，中華民國成立，五四運動，中國共產黨成立，北伐戰爭，『四‧一二』反革命政變，這些改變中國的大事竟然會通過最最細微的毛細血管和婆發生聯繫。」之所以會是如此，關鍵原因還在公公身上，與公公一生的「慷慨、義氣」緊密相關。在好姨的真切記憶中，諸如李大釗和瞿秋白等革命者，都接受過公公的掩護與幫助。雖然「公公甚至稱不上是革命者的同路人，但在他們身處險境需要幫助的時候他從不猶豫。」就這樣，公公，甚至包括婆，其實以一種特別方式間接介入到了諸多歷史事件之中。公公的慷慨好義，自不必多說，需要特別提出的，反倒是身為局外人的婆（要想充分地理解婆這一人物，我們千萬不能忽視的一點是，由於家境所迫，她並沒有怎麼讀過書）所做出的反應：「婆對家裏不時出現的陌生人越來越感到不安。有的人來去匆匆，有的會在家裏住下，一兩天三四天都有可能，然後消失。她不認識他們，只知道是公公的朋友或者是公公朋

友的朋友,這些人身上有一種她不喜歡的秘密且危險的氣味,被他們帶進家中的氣氛弄得她厭煩又不安。」倒不是說婆生性孤僻,關鍵在於她根本就不理解這些陌生人在幹什麼。因為她還曾經一度把公公的摯友陳獨秀拒之門外,所以在一篇關於陳獨秀的文章中,她不僅被徑直地稱為「鄧妻」,而且還被稱作是個「心胸狹小」的女人。那麼,我們到底應該如何看待婆這樣一位不經意間介入到了歷史過程中的普通女性呢?這方面,難能可貴的一點是,萬方更多地站在婆的立場上,給予了充分的理解與辯護:「可是我不想貶低婆,她沒有做錯什麼,一個妻子看出自己在丈夫心中的位置,不是排第一,也許從來都不是,不知道排在第幾,能作何感想又會怎樣反應?她不是聖人。」究其根本,萬方在這裡給出的,實際上是理解並進入歷史的另外一個維度。

然而,正所謂「道不同不相與謀」,公公與婆這一對夫妻,到最後之所以落得個勞燕分飛的結局,很大程度上,也與他們「三觀」的不一致緊密相關。實際上,情感不好的公公和婆,早在抗日戰爭結束之後就分開了,「再也沒有在一起生活」。公公身邊有一個身為護士的女人李大姐,而婆,則「一直跟著我媽媽生活,我爸媽的家就是她的家。」更進一步地,由公公和婆的關係,所最終牽扯出的,就是作為故事核心存在的「我」爸爸與媽媽之間的情感關係:「我爸爸和我媽媽相遇、相愛的時候,他是有家室的人,已經有了一個女兒,而我媽媽是公公的心肝寶貝,二十出頭,還從沒離開過父母身邊。」依照常理推斷,一方面,公公曾經有過在日本留學的經歷,曾經接受過新思想廣泛而深入的影響,另一方面,他自己也曾經飽嘗過沒有愛情的婚姻的痛苦,不管從哪個角度出發,他都應該理解並接受曹禺和方瑞之間的這場感情。但實際的情形卻正好相反:「以公公為例,他在感情上始終不接受我爸爸,把他視為異端,然而他自己又離開了妻子,但還給她留下了妻子的名義。我爸爸呢,歷經百般曲折,終於離成了婚,和我媽媽結了婚。這裡有兩個男人,我爸爸,公公,我不想把背叛、拋棄這樣的詞用在他們身上,因為如果我要是用了這樣的詞,就會有一萬個其他的詞語冒出來反駁……」歷史,既有驚人相似的一面,就像「我」爸爸與公公,「我」媽媽與婆一樣,他們都遭遇了情感與婚姻的困境,也有極不相同的一面,恰如前面所提及的四個人,面對情感與婚姻的困境,他們所做出的最終選擇,其實有著極明顯的差異。這裡,尤其需要我們予以特別關注的一點,恐怕就是公公對愛女情感選擇的那樣一種堅決反對態度。思來想去,我以為,對於公公的這種態度,我們還是只能夠從精

神分析學的角度給出相應的解釋。儘管從表面上看，公公一直到死都不願意回到婆的家裏（其實也就是「我」爸爸媽媽的家裏），但在連他自己也未必能夠搞明白的潛意識深處，他或許還是對婆心存一份歉疚心理的。他之所以自始至終都不肯接納「我」爸爸，不肯承認女兒女婿的婚姻，根本原因很可能正在於此。

接下來，進入我們關注視野的，就是「我」父母之間那一段不無奇特色彩的情緣了。首先，是已有家室拖累的「我」父親曹禺。尤其令人不解的一點是，曹禺與前妻鄭秀之間的主動追求者，竟然是曹禺自己：「我爸爸和前妻鄭秀是清華大學同學，是她追求鄭秀的，追得特別熱烈。」儘管鄭秀一開始的態度是躲躲閃閃，但作為一個純真寫作者的曹禺，情感之火一旦燃燒起來，就沒有什麼力量可以阻止它：「我能夠想像，沒有哪個女人的心能不被俘獲。」大約也正因為如此，所以，離婚後的鄭秀才長期保存著那些珍貴的信件，一直到「文革」中才因為害怕而全部燒掉。問題在於，儘管曹禺追鄭秀追得興致勃勃，但他們之間的婚姻，卻連他的老朋友吳祖光都感到難以理解：「曹禺為什麼要和鄭秀結婚，我都感到奇怪，他們的生活習慣、思想境界毫無共同之處。」實際的情形是，就連當事人曹禺自己，也很早就察覺到了這場婚姻的錯誤性質：「我爸爸曾和老同學張俊祥談過，結婚之前他已經感覺到彼此的不同，但是晚了，這個婚不能不結了。」不管曹禺此言的可信度究竟如何，他與鄭秀最後的分手卻是無可否認的客觀事實。對此，萬方盡可能地從客觀的角度給出了一種分析：「我想到的是，一個男人和一個女人，他們非常年輕，在最美最熱血的青春期熱烈地相愛了，他們愛對方，可這時候這個對方有很大一部分屬他們自己的想像，甚至他們愛的是愛情本身，並不是真真實實的那個人。說到底他們也許連自己都還不瞭解呢。」正是從這一點出發，萬方才得出了這樣一種相對可靠的結論：「變化，可能源自外界因素，更可能源自隱秘的內在，因此你才是你，而不是其他另外一個人。」雖然很可能出於「為尊者諱」的原因，關於父親的婚變，萬方沒有直截了當地說什麼，但她更多的話，恐怕卻隱藏在這種看似更具普遍性意義的話語之中。反正，一種無法被否認的客觀事實是，曹禺和鄭秀的婚姻出現了問題。為此，曹禺曾經寫信給心目中的大哥哥巴金傾訴內心的痛苦：「你會知道夫妻生活若果麻木起來，那個比較有靈魂的人的苦痛是不可想像的。我曾經痛苦得以頭撞牆，血流了一臉，有一次幾乎從樓上跳下去，為著婚後我發現我鑄成這麼一個大錯。」

那麼,導致曹禺婚變的原因到底何在?萬方儘管已經根據已知史料做了一番不失細緻的梳理分析,但明確的結論卻仍然不得而知。唯其如此,萬方才會在特別引用了艾略特的那句「你不知道的東西是你唯一知道的東西」之後進一步寫到:「好了,到此為止我究竟想說什麼?想說我爸爸和鄭秀的婚姻出了問題,所以才會愛上媽媽?我相信出了問題是真的,但我認為這和愛上媽媽沒有因果關係。愛就是愛,不需要找什麼理由。」說實在話,作為曹禺的女兒,能夠以如此一種相對理性的態度面對父親當年的那場婚變,已經是非常不容易的一件事情。但即使如此,萬方仍然對作為寫作者的自己不滿意:「我是一個以寫作為生的人,卻一而再再而三地發現自己的心靈如此不自由,我很驚詫。這情形很像院子裏的一條狗,看上去那地方完全開放,沒有任何圍擋,狗狗跑來跑去,盡可以跑到任何它想去的地方,但是它一走到院子邊緣立刻就逃回來,脈衝式電子圍欄是看不見的,無形的。這就是我,心底被道德的電子圍欄所圍困。如果連我都被困住,可以想像還有多少人,尤其是女性,被禁錮在看不見的圍欄之中。有時候我真想用些粗話髒話來打破它!真想!」一個真正有作為的作家,必須具有冒犯既定道德人性成規的勇氣。萬方能夠從父親當年的那一場婚變出發,最終抵達自我的深度批判反思這樣一種境界,她那種能夠直面自我人性痼疾的書寫勇氣,的確應該獲得我們充分的肯定與認同。

　　與「我」父親當時的已有家室不同,那個時候的「我」母親,尚是一個待字閨中的年輕姑娘。出生於書香門第的「我」母親,年僅九歲的時候就生了一場叫做胸膜炎的大病。儘管說由於有身為醫生的公公的百般努力,可怕的病症最終得到了有效的控制與治療,但家人卻因此而做出了不讓她外出上學的決定:「得胸膜炎的時候媽媽小學還沒有畢業,鑒於她的身體狀況,楊伯和公公提議不要讓她去上學了,不用像小宛生那樣上學,讓她在家裏學,由這些伯伯教她,就像舊時的私塾。」「公公考慮之後作出決定,媽媽不再去學校上學,就留在家裏。有句話一直被提及:培養一個大家閨秀。」就這樣,雖然還在上學的年齡,但媽媽卻沒有再去上學,留在了家裏,學國文,作詩,學畫畫,寫字,並最終出落成為一個和父親曹禺一見鍾情的美人兒。按照公公的打算,原本想著把自己的女兒介紹給剛剛從美國耶魯大學回國的張俊祥,所以他才一力攛掇小女兒一定要把早已習慣於宅在家裏的姐姐帶到江安劇專去。陰差陽錯的是,張俊祥不僅沒有被介紹成,反倒是在無意間成全了曹禺

與方瑞的一段終身情緣。同樣令人難以想像的一點是，母親這樣一位曾經長期宅在家裏的文靜姑娘，一旦內心中萌生出了愛情的力量，竟然會像換了一個人一樣地變得「強大，勇敢」起來：「其實這些信才是寫這本書的源頭。我愛媽媽，讀這些信的時候我發現了另一個媽媽，我不認識、沒見過的媽媽。」這些信，就是指被曹禺的第三個妻子，那個胸懷溫厚廣大的李玉茹，保存下來的曹禺與方瑞的通信。某種程度上，萬方這部《你和我》的重要價值之一，就是第一次如實地披露了這批珍貴的信件內容。正是從這些珍貴的信件中，萬方不無驚訝地發現了那個因為有了愛情的支撐而變得特別「強大，勇敢」的母親形象：「你是什麼時候開始懂得愛情，並從中獲得力量的？你像是變了一個人，你自己都想不到吧。當你作出選擇，選擇了愛情，親人之中除了妹妹沒有人支持你，最愛你的父親頭一個反對，態度決絕，你親愛的楊伯也反對，你幾乎孤立。你變得前所未有的強大，勇敢。」雖然不可能身臨其境，但我們卻完全可以想像得到，在中國這樣一個特別強調道德感的國度，如同母親這樣一個待字閨中的年輕姑娘，要想完成與已有家室拖累的父親愛情追求，是一件多麼困難的事情。大約也正因為如此，萬方才會不無感慨地寫到：「如果說愛情是一個教派，那麼我爸爸可以看作是牧師或神父，媽媽在他的引導下皈依，成為一名最忠誠的信徒。」面對著父母間如此一種真正可謂是生死不渝的愛情，萬方得出的一個結論是：「愛情是沒有辦法治癒的，只有愛之彌甚。」事實上，也正是在他們的共同堅持下，等到1949年之後，在周恩來的關心干預下，曹禺終於和前妻鄭秀離婚，與苦熬了十年之久的方瑞結婚，並且給了她將近二十年的幸福生活：「在她和爸爸結婚後，五十年代至六六年『文革』之前，她是幸福的。」從根本上說，正是因為有這樣一種堅實的愛情做基礎，所以，等到「文革」期間，當媽媽和爸爸兩個人垂頭喪氣地坐在破舊的小沙發裏的時候，媽媽還會不無固執地向爸爸發問：「你還愛我嗎？」對於媽媽的這一行為，萬方給出的評價是：「命運難測，世界竟然變得如此荒謬、暴虐，不給人性一點喘息的空間，但人性依然會頑強地發出自己的聲音：你還愛我嗎？」某種意義上，我們完全可以把方瑞此舉看作是人性對於不合理社會政治一種無聲的堅韌對抗。

其次，同樣是以「我」的父母為核心的那些發生在1949年之後也即共和國時代，尤其是「文革」期間的人生故事。當年那些圍繞在「三腦腦」鄧以蟄身邊的曾經特別意氣風發的一眾高級知識分子，由於眾所周知的原因早已風

流雲散不說，其中的一些人竟然在劫難逃，慘遭厄運。其中，最有代表性的，就是趙太侔夫婦。按照好姨的回憶，當年在青島的時候，號稱「民國花旦」的俞珊曾經迷倒過一眾男性：「好姨那時還是個小女孩兒，連她也知道多少伯伯都被俞珊迷倒了呀，梁實秋，沈從文，趙太侔，其實徐志摩也算一個。」誰能夠料到，等到1966年的時候，一切卻被顛倒了過來：「1966年，這位美人的家被抄了，她被剃了陰陽頭，癱坐在滿屋的狼藉之中，嘶啞地啜泣，後來她說她渴，想喝一口水，抄家的造反派不允許。她死的時候六十歲。」與她的慘狀相比較，結局更其淒慘的，是她的丈夫趙太侔：「她曾經的追求者，後來的丈夫，當年青島大學的教務長趙太侔，被批鬥，押著戴高帽子遊街，最終他選擇了自己的死法，一步步走進黑沉沉的大海，屍體於1968年4月24日在青島棧橋附近的海灘上被發現，終年七十九歲。」事實上，在那個特定的歷史階段，在劫難逃的又何止是如同趙太侔那樣的高級知識分子呢？實際的情形是：「從1966年『文革』開始以來，自殺變得稀鬆平常，一條生命的結束變得稀鬆平常。『畏罪』而死的人太多了，死去吧。我想起一樁不可想像的自殺，我朋友的老師，在香山公園的半山用剪刀剪開了自己的喉管。要怎樣的絕望才能下得去手，才能做到？想到世上竟然有這樣壓倒一切的絕望，我不寒而慄。」面對著這樣的一些慘烈景象，我想，有了萬方的真實記述，其實已經足夠了。關鍵的一點是，在如此慘烈的景象面前，任何事後的評說，都會顯得虛浮無力。恰如阿多諾所言，「在奧斯維辛之後，寫詩是野蠻的。」

自然，與其他人相比較，作為書寫重心的，依然是「我」的父母。首先是父親曹禺。五十年代末，「我」父親得了嚴重的神經官能症：「現在我當然知道神經官能症的可怕，它是一組精神障礙的總稱，包括神經衰弱、強迫症、恐懼症、持續的緊張焦慮，患者感覺很痛苦，又無能為力，以至於不知所從，腦子裏突然冒出哈姆雷特那句『to be or not to be』，天哪，那位丹麥王子是否也是一名神經官能症患者？是不是也一夜夜地大睜著眼睛，被腦子裏的萬千思緒所折磨？那時候可沒有安眠藥來救他。」很多時候，如同神經官能症這樣一種疾病的罹患，只是患者個體的事情，與外在的社會文化語境未必會有這樣或者那樣的關聯。但具體到曹禺這樣以思想和寫作為業的人，情況就明顯不同了。尤其是神經官能症這樣的一種精神類疾病，肯定與患者某種難以緩解的精神焦慮緊密相關。焦慮者何？雖然萬方對此沒有做更進一步的探討與交代，但只要聯繫一下那個時候的時代現實，就不難明白，曹禺的病症，

應該與話劇寫作上的內心焦慮脫不開干係。一方面，那個時候的曹禺不斷地有諸如《明朗的天》《膽劍篇》等劇作問世，彷彿倒也無愧於作家的名號，但在另一方面，包括曹禺自己在內，其實也都非常清楚，這些作品其實存在著很多問題，尤其是與他巔峰時期的創作相比較，簡直就是不能望其項背。因此，對於曹禺這樣一位向以真誠著稱的寫作者來說，其內心深處沉潛一種強烈的創作焦慮，並由於此種精神焦慮而進一步導致神經官能症的發作，也就是合乎邏輯的一種結果。既然罹患了嚴重的神經官能症，那就得設法治療。治療的藥物手段無他，唯有安眠藥而已。也因此，「從我記事起安眠藥就在我爸爸的生活裏充當極其重要的角色，離了它他就無法入睡。」

關鍵的問題是，正所謂「屋漏偏遇連陰雨」，早已為有內在精神焦慮所導致的神經官能症所苦的曹禺，等到「文革」事發的時候，卻又萬般無奈地在劫難逃了。這一方面一個突出的事例，就是他那一次莫名其妙的被抓捕。「紅衛兵在抓彭、羅、陸、楊的同時抓了一批人，我爸爸是其中之一。半夜，張自忠路 5 號門前開來一輛車，咕咚咕咚下來幾個黑影，他們衝進院子，撞開我家的門，大吼：開燈！開燈！曹禺，起來！」對於如同曹禺這樣只知道寫作的文弱書生來說，即使曾經經歷過艱難異常的抗戰歲月，也沒有經歷過如此一種莫須有的恐怖場景。如此一種恐怖經歷，到底會對他的精神世界產生怎樣一種摧毀性的影響，我覺得，我們怎麼估價都不過分。唯其如此，他才會感覺到特別絕望：「天又亮了一些，這時他認出了身邊人，原北京市市長彭真，彭、羅、陸、楊中的『彭』，最大的黑線人物，罪該萬死的走資本主義道路的當權派，還有副市長劉仁，他想這下完了，和這些中國頭等的壞蛋一起一定是要被槍斃，生命走到了盡頭。他想到媽媽，我們，眼淚流下來，只得拼命低著頭不讓人看到。」曹禺的如此一種遭遇，可以讓我們聯想到陀思妥耶夫斯基當年的那次被捕後，行將執行死刑的現場，被改判成流放西伯利亞的特殊經歷。只不過，相比較而言，陀思妥耶夫斯基的神經要堅韌許多。因為他此後還創作出版了一系列重要作品。曹禺這一方面的情況，容我稍後再加以展開。這裡，我們且繼續關注他的「文革」遭遇。一直到數天之後，曹禺才被釋放回家：「爸爸站在屋子裏，動也不動，像被施了魔咒。」卻原來，他的被釋放，仍然是周恩來干預的結果：「那是當年的一個大事件，周恩來總理得知紅衛兵方瑞抓捕行動，立刻過問，當他聽說還抓了曹禺，就說，抓他幹什麼，他一個文人，和他們有什麼關係。於是我爸爸才在深夜被放回家。」儘管說具

有戲劇性的事件僅此一椿,但此後很長一段時間內,住「牛棚」接受思想改造,就成了曹禺的生存常態:「老天爺像是跟爸爸開了一個荒誕的玩笑,不久之後他被關進牛棚,不允許回家⋯⋯」好在這個時候的「他不再孤單,有了許多『同伴』,我想是人氣兒救了他。」質言之,曹禺之所以能夠「接受」被迫住「牛棚」被打入政治另冊的命運,是因為他發現擁有類似遭遇者並不在少數。正所謂法不責眾,很大程度上,也正是這諸多同伴的存在,支撐著曹禺度過了生命中的關鍵一劫。就這樣,在「文革」那樣一個特殊的歲月,長期住「牛棚」接受思想改造之後,曹禺也恢復了工作,只不過工作的性質已經發生了巨大的變化:「1975 年我妹妹復員回家。她是衛生兵,被分配到北京寬街中醫院工作,那時候我爸爸也恢復了工作,在首都劇場看傳達室,接電話,收發報紙,父女二人相依為命,過著相對平穩的日子。」不久後,由於一個日本訪華代表團意外發現曹禺在看守傳達室,並且在日本報紙上發表消息,稱中國的莎士比亞在看傳達室,所以,他就被調到另一個地方,也即位於史家胡同 56 號的北京人藝宿舍,具體工作仍然是看傳達室。從偉大的劇作家,到傳達室的看門人,其間的距離之大,已然超越了一般人的想像力。如此一種充滿嘲諷與荒誕意味的現實存在,至今想來,恐怕也只能夠令人咂舌不已。

　　然後,是母親方瑞。說到母親,無論如何都繞不過去的一個問題,就是她和婆的吃藥。首先是婆。婆雖然先後生了七個孩子,最後存活下來的卻只有兩個。其他四位,全部夭折。按照萬方的推測,婆的最初吃藥,與大兒子的身患骨癌有關:「天下沒有母親都在兒子的慘叫聲中過日子,沒有什麼能幫她,除了麻醉劑。外婆把麻醉劑當作救命稻草,雖然救不了大舅的病,但可以止住慘叫聲。我甚至懷疑外婆自己也需要用藥,完全有可能。」毫無疑問,婆之所以要吃藥,乃是試圖憑藉此種麻醉的方式,減輕一點自己的精神痛苦。關鍵在於,她自己吃還不算,到後來,竟然還影響到了女兒方瑞,使方瑞也被迫沾染上了吃藥的習慣。儘管說關於婆和媽媽吃藥的問題,萬方自始至終都沒有能夠在依然健在的好姨那裡得到確切的證實,但母親方瑞吃藥習性的養成,卻肯定與她在少年時受到過婆的直接影響緊密相關。但「儘管如此,我不恨婆。沒有一丁點兒怨恨。開始她給媽媽吃藥是有正當理由的,成癮是後來的結果。」1949 年之後,一直到「文革」爆發,由於一家人的生活相對安寧幸福的緣故,方瑞曾經中斷過吃藥的習慣。然而,等到「文革」事發,等到一切都變得顛倒混亂之後,為了獲得一份短暫的精神安寧,她終於還是又吃

起了藥：「在我兒時的印象裏媽媽從來沒有睡眠問題，一切正常，直到『文革』。丈夫被打入地獄，生活被壓得粉碎，逼得她打破多年禁忌，又吃起藥來，吃得比爸爸還凶。」那麼，母親服藥後的情形到底有多麼可怕呢？對此，萬方在《你和我》中有著真切的描寫與記述：「還有一個更絕望、殘酷至極的場面，它能解釋為什麼想到媽媽我就覺得痛苦。半夜，爸爸把小三兒從熟睡中叫醒：『起來，三兒，快起來，快……』小三兒爬起來，睡眼惺忪地跟著爸爸走進廁所，她說媽媽就躺在地上，躺在馬桶旁邊，褲子褪到腳踝上，渾身冰涼，身下是一灘尿，睡著了。」誰能夠想像得到，生存狀況如此狼狽的這位女性，在很多年前的民國年間，曾經是為很多人所羨慕嚮往的大家閨秀呢。唯其如此，萬方才會不無憤激地寫到：「為什麼不能是一個大家閨秀？問題不在個人，是時代，時代的大潮擊碎了多少人的夢。大家閨秀？世上哪有你大家閨秀的容身之地，連這四個字都顯得可笑而可鄙。人，應當是螺絲釘，『做一顆永不生銹的螺絲釘，哪裏需要就擰在哪裏』，其他的道路上都豎著禁行標誌。到了登峰造極的 1966 年 8 月，敢穿細腿褲嗎？戴紅箍的中學生當街就把你攔下，用剪刀把褲子剪開，再讓你滾。敢他媽的燙頭髮！下場就是被紅衛兵揪住，把頭髮剃光，再賞你幾皮鞭。生活在今天的人們也許不會相信我說的話，可那是真的，就發生在我眼前。所以說，大家閨秀？別逗了！」是的，不要說什麼大家閨秀了，在那個荒唐的歲月裏，類似於方瑞這樣的人，連起碼的做人的尊嚴實際上都無法保持。事實上，正是在自身的人格尊嚴遭受嚴重挑釁的情況下，「我」的母親方瑞最終因為服藥過量而意外去世：「發現她死的時候，她躺在床上，是孫阿姨在早晨發現的。掀開蓋在她身上的被子，她的身旁身下全是藥片，安眠藥。她不是自殺，是吃多了藥，吃了又吃，根本不知道自己吃了多少，根本無所謂了。但她沒想死，這點我可以肯定，她沒有那麼勇敢，也沒有那麼膽小，最關鍵的是她愛我們，還想見到我們。她的問題是離不了安眠藥，依賴它，1974 年 7 月的這個夏夜，安眠藥要了我媽媽的命。」從表面上看，導致「我」母親方瑞去世的直接原因，是自己不小心吃多了藥的緣故。但從實質上說，方瑞好端端的又為什麼要吃藥呢。也因此，很多年之後，當從醫的妹妹這是早晚要發生的事情的時候，萬方卻無論如何都無法接受：「我不能容忍，打斷她：不！要不是『文革』就不會發生！在一切問題之上還有一個最重要的原因，那個世界是她不想看到的。」道理說來非常簡單，如果不是「文革」的發生從根本上粉碎了曹禺一家人曾經一度的幸福生活，

那方瑞就沒有什麼理由打破長期的禁忌去重新吃藥。如果方瑞沒有成為一個嚴重的藥物依賴者，那自然也就不會發生吃藥過量致死的意外事件。

第三，是以「我」父親曹禺為核心的對他話劇創作的一種深入檢視與探討。不管怎麼說，萬方所面對的，除了那位差不多處於「與世隔絕」狀態的母親之外，就是被稱之為中國的莎士比亞的，曾經先後創作過很多部話劇作品，一直到現在都仍然沒有被後來者超越的偉大劇作家，自己的父親曹禺。要想深度解讀把握曹禺的複雜精神世界，肯定不可能離開對他那些代表性劇作的細緻分析。這樣一來，對曹禺包括《雷雨》《日出》《原野》《北京人》這四大悲劇的理解分析，也就成為了貫穿於這部《你和我》的第三條結構線索了。「坦白地說，我的初衷是寫媽媽，因為有太多人、太多文章寫我的爸爸了，分析他的劇作，當然也分析他。」然而，實際的情形是，一旦真正地進入寫作過程之後，萬方就會發現，離開了父親，母親方瑞根本就不可能被寫出來。更進一步說，也正是在寫作過程中，萬方才逐漸意識到，父親曹禺其實在不知不覺間早已經取代母親方瑞，成為了《你和我》中最重要的一個核心人物。

要想深入探討曹禺的話劇創作，首先必須對他的戲劇觀有所瞭解。幸虧，在這部《你和我》中，萬方曾經引述了曹禺對舞臺其實也是對戲劇的一種基本理解：「舞臺是一座蘊藏無限魅惑的地方，它是地獄，是天堂。一場驚心動魄的成功的演出，是從苦惱到苦惱，經過地獄一般的折磨才出現的，據說進天堂是美德的報酬。天堂是永遠的和諧與寧靜。然而戲劇的天堂卻比傳說的天堂更高，更幸福。它永不寧靜，它是滔滔的海浪，是熊熊的火焰，是不斷地孕育萬物的土地，是亂雲堆起、變化莫測的天空。只有看見了萬相人生的苦和樂的人，才能在舞臺上得到千變萬化的永生。」很大程度上，唯其因為作家把話劇舞臺看作是一方能夠真切表現人間苦樂透視人生真相的天地，所以，天生便擁有表演與寫作才華的曹禺，才會把全部心血都投入到了話劇創作之中。

由於表演才能的具備，曹禺的最早接觸話劇，是從參加劇團表演開始的。也正是在參加表演的過程中，他漸漸地對於表演感到不滿足了：「單單表演已經不夠了，光說出角色的話不能讓他滿足，他想要發出自己的聲音。他意識到舞臺其實是一個世界，可以變為他的世界，非他莫屬。」曹禺的話劇處女座，就是那部天才的《雷雨》。寫出《雷雨》的那一年，年輕的曹禺只有二十三歲，是清華大學西洋文學系的一名學生。萬方本人，不僅是一位擁有相當

豐富創作經驗的作家，而且也還實際從事過話劇的寫作。正因為如此，所以，她對《雷雨》（當然也包括曹禺的其他劇作）的理解，才顯得獨到而深入。首先是蘩漪與曹禺本人的關係：「《雷雨》，從某種角度看，還是乾脆直說吧，我認為蘩漪是作者的化身，是那個被層層外殼包裹著的最真實的他，果敢陰鷙。我查了《新華字典》：鷙，鷙鳥，兇猛的鳥，如鷹，雕。我爸爸，終其一生都有一隻鷙鳥在他心中扇動翅膀。他脆弱，膽子小，異常敏感，經常是悲觀的，但同時又是兇猛的，熱烈的，不達極致不甘休的。如果不加限制，任他自由地寫作，他將兩者同在，兩個曹禺，互相依戀、糾纏、廝殺，甚至會到置對方於死地而後快的程度。然而有一刻，面面相覷，發現那突突突突的搏動來自同一顆心。這難道不正是藝術的最迷人之處嘛。」如此一種理解與判斷，若非萬方這樣曾經與曹禺沒有任何距離可言的朝夕相處者，是斷然做不出的。關鍵還在於，萬方不僅洞悉了曹禺人性構成中的兩面性，而且還大膽使用「陰鷙」一詞來描述曹禺性格的某一個側面。據權威的《現代漢語詞典》，「陰鷙」作為一個形容詞的意思是「陰險兇狠」。從釋義即不難判斷，這個詞帶有明顯的貶義色彩。既如此，萬方能夠用這樣一個語詞來形容說明父親曹禺的性格側面，其實也還是很需要一些勇氣的。更進一步說，萬方的如此一種理解，帶有突出不過的精神分析意味。就此而言，曹禺的陰鷙，沉潛在所謂個人無意識的世界中，恐怕連他自己都未必能明確感知到。但從話劇創作的角度來說，曹禺之所以能夠相繼寫出一系列優秀劇作來，很大程度上正與他內心中的這種陰鷙緊密相關。很顯然，若無陰鷙作為一種強力的內在支撐，如同蘩漪、陳白露、仇虎這樣一些個性獨異的人物形象，是斷斷難以被發現並塑造出來的。由此可見，不只是蘩漪，其他諸如陳白露、仇虎，其實也都可以被看作是作家曹禺的一種化身。

其次，是關於《雷雨》的藝術結構。在萬方的理解中，結構對於話劇創作有著舉足輕重的意義和價值：「想法、立意、人物、故事、風格、形式，都不足以讓你下筆，只有有了結構，一切才得以成立。《雷雨》的結構就像一顆打磨得幾近完美的鑽石，一個個精緻的平面互相輝映，璀璨發光。」藝術結構是綱，其他所有因素都是目。綱舉，才能目張。這一方面，可以被當作互證材料的，是曹禺自己的一段創作談：「我在構思中不知什麼原因，交響樂總是在耳邊響著，它那種層層展開，反覆重疊，螺旋上升，不斷深入的構架，對我有一種莫名的吸引力；再有古希臘悲劇中所蘊含的不可逃脫的命運，也死死

糾纏著我，這原因很可能是，那時我覺得這個社會是一個殘酷的井，逃脫不了的網，人們無法擺脫悲劇的命運。而這些都是決定著《雷雨》結構的因素，天網恢恢，在劫難逃！一個戲的結構，絕不是形式，它是一種藝術的感覺，是一個劇作家對人生、對社會特有的感覺。」無論如何，我們都必須承認，曹禺的這一段話，尤其是最後強調結構絕不僅僅是一種藝術形式的那句話，更是具有藝術真理的意味。大約也正是從這一點出發，萬方才會對一些人對《雷雨》「三一律」結構的說三道四表示強烈不滿：「二十四小時之內，同一地點，巧合而不做作，戲劇性強烈到極點，人物真實到極點，我不是沒想過試一試，可這樣的挑戰不是我能應付的，現在還不是，以後也難說。」我們都知道，西方文學有著非常悠久的戲劇創作傳統。所謂的「三一律」，正是西方作家在長期的戲劇創作實踐中逐漸創造出的一種具有相當難度的藝術結構方式。一方面，誠如萬方所言，一直到今天也仍然會有一些人對《雷雨》的「三一律」結構有所詬病，但在另一方面，一種不可否認的客觀事實是，已有一百年歷史的現代漢語寫作歷史上，我們迄今都沒有發現有其他作家能夠營造出如同《雷雨》這樣完美自然的「三一律」結構。從這個意義上說，萬方為《雷雨》「三一律」結構的辯護，自然就是能夠成立的。其他，比如《雷雨》標題的含義，曹禺自己的說法也聊備一格：「《雷雨》這個名字，如果硬要我講，雷，是轟轟隆隆的巨大聲音，驚醒他們；雨，是天上而來的洪水，把大地洗刷乾淨。」

接下來，就是《日出》。因為該劇具有很強的社會批判性色彩，所以萬方坦承，在爸爸的劇本裏，自己曾經一度不喜歡這部《日出》。只有到 2000 年，再度觀看了人藝的《日出》後，萬方方才忽然發覺，自己對《日出》有了一種非同以往的理解：「我終於明白了《日出》的厲害，他向人性發問，從未停止。」一方面，曹禺《日出》的寫作出發點，當然與一種作家對現實社會的強烈不滿緊密相關：「我確信，對現狀的不滿是一切創作的源頭，是痛苦、困惑、憤懣使人拿起筆，如果我們覺得自己泡在蜜罐子裏，那還需要幹什麼，什麼也不必幹，享受就是了。」但在另一方面，一個難能可貴處是，曹禺從社會批判出發，所最終抵達的，卻是一種對人性的深入挖掘與理解。這一點，集中不過地體現在翠喜這一被迫害被侮辱的底層女性身上。為了充分瞭解把握妓館的生活，曹禺曾經不惜被誤以為嫖妓，連著整個暑假，去採訪過許多三等妓女。翠喜形象的成功，正建立在這樣一種堅實的基礎上。具體來說，萬方的所謂新發現，就是在翠喜身上發現了「生之痛苦」：「《日出》第三幕，寶和下

處，最下等的妓院裏，人被剝去了所有的皮，露出最本真的血肉。那是一場人性痛苦的大復活，甚至可以說作者被生吞活剝，死在了人物身上。」事實上，也正是在這個基礎上，萬方發現，自己竟然在不知不覺間愛上了翠喜這一卑下的人物：「她每天睜開眼所要面對的日子足以讓我絕望得自殺，可她活著，還有人類的同情心。我設法理解她，跟隨她跨越道德觀，跨越諸多社會的標準，進入到一個人性更真實的層面，然後我對自己說，別想做什麼高尚的人，你要做到的就是千萬不要同情心丟了。」是的，同情心，看起來似乎是一個眾所周知的常識，但在很多時候，我們卻就是無法抵達這樣一種常識的境界。這也正如同所謂的真善美，所有的「善」與「美」，必須建立在「真」的基礎上：「真！沒有真，想要善和美，可能嗎？沒有真，所有的善都是偽善！」「真，舞臺上最強的那束光，瞬間照徹，沒有一個觀眾會不知覺。」也因此，所有的文學藝術創作，首先就必須求真，只有在真的基礎上，也才談得上什麼善和美。正是從這一點出發，萬方才會對《日出》作出如此一種深度闡釋：「陳白露的生之痛苦用自殺作出最後的表達，翠喜則恰恰相反，她沒有死，她不能死，她的生之痛苦是必須活著。」明明生不如死，但還必須活著，而且還對人類充滿著必要的人道主義同情心，如此一個翠喜形象的發現與塑造，正是《日出》最大的思想藝術亮色之所在。

再一部值得關注的悲劇，就是那部即使是在曹禺的作品中，也都顯得格外異樣的《原野》。細緻地追根溯源，《原野》創作的緣起，竟然可以被上溯到他幼年時期的保姆段媽那裡去。段媽曾經給曹禺講過很多故事，故事裏的人物都是命運悲慘的農民。尤其是，當他自己稍後「又在天津街頭看到逃難的鄉下人賣孩子，在宣化府大堂上看士兵鞭打土匪，打得皮開肉綻，那土匪不過是一副農民模樣」之後，所有的這些，「一層層疊加，甚至進入到他的夢裏，醒來之後很難過，這些可憐的苦命人，怎樣才能幫他們，救救他們呢。一般人都力圖避開苦難的記憶，可有些人卻珍藏它們。我爸爸就是這樣的人，沒有特殊理由，敏感的天性使然。」實際上，即使連曹禺自己，恐怕也不可能意識到，正是依託著他的這種敏感，《原野》最早的創作因子就已經深埋在了他的內心世界：「事實正是如此。沒人知道作品在何時誕生，每一個人物的出生都有它神秘的時機，數不清的小蝌蚪游哇游哇，越來越活靈活現，在某一時刻遇到那個最適合他的卵子，於是有了生命。在此之前，不必奢望。」就這樣，正所謂「思接千載」，當曹禺的藝術思維與童年記憶發生碰撞之後，寫作

《原野》的靈感火花也就合乎邏輯地迸現而出：「寫完《雷雨》《日出》之後，我爸爸不想再重複自己，想寫新鮮的東西，腦子產生了一個想法，寫一個藝術形象，一個黑臉的人，『我見過一個滿臉黑得像煤球一樣的人，黑得不得了，但心地非常之好，這個人在我心裏留下很深的印象。』他說。」《原野》中那樣一位無論是外在面目，還是性格特點都顯得特別獨異的仇虎形象，在經過了這樣一番漫長的醞釀過程之後，自然也就應運而生了。用曹禺在「舞臺提示」中的話來說，就是：「——這是一種奇異的感覺，人會驚怪造物主怎麼會造出這樣一個醜陋的人形，頭髮像亂麻，碩大無比的怪臉，眉毛垂下來，眼裏燒著仇恨的怒火，右腿被打成瘸跛，背凸起彷彿藏著一個小包袱，筋肉爆突，腿是兩根鐵柱，身上一件密結紐襻的藍布掛，被有刺的鐵絲戳出些個窟窿，破爛處露出毛茸茸的前胸。下面圍著『腰裏硬』，既寬且大的黑皮帶。他眼裏閃出兇狠、狡惡、譏詐與嫉恨，是個剛從地獄裏逃出來的人。」遺憾之處在於，在後來的各種演出過程中，最起碼在萬方的視野裏，從來也沒有一個演員能夠把曹禺心目中的這樣一個仇虎形象給完美地演繹出來。也因此，在萬方的理解中，假如真的有一個表演者能夠做到這種完美的演繹，那麼，「或許會有一臺更暗黑、詭異，更具象徵意味的《原野》」。

最後一部必須被提出加以專門討論的話劇，就是那部相比之下更具有「日常敘事」特色的《北京人》。如果說此前的三部作品只與曹禺個人的生存經驗緊密相關，那麼，到了《北京人》，他那位一見鍾情的愛人方瑞的生存經驗，也很明顯地滲透於其中。「古往今來，創作者永遠在作品中演繹著自己的觀察、探究、所思所愛和痛。無疑，愫方是編劇的所愛，勝過其他所有人物，究其原因，我想是因為愫方身上蘊藏著作者本人深深的痛苦。這麼說吧，痛苦，痛苦的經歷、感受對寫作者來說不是別的，是靈丹妙藥，是挑撥神經的針，神經會因痛苦而激動敏感到極點。創作一部真正的好作品甚至象生一場大病，或者，一場大病終於被治癒了。」對於《北京人》與愛妻愫方之間的內在關聯，曹禺後來在很多場合都毫無遮掩地直言不諱。一個是創作談：「愫方是《北京人》的主要人物。我是用了全副力量，也可以說是用我的心靈塑成的。我是根據我死去的愛人方瑞來寫愫方的。為什麼起名叫愫方，『愫』是取了她母親的名字『方愫娣』中的『愫』，方，是她母親的姓。」「我是把我對她的感情、思戀都寫進了愫方的形象裏，我是想著方瑞寫愫方的。」再一個，是他寫給老朋友巴金的信件：「我不肯像『家』中的『覺新』那樣委屈了自己的生

機，……我想或許有一天寫出一點略微成形的東西。」「我給我所愛的人看（苘甘，請原諒我，我現在可以告訴你我所愛的人，因為她現在也愛我，並且答應我把這件事告訴我頂好的朋友苘甘）。她是個極幽靜溫婉的女子，同時也是個『鋼鐵』般性格的人，我們談你，愛你，把你當作共同的哥哥看，雖然你來到此地見了她，沒和她說一句話，她也是沉默的。」結合以上種種，一個可信度極高的結論就是，一個女子，一場不期而遇的美好愛情，最終醞釀出了《北京人》這樣一部話劇傑作：「1940 年春天，小城江安所發生的一切都在孕育著一個生命的胚胎，他的名字就是《北京人》。」

行文至此，一個無論如何都繞不過去的問題就是，既然曹禺是一個不世出的傑出話劇天才，既然他早在 1949 年之前就先後創作完成了諸如《雷雨》《日出》《原野》《北京人》這樣的話劇傑作，那麼，到了 1949 年之後，他為什麼再也沒有能夠寫出優秀的話劇作品來，再也沒有能夠重返自己的藝術巔峰狀態。事實上，這也是作家萬方在這部《你和我》中不僅關注而且也深入探討過的一個重要問題。首先，我們注意到，曹禺自己，在進入 1949 年，尤其是「文革」結束之後，一直陷入在某種「創造的焦慮」中而難以自拔。這一點，在他晚年與老朋友巴金的書信來往中，在他寫給兩個女兒的信件中，曾經有過很多次自覺不自覺的流露。比如「我現在為了自己最後的創作下了大決心，堅決搞下去，只有趁著這股熱氣、這點靈氣好寫下去。我多年沒有這種感覺，沒有這種創作的欲望了，難得能寫，想寫，這對我來說是一刻千金的時候。」再比如：「最近讀了《貝多芬傳》，這位偉大的人激勵我，我不得不寫作，即便寫成一堆廢紙，我也是得寫，不然便不是活人。」在引述了這些內容之後，萬方接著寫到：「很多年他沒有再寫劇本，不是不想寫，事實是寫不出來了。有人用『江郎才盡』來形容曹禺，他們大錯特錯，曹禺的才沒有盡，他寫《北京人》的時候才三十出頭，還要怎樣年輕！還要怎樣才算正當年！一個劇作天才怎麼可能在三十歲就完蛋了。」既然才華依然存在，那曹禺為什麼再也沒有能夠寫出話劇傑作來呢？對此，萬方也努力地給出了自己的思考與回答：「生活在當今的年輕人也許無法明白我在說什麼，既不相信也不接受，因為他們從來不知道發生過什麼，沒人告訴他們，可我一定要說，如果不說出來就不可能理解我爸爸為什麼再也寫不出東西，還有沈從文，錢鍾書，一長串名字。長久以來，他們都被告知他們的思想是需要改造的，這種對靈魂的改造有時候是很極端的行動，像腦葉切除術，有時候像輸液，把一種恐

懼的藥液輸入身體裏。那是一種對自身渺小卑微的恐懼,我經歷過體驗過,非常嚴酷。我很為年輕人感到慶幸,慶幸他們活在今天,擁有全新的世界。」具體到曹禺,萬方進一步剖析到:「我爸爸他不是一個鬥士,也不是思想家,他生性脆弱,極度敏感,時刻會被美好自由的感覺所吸引,內心卻又悲觀,是一個徹頭徹尾、如假包換的藝術家。他膽小,在各種政治運動中說過許多錯話,假話,違心話,但是他的心始終真誠。如果用一個詞形容他,那就是這個詞:真誠。」既然是一個真誠的人,一旦不允許他真誠的時候,他的創作也就徹底終結了:「很簡單,看他的作品。他只會用一種方法寫作,就是把全部真誠傾注到作品裏,當不能真誠表達自己的時候他就什麼也寫不出了。」關鍵的問題還在於,身為作家的曹禺有著特別怯懦的一面,這就注定了他缺乏足夠的勇氣與不合理的時代政治作堅決的對抗。唯其因為如此,萬方才不無吞吐地寫到:「情況是……有一些人,永遠的極少數,為了說真話,為了心中的信念,需要付出自由、甚至生命的代價,他們就那樣做了。而我,我們愛自己勝過愛自由。」說實在話,在這裡,我的確有點佩服萬方的表達藝術了。一方面,她實際上已經明顯意識到了父親曹禺屬那種「愛自己勝過愛自由」的人,但在另一方面,她卻只是籠統地用「我們」一詞取代了父親曹禺。貌似自我譴責,實則卻把批判的矛頭不動聲色地指向了父親曹禺。當然,更為嚴苛的批判與反思,恐怕還在後面的這段話語中:「我問過他為什麼寫不下去,他說也不是害怕,就是覺得不對頭,覺著可能出錯。我能理解,但也有所懷疑,這是不是他下意識為自己找到的一種藉口呢?難道他真的不能戰勝內心的魔鬼?不能解放自己,重獲自由?」或許是出於為尊者諱的原因,我們發現,萬方在這裡只是提出了問題,並沒有進一步給出肯定或否定的答案。但沒有回答本身,其實也是一種回答。從這種早已暗示出答案所在的設問中,我們實際上已經充分感受到了萬方一種批判與反思勇氣的存在。

事實上,也只有到這個時候,我們才應該重新回到民國時期,回到曹禺的青年時期,看一看年輕的曹禺是怎樣走上話劇創作道路的。這裡,無論如何都不能忽視的一件事情,就是曹禺的中途從南開大學轉學到清華大學:「當年我爸爸也在南開讀大學,只是沒有讀到畢業,又考到清華大學去了。」問題顯然在於,曹禺在南開大學讀書讀得好好的,為什麼一定要中途轉學到清華大學去。萬方不僅清醒地意識到這一問題的存在,並且也從自己的角度出發,給出了相應的深刻分析:「用他自己的話:一進清華就感覺呼吸到一股清

新自由的空氣。而我也想到一句話：清華高擎著自由精神的火炬。在這裡，自由，不是一個詞彙，是具體的生活方式、為人方式、學生在清華可以自由選修課程，可以自己挑選老師，上課不點名，想聽課就去，不想去悉聽尊便。圖書館是更大的課堂，把時間花在那裡是一樣好的。謹記，清華希望自己的學生除了學習，都能發展各自的愛好。」瞭解了這一切，我們也就知道曹禺為什麼一定要離開南開，進入清華了。他所真切貪戀於這裡的，其實正是一種特別強烈的自由文化氛圍。也因此，你也能夠想像得到，進入清華之後的曹禺，並沒有成為那種門門功課都很優秀的傳統意義中規中矩的好學生。用他一位同學的話說，就是：「他課內功課不好，自己學好幾種外語，又看許多書，顧不上功課。也許就因為他的念書習慣有點奇怪，兩次留美都沒有考上。」由這位同學的回憶可見，曹禺肯定不是一位應試型的只是以考試成績取勝的那一類學生。對此，萬方同樣有著格外清醒的認識：「作為西洋文學系的學生，我爸爸想去美國留學，他的英文肯定沒有問題，能背下整本字典，讀遍莎士比亞的英文版，然而沒能通過考試，他的同學張俊祥比他厲害，考上了，去了美國。」倘若按照常規的評價標準，沒有考上的曹禺肯定會得到差評。然而，一個無法被否認的事實卻是，中國雖然少了一名可以前往美國的留學生，但卻從此以後擁有了一位後來被尊稱為中國的莎士比亞的話劇大師。兩者相比較，究竟孰輕孰重，相信各位自能得出客觀公允的結論。這裡的一個關鍵問題是，曹禺何以只有在進入清華大學後方才成就了自己的一番事業？我想，答案恐怕只能從「自由」二字得出。我們注意到，在《上學記》中，著名學者何兆武曾經指出：「學生的素質當然也重要，聯大學生水平的確不錯，但更重要的還是學術的氣氛。『江山代有才人出』，人才永遠都有，每個時代，每個國家不會差太多，問題是給不給他以自由發展的條件。我以為，一個所謂好的體制應該是最大限度地允許人的自由。沒有求知的自由，沒有思想的自由，沒有個性的發展，就沒有個人的創造力，而個人的獨創能力實際上才是真正的第一生產力。」〔註1〕由此可見，如果說民國年間曹禺話劇創作的成功乃得益於清華大學那樣一種難能可貴的自由文化語境的話，那麼，很多年之後話劇天才曹禺再也無法寫出真正足稱優秀的話劇作品，也同樣是因為從根本上喪失了這種非常必要的自由文化語境的緣故。

〔註1〕何兆武《上學記》，第97～98頁，生活·讀書·新知三聯書店 2006 年 8 月版。

　　由以上分析可見，在《你和我》這部長篇非虛構文學作品中，作家萬方通過三條時有交叉的藝術結構線索的精巧設計，通過對以自己的父親和母親他們兩位為核心的一眾知識分子命運歷程的真切書寫，在盡可能地逼近歷史真實的同時，也對那一段前前後後長達百年之久的中國現當代歷史進行了足稱深入獨到的批判與反思，無論如何都應該被看作是最近一個時期內難得一見文學佳作。

對於歷史更加客觀冷靜的觀察與省思。因為在很多時候，只有依賴於強烈的反差與對照，我們才可能看明白世界、社會、生命以及人性的真相。之所以強調這一點，與傳主不同的社會政治身份密切相關。假如說張愛玲更多地保持著某種疏離於社會政治之外的個人存在姿態，那麼，金宇澄的父親「程維德」（係父親當年從事地下工作時的化名，後長期以這一姓名行世）和母親姚雲，就毫無疑問屬那種深深地捲入了社會政治運動的所謂「革命者」。也因此，假若說張愛玲在她的《對照記》中只是更多地映照出個人身世的滄桑與蒼涼的話，那麼，金宇澄的視野與筆觸就無疑要開闊許多，就由父母個人命運的跌宕與乖謬而更多地切入到了社會與歷史層面的凝視與反思。

按照金宇澄在「我們回望」這一部分中的說法，這部《回望》的前身，不過是 2014 年發表在《生活月刊》上的短文《一切已歸平靜》。在初稿於 1990 年代的那篇文章中，金宇澄頗為隱晦地用「伯父」「伯母」的稱謂來指代自己的父母。一直到父親在 2013 年去世之後，他才更改回來，並把這篇文章正式發表。沒想到，就是這篇短文，竟然引起了時任《收穫》雜誌主編李小林的關注，她建議金宇澄繼續這個題材的書寫。面對著李小林的熱切期待，金宇澄便以極大的熱情投入到了父親跌宕起伏人生的「回望」之中：「以後的幾個月，我走進了本以為清晰，其實相當陌生的地方，遠看一個普通的青年人，如何應對他的時代，經歷血與犧牲，接受錯綜複雜的境遇和歷史宿命，面對選擇，從青春直到晚年，旁逸斜出，草蛇灰線，實在也是復述的一種周折，我常常瞻前顧後，下筆踟躕，習慣被七嘴八舌的聲音和畫面切斷……終以《火鳥——時光對照錄》，刊於《收穫》（2015 年第五期專欄『說吧，記憶』）。」這一次整合為一部長篇傳記文學作品出版，添加了父親的大量書信內容之後，也就自然構成了本書的第二部分。父親的不幸去世，對母親的情緒產生了很大的影響。或許是為了轉移母親的注意力，金宇澄「請她以這些照片（老相冊的那些照片）為序，記下曾經的時間和細節。」於是，母親便「認真做了起來，甚至到了廢寢忘食的地步，近 90 歲的老人，半年內做了兩大本剪貼，在梳理記憶的這段日子裏，她變得沉靜多了，彷彿只有回望，才是生命的價值。」之所以強調回望才是生命的價值，根本原因在於，只有通過時過境遷之後的回望，才能夠更好地發現生命的真實，體會存在的錯謬與歷史的乖戾。而且，很顯然，對於金宇澄來說，也只有在完成了以母親姚雲為核心人物的第三部分之後，方才更進一步地明確了「對照」二字的內涵：「擺在面前的圖文，記

錄了一個上海普通女孩的時光之變，也使得本書的前兩章，出現了『未完成』狀態，顯露了更複雜的對照。」由此可見，所謂的「對照」，除了張愛玲那個層面上的對照之外，也還有文本內部中幾個部分互為參照的這個意思在內。

實際上，金宇澄在這裡所特別強調的這種對照，意指第一、二、三部分若干相關細節表述上的前後不一致。這一方面，最典型不過的，就是關於父親被捕的那些細節。第一部分說：「某個深夜，父親與他『堂兄』──他的單線連絡人，幾乎同時被捕。」但到了第二部分，就出現了另一種描述：「他們並不是共同被捕的，『堂兄』也不瘐死於監房，而是在憲兵醫院跳樓就義」而關於父親的監獄生活，也存在著敘述方面的錯訛：「關押父親的地點，不在提籃橋，是北四川路憲兵監獄（大橋公寓）。1940～1950 年代，父親數度入獄轉獄，在母親回憶的 1950 年代初，竟然他也在這座著名監獄短暫工作，因此前篇我筆誤『提籃橋』，彷彿就是『言說與記憶』的某一種夢魘。」問題在於，既然金宇澄已經明確意識到了這些前後敘述不一致的存在，他為什麼還要堅持將錯就錯，不做修訂呢？對此，他給出的答案是：「我保留著這些局部不一致的痕跡，保留『在場感』的某種差池，是保留了『尋找』的姿態。」事實上，正如同古希臘先哲所謂「一個人不可能兩次踏入同一條河流」一樣，作為後來者的我們，也從來都不可能以客觀的方式真實再現任何一段既往的歷史。更何況，我們在這裡讀到的，也不過是金宇澄單憑個人之力對於父母往事以及那段歷史的還原，其中無可避免地會打上個人鮮明的主觀化烙印。

儘管說《回望》中最主要的兩個人物肯定是金宇澄的父親和母親，但其他一些曾經偶而被提及的人物，卻也一樣不僅被作家塗抹得栩栩如生，而且還能夠引發我們對於歷史與人性複雜性的深入思考。這一方面，最讓人過目不忘的，就是那位侵吞了別人財物的吳醫生。將吳醫生「引狼入室」的，是父親小學同學沈玄溟的母親。沈玄溟的母親：「婚前在上海某知名百貨店做事，屬『五四』前上海最時髦的職業女子，平湖人，天足，一次與玄溟父親沈劍霜邂逅，展開了上海的新式戀愛，雙雙回鎮結婚，生下獨子玄溟。」但誰知，就在玄溟出生不久，他母親就自行做主把自家樓下的廂房租給了一個青年醫生做西式診所：「玄溟的母親時約三十多歲，青年西醫眉清目秀，才二十出頭，吳姓，個子不高，態度極為和藹。」樓下是眉清目秀的青年西醫，抬頭不見低頭見。自家的丈夫，卻又遠在上海教書。一來二去的，玄溟的母親就和這位吳醫生有了私情。雖然沈劍霜洞悉內情後，已經從上海辭職回家，並且主動

提出要與紅杏出牆的妻子離婚，但這位妻子卻霸道得很：「玄溟母親極為厲害，一方面坦承了自己與吳醫生有染，卻絕不應允丈夫離婚，兩人經常為離婚之事大吵大鬧到深夜，引發了玄溟外婆過世。」即使如此，玄溟的母親仍然毫不收斂，以至於最終逼迫沈劍霜無奈自殺。但這個家庭的悲劇命運，卻並未到此為止。尤其出人意料之外的是，在沈玄溟服從母親的強悍意志，與鎮西一典型的鄉鎮小姐結婚之後不久，這位早已經將玄溟母親勾引到手的吳醫生，竟然又盯上了沈宅新的女主人：「就這樣，這位沈家大宅裏的青年吳醫生，逐漸逐漸也就做了玄溟妻子的入幕之賓……」做了沈宅新女主人的「入幕之賓」倒也罷了，更令人難以接受的是，到最後，這位吳醫生竟然在席捲了沈家所有金銀首飾和錢莊存款之後，攜同沈玄溟年輕的妻子私奔了。依照以上的敘述，這位吳醫生的確是一位罪不可恕的人間惡魔。但是，且慢，故事到這裡並未講完。按照父親在筆記中的記載：「抗戰期間，黎里鎮一位年輕的西醫曾經派人通風報信，使中共地下吳嘉工委書記及時轉移，傳為佳話。令人驚訝的是，做這件好事的，便是這個吳醫生。」能夠在抗戰期間以通風報信的方式救人，當然冒著生命危險，是需要有絕大勇氣才可以做得出的事情。從這個角度來說，稱這位吳醫生為民族英雄也不過分。但偏偏就是這位吳醫生，在日常生活中卻又是那樣一位侵吞別人財物拐跑別人妻子的惡魔。二者整合的結果，只能夠讓我們感歎歷史的弔詭與人性的深不可測。

同樣令人對歷史的複雜與弔詭生出深深歎息的，是金宇澄的父母，是這兩位革命者，在號稱為「革命世紀」的二十世紀所遭遇的那種充滿跌宕意味的命運起伏。身為一熱血青年，父親程維德的介入革命，很顯然與左翼文藝的影響有關：「他一直被初中三年的經濟窘境壓得喘不過氣來，何況高中呢。欽佩進步作家，接受左傾文藝書籍的變化，是在這個階段開始的。」正所謂，時也運也，就在程維德的思想逐漸左傾的時候，日軍突然入侵華北，全面抗戰就此爆發。一直胸懷報國之志的程維德，理所當然地不可能置身於洶湧的時代潮流之外。與他思想的左傾有關，他最終選擇的報國路徑，是參加中共的地下秘密情報系統。面對著程維德的悲劇人生，我常常會想，同樣是報國，他為什麼不選擇其他的路徑呢？因為，在某種意義上，從他開始參加中共地下秘密情報系統工作的時候，他一生的悲劇命運就已經被鑄定了。首先，是地下工作本身的變幻無常：「他常常說，這是一種最講規則、也最沒規則的工作，必須隨時隨地獨自應對突然的變故，常不知所措，不知任何是好。」此種

情形的生成，與他明暗反差極大的工作性質有關。明面上的身份，要求他服從自己的上司，但暗中的地下工作卻又要求他必須忠實於自己的組織。二者之間一旦發生衝突，他就會陷入無所適從的尷尬狀態。然而，與變幻無常相比較，地下工作最突出的一個特點，恐怕還是危險系數極大。只要稍有疏漏，就可能鑄下致命的錯誤。從這個角度來說，程維德們其實長期過著一種「刀尖上的日子」。對於程維德來說，雖然一貫心思縝密的他並沒有犯錯誤，但因為受到別人牽累的緣故，他還是在 1942 年，被日軍逮捕了。事後才知道，他的這次被捕，乃是因為受到日本國內曾經震驚一時的「佐爾格案」影響牽連的結果。被捕入獄後，面對著來自於對手的各種刑訊逼供，除了承認自己在上海從事宣傳「和平文化」的工作之外，程維德恪守了一位地下工作者嚴守組織秘密的底線。而他，之所以要承認自己在從事宣傳「和平文化」工作，是因為這種坦白符合地下工作的組織原則：「他承認擔任了汪偽刊物編輯，原在桂林、昆明等地做抗戰文化工作，宣傳抗日，對國民黨腐敗不滿，之後在金華做文化工作，受到當時國民黨文人紛紛投向南京、上海參加『和平運動』的影響，決意脫離金華抗戰區來上海做『和運』工作，編輯宣傳『和平文化』內容——他心裏明白，這樣的回答，符合『必須堅持黨分配的掩護身份』這一組織原則。」

但程維德無論如何都想像不到，就在自己多年為之浴血奮鬥的社會政治理想實現之後的一九五五年，他自己也會因為受到潘漢年案的牽連而再度銀鐺入獄：「一九五五年，他因涉『潘漢年案』被隔離審查。直到該年九月始審被捕變節，審理者打開他當年的全部供詞，抽取最後的這幾句問答，當即認定他『叛變』。」而且，審訊者認定他被捕後變節的主要依據，還偏偏就是當年他的承認自己從事宣傳「和平文化」的工作這一庭審供詞。明明是革命的忠誠者，但卻偏偏要被誣為革命的背叛者，而且還不容有自我置辯的權利，這就真的不能不讓人頓生情何以堪的感受了。從此之後，父親就開始了自己那漫長的申訴歷程，儘管他清楚地知道這樣的努力未必會取得理想的結果：「在漫長的申訴過程中，他已清晰地意識到——即使在如何申訴，也未必能有『實事求是』的結果，只能接受並賡續下去。」無論如何，我們都得承認，金宇澄關於父親的相關描寫，的確在很大程度上能夠讓我們聯想到古希臘神話中那位無始無終地在「推石上山」的西西弗斯。一個忠誠地追求理想的人，到頭來反而遭到了所謂理想的無情嘲弄。這就不能不讓我們聯想到父母投身

革命時曾經的意氣風發與躊躇滿志：「他們那時年輕，多有神采，凝視前方的人生，彷彿無一絲憂愁。他們是熱愛生活的一對。」將父親程維德當年投身革命的熱情，與他後來不僅被關進自己的監獄，而且還被迫長期處於申訴無門的狀態相併置對照，細細想來，其中的悲劇況味不管怎麼說都不容輕易忽略。事實上，也正是通過這種對照與反差的內斂式書寫，金宇澄在對一部複雜乖謬的歷史進行著執著的追問與沉思。

也正因此，《回望》中與父親緊密相關的一個細節，才會顯得特別耐人尋味。父親程維德，去世於二〇一三年六月。程維德去世後，被家人很快運送至附近一家醫院的太平間。在這家醫院的底層，金宇澄意外發現了「門邊嵌有一塊墨字刻石『備殮室，民國二十六年立』。」正是這塊刻石的意外發現，觸動了金宇澄的某種飄忽心思：「父親生於一九一九年，民國二十六年，即一九三七年，那是他十八歲在二百公里外杭州大營盤軍訓的時候，也是他得知戰爭爆發消息的這一年，他應該不會知道，二百公里之遙的遠方，新建了這所大房子，勒石銘文，會是七十六年以後，停放他遺體的所在……他曉得這所房子，看見過石上這兩行隸字嗎？」金宇澄的這種聯想與描寫，細細琢磨，其實彌漫著某種命中注定的宿命和虛無意味。究其根本，金宇澄之所以會生發出如此一種宿命與虛無的聯想來，與他對於父親程維德錯謬人生的深入思考有關。更進一步說，金宇澄其實是在借助於革命者程維德的錯謬人生對二十世紀的「革命」做出真切深刻的反思。唯其因為曾經製造出無數個類似於父親程維德這樣的「革命」悲劇，所以，我們才必須告別革命。

假若說父親程維德走過了一條革命者遭遇莫須有的冤屈的人生道路，那麼，母親姚雲所走過的，就是一條資本家的闊小姐如何走向革命的道路。真是不讀不知道，一讀嚇一跳，只有在讀過金宇澄《回望》中的母親自述那一部分之後，我們方才知曉，金宇澄的母親，那位資本家的闊小姐姚雲，卻也曾經和文學史上大名鼎鼎的蔣錫金、朱維基發生過人生牽連。時在一九四三年，金宇澄的母親改名為姚雲，進入建承中學讀書。因蔣、朱二先生正在這個學校任教，所以，姚雲便與他們有了一定程度的交往。其中，因為逃避被日軍抓捕，母親姚雲曾經決定逃離上海，去根據地參加革命：「最後決定，我和蔣還是去安徽天長的新四軍軍部，於是找了詩歌『行列社』成員的老黨員沈孟先，請他設法接通關係，辦妥組織介紹信等。」「幾天後得到消息，到安徽去，一路上要經過幾個關卡，路不熟，不如準備一些被褥鋪蓋，請當地的

腳夫挑著走路，才可以走通。至於路費，蔣把匆忙中帶出的半部《星象》書稿，給了『永祥印書館』的范泉，暫領到一些稿酬。我把手上一枚金戒指換成了現錢，還去附近的『南京理髮店』剪了短髮。」但就在萬事俱備只欠東風的時候，姚雲的大哥出場，不由分說地把自家妹子拉走，關了差不多一個月。就這樣，姚雲的第一次「革命」之旅，就此宣告終結。人生固然無法假設，但假若姚雲當年跟著蔣錫金先生投奔了根據地，那她此後的人生道路就肯定會面目全非。實際上，也正是因為錯過了投奔革命的機會，姚雲方才有緣結識了父親程維德，並與他結成了百年之好。

關鍵的問題在於，雖然已經與父親程維德結成了百年夫妻，但母親姚雲對於程維德的真實生存狀況卻並不瞭解。雖然父親從事地下情報系統工作並由此而入獄，是發生在抗戰期間的事情，但很顯然，一直到父親因所謂「叛變」事發而再度入獄的一九五五年，母親姚雲都不知道自己的丈夫當年的歷史。此種情形，若非金宇澄以非虛構的方式言之鑿鑿地寫出，是斷然很難讓人相信的。一對日日相對感情很好的夫妻，儘管已經度過了長達五年之久的婚後生活，但父親卻一直對母親守口如瓶，一直把那段地下工作的經歷埋藏在自己心裏。此種情形的形成，一方面，固然說明父親是一個合格的地下工作者，即使已經進入和平年代，即使面對朝夕相處的妻子，他也沒有洩漏任何一點相關的秘密。但在另一方面，父親對於母親的隱瞞，其實又在很大程度上背離了夫妻雙方理應坦誠相對的人性倫理原則。雖然我不知道金宇澄是否清晰地意識到了這一點，但這一生活細節的描寫，的確在很大程度上寫出了革命倫理與人性倫理之間的某種尖銳衝突。此外，雖然並非《回望》的書寫主旨所在，但母親姚雲的自述這一部分關於復旦大學當年的若干記憶，卻還是能夠讓我們這些今天的大學教師油然生出某種「雖不能至，但卻心嚮往之」的感覺來：「中文系主任是陳子展，很和善。教授有李青崖、方令孺、周予同、周谷城、趙景深先生等，側重《昭明文選》、音韻學、訓詁學、哲學和中國文學史。上課不點名，學生缺席與否，教授們也不在乎，學生只要考試及格，修滿學分就可畢業。教授和學生有些距離，親近隨和的是章靳以先生，他講『文學論』，態度和藹耐心，我經常請教他。」別的不說，當年的復旦大學，最吸引我的，是那種自由的教風與學風。

自然，母親的回憶自述中，最令人不可思議的一點，就是父親在一九五五年的悄然「失蹤」。早在六月七日，父親就突然隱身不見了：「六月七日這

天下班時分，我在樓下遇見維德，他穿著藏青色中山裝，正要去主席室，有些匆忙，我沒在意。晚飯後聽報告，回家已經九點多了，抬頭望望三樓沒有燈光，這麼晚他還沒回？上樓到房裏，看到他留得字條，稱有要事出差。沒寫去哪裏。婆婆說，有人陪他一同來，拿了換洗的衣物，急匆匆走了，像是去北京，大約十天半個月就可回家。」誰知道，一直等到六月廿八日，父親方才託一位陌生人給家裏帶來了一封信。「信不郵寄，託人帶來，我有一絲不安，到底是什麼緊急任務？保密，也不告訴地址。組織紀律提醒我，不能隨便問，雖心中有這些疑慮，我還是很高興。」就這樣，在和平時代，兩位革命者竟然以如此一種「地下」的方式開始了他們的家庭通信。謎底最後終於在這一年的七月十六日晚揭曉。在日記中，姚雲清楚地記下了自己終身難忘的這一天：「臨走時那人冷冷地說了句：『你愛人涉及潘漢年案。』著實讓我吃驚不小，當晚翻來覆去沒有睡好。今天報紙公布『潘漢年、揚帆反革命集團案』有關文章，明確提到 7 月 16 日經全國人大批准，已將潘漢年、胡風兩代表逮捕審判。我震驚，深感意外，潘漢年是副市長，當年上海地下黨的領導，為革命出生入死奮鬥數十年的老黨員，怎麼會是內奸、反革命？和維德又有什麼關係？十分驚詫不解。」作為後來者的我們，簡直無法想像，革命者父親的突然變身為反革命這一事件，對於母親所造成的精神打擊以及隨之而來的精神壓力究竟會有多麼嚴重：「美好嚮往是一個個肥皂泡，飄在空中，飄在陽光下，不久就被擊碎，我跌入漆黑的深淵。」「十月八日這天，宣傳部長找我談話，對我宣布，維德是『潘案』成員，已被正式逮捕，並開除黨籍。工資停發。天崩地裂的消息，令我全身發冷，四個多月的日思夜盼，等來的卻是這個結果，我有生以來最大的痛苦和遭遇。」尤其嚴重的是，這個時候的我，不僅有三個年幼的孩子，而且也還有年老體弱的婆婆要撫養。不必說政治上的歧視與冷眼，單只是一家六口人的生活重擔，就足以讓姚雲這樣一位年僅二十八歲的曾經的資本家的闊小姐倍覺生活壓力的沉重：「在當時的形勢下，人人對政治高度敏感，一切服從黨，相信組織，任何人都不會同情我，沒人相信我的眼淚，經歷了一場狂風暴雨，人人都對我關上了大門，為了家庭和孩子，多給自己勇氣，否則怎麼生活下去！堅強才是唯一的出路。」所幸，女性的生存能力的確是非常堅韌的。儘管非常艱難，但姚雲卻還是憑藉自身的力量挺過了來自於生活的尖銳挑戰。

但也正如魯迅先生在《〈吶喊〉自序》中所言：「有誰從小康之家而墜入

困頓的麼，我以為在這途路中，大概可以看見世人的真面目。」〔註1〕也正是在丈夫程維德被打入政治另冊之後，姚雲真切地感受到了什麼叫做人情冷暖與世態炎涼。比如，在這一年 11 月 2 日的日記中，姚雲不無痛楚地寫到：「得知曾引為知己的×××，去京參加政法學習班已經回滬，我去電話請她來陝西南路，向她傾訴近來的遭遇，期待她的慰藉。我實在是過於天真了，她的態度完全變了，冷漠至極，讓我傷心不已。我們同窗多年，她父母早亡，家境貧寒，高一輟學即肩負生活的重擔，我父母非常同情她的境遇，一直幫助她，包括為她弟弟當學徒做鋪保，我也曾多次拿出壓歲錢助她弟妹上學，1949 年我妹妹發展她入黨……」沒想到的是，「在我最痛苦、最需要安慰的時候，她避之不及，急於和我劃清界線。為此我非常痛苦懊悔，並下了決心，不能妨礙她，不要讓她為難，從此一刀兩斷吧……」無獨有偶的是姚雲在建承高中就讀時的一位女同學××，她的姿態與前邊提及的那位同學如出一轍：「一天在樓下食堂吃飯，看見建承高中的女同學××，讀書時她比我高一年級，我們曾經非常要好，她家在北四川路橋堍開一個單開間西裝店，我去過她家。一九四三年秋她要去根據地，我去看望她，臨走前送她一雙銀筷以做紀念。這年冬天，突然傳來她犧牲的消息，我悲痛萬分，特意寫了一篇文章悼念她，誰知她並沒犧牲。多年後竟在此見到。」正所謂「久旱逢甘雨，他鄉遇故知」，與高中密友的意外相逢，讓姚雲端的是喜出望外。但誰知，同學對此的反應卻是一種截然相反的冷漠：「一次我就上樓找她，本以為見面時她一定像我那樣驚喜，但我又錯了，她極其冷淡，連聲敷衍，我彷彿當頭被澆了一盆冷水，這是我沒汲取以前的教訓，我的心又被重擊了一次，久愈的傷口又開始流血。」滿懷期待地去見自己的老友，沒想到到頭來卻是如此一種極端的冷遇，母親姚雲內心的悲涼，的確可以想見。好在人心並沒有完全淪落，在很多人避之唯恐不及的時候，也的確還有人古道熱腸地給予著必要的幫助。比如，時任建工局副局長的范達夫：「他非常關心地安慰我說：『你心裏別難過，老金的事，最後總會解決的，組織上一定會調查清楚的，你要耐心，要好好照顧孩子，當心老金的身體……』聽到這幾句溫暖話語，我如沐春風，不覺流下了熱淚。在那些灰暗的日子裏，總以為人心已死，事實告訴我，人間自有真情在，我們有這樣一位真正的朋友。」其實，不管在什麼樣的情況下，人心或者

〔註 1〕魯迅《吶喊·自序》，《魯迅全集》第一卷，第 153 頁，同心出版社 2014 年 5 月版。

人性的善惡都是存在的。某種意義上，程維德的不幸被劃入另冊，就如同一塊試金石。在這塊試金石面前，人性的善惡可以說立見分明。

身為文學雜誌的資深編輯，金宇澄的引人注目，與長篇小說《繁花》的橫空出世緊密相關。雖然說一直到 2012 年《繁花》發表後，金宇澄的名字才廣為人知，但其實他早在 1980 年代就已經開始了自己的小說創作，創作了一系列中短篇小說。或許與他從事多年的小說創作有關，有敏感的論者從非虛構的《回望》中也洞悉發現了某些小說因素的存在：「以小說家筆法來構築非虛構，我們所讀到的，就不是感情的習慣性分泌，而是做了充分的文學化的表達。它才會獨立成為一種文學的參照物，比個體的生命存在更長久。」〔註2〕說《回望》存在著小說性因素，是毫無疑問的一種事實。關鍵在於，這種小說性因素究竟因何而來。在我看來，這種小說性因素的具備，並非金宇澄刻意經營的一種結果，而是因為父母親那跌宕起伏的命運故事本身就充滿著小說的意味。無論是婚後多年，母親都不瞭解父親當年曾經的地下工作經歷，抑或還是兩人同在一個上海城，實際距離並不遙遠，但卻被迫只能以鴻雁傳書，諸如此類的細節，本身就因其傳奇性的具備而可以被演繹成故事情節曲折有致的小說作品。小說性因素之外，《回望》的敘述也形成了自己特有的風格，尤其是與《繁花》形成了鮮明的對照。雖然在具體的敘事過程中也有著諸多「不響」，但就總體的敘述風格來說，《繁花》的確稱得上是如同長江大河一般地滔滔不絕，格外地鋪張。假如說《繁花》的風格是鋪張的，那麼，《回望》的敘述風格就很顯然是內斂的。在很多時候，金宇澄只是點到為止，絕不在某一處做過多的留戀。質而言之，一部《回望》，就是在以一種格外冷靜、內斂的筆觸凝望並沉思著一部複雜詭異的二十世紀「革命」歷史。從這個意義上說，第一部分中關於父親閱讀《廿四史》的細節設定，就無疑有著突出的象徵意味：「在晚飯前的那段平靜黃昏中，父親開了燈，伏在《廿四史》縮字本前，用放大鏡看那些小字。他已經八十歲了，他聰敏、沉著、自尊，在漫長的人生中，已無法再一次尋找他年輕時代的神秘未來，只能在放大鏡下，觀看密密麻麻的過去。」父親在回望遙遠異常的《廿四史》，而我們，則伴隨著金宇澄的筆觸，凝視回望著父母的歷史。我們注意到，1987 年，父親程維德曾經在《日瓦戈醫生》封三的白頁上寫到：「……反映當時的動盪，飢餓、

〔註 2〕鍾紅明《回望，及存在的證明──讀金宇澄非虛構敘事集〈回望〉》，載《新民晚報》2017 年 1 月 6 日。

破壞、逮捕、投機分子和知識分子的沮喪，都是事實，但作家的任務是什麼呢？知識分子絕不是沮喪和黑暗的。」父親不是作家，兒子金宇澄是作家。父親這段話的微言大義究竟何在呢？是寄希望於金宇澄寫出別樣真實的知識分子形象嗎？又或者，父親在自己的回望歷史中，是否已經有特別的體悟與發現呢？因了父親的去世，所有的這一切，我們都已經找不到確切的答案：「萬語千言，人只歸於自己，甚至看不清自己。」究其根本，正所謂「前事不忘，後事之師」，我們希望能夠從這種「回望」中，發現更真切的生命體悟與歷史啟示。從這一點上說，金宇澄的「回望」書寫，其深層的價值當然不容懷疑：「記憶與印象，普通或不普通的根鬚，那麼鮮亮，也那麼含糊而贏弱，它們在靜然生發的同時，迅速脫落與枯萎，隨風消失，在這一點上說，如果我們回望，留取樣本，是有意義的。」

蔣韻《北方廚房》：
聚焦於食物的歷史與生命記憶

　　儘管不僅早就對所謂「民以食為天」與「食色性也」這樣的說法耳熟能詳，而且也正如同「衣食住行」所強調的那樣，深知食物乃是人類得以維持生命存在最根本的事物之一，但我卻從來都沒有能夠想像得到，自己非常熟悉的作家蔣韻，竟然會在不期間寫出了一部以食物為中心事物的長篇非虛構文學作品《北方廚房──一個家庭的烹飪史》。不過，返過頭來想一想，由蔣韻寫出這樣一部多少帶有一點出人意料色彩的作品，倒也並不是就沒有道理可講。由作家這樣一部多少帶有一點出人意料色彩的作品，我自己所情不自禁聯想起的，反倒是二十多年前的一段往事。那是在上世紀也即1990年代的末期，我的工作，剛剛有幸從地處相對偏遠的呂梁山區的一所專科學校，也即所謂的呂梁高專（現呂梁學院的前身）調動到省城的山西大學。似乎也就是在我安頓下來一兩年的時間之後，我和蔣韻他們幾位朋友曾經共同參與過一個到後來也沒有搞出過什麼名頭來的所謂「文學沙龍」。最初的倡議者到底是誰，我現在已經記憶模糊，但主要的參與者卻依然記憶猶新。省作協的成一、李銳、蔣韻，太原師範學院中文系的劉蜀貝、傅書華、劉自覺，北嶽文藝出版社的李建華（筆名珍爾），再加上我，一共也就七八位，絕對超不過十位。說是「文學沙龍」，到底討論過什麼樣的文學問題，卻一點都記不清了。至今都記憶清晰的，反倒是似乎每一次聚會，都要找一個有品味的飯店。大家邊吃邊聊，那個場面很是有一點熱鬧。更有甚者，由於那個時候正是所謂歌廳興盛的年代，有時候大家在飯後還要到歌廳裏去高歌一曲。我自己當

然是五音不全，但得以瞭解到蔣韻和劉蜀貝她們歌唱得特別好，卻也正是在
那個時候。更進一步說，蔣韻和劉蜀貝她們的歌之所以唱得好，又與她們當
年也即所謂「十年浩劫」期間學校宣傳隊的訓練緊密相關。雖然不能說別的
歌就唱得不好，但她們最拿手的，卻無疑是那些已經很明顯地打上了她們青
春烙印的「紅歌」（需要特別強調的一點是，所謂「紅歌」云云，只與她們的
青春記憶有關，與社會政治立場了無干係）。說到飯店聚餐，至今難忘的，一
個是劉蜀貝和蔣韻她們總是會從家裏攜帶高品質的白酒和乾紅（她們給出的
冠冕堂皇的理由是，自己家的經濟條件要相對好一些），另一個就是在點菜時
的大顯身手。她們雖然是不是做飯的大廚級水平不好說，但善於點菜的「美
食家」卻絲毫都不值得懷疑。又或者說，正因為她們有著很好的味蕾（這一
點恰好可以在這部《北方廚房》中得到切實的印證），所以每一次飯局的菜肴
才都會點得那麼得心應手，才能夠讓在座各位都不由得大歎其精彩。到後來，
或許是因為成一和李銳蔣韻他們都因故把家搬遷到北京的緣故，這樣一個與
其說被稱之為「文學沙龍」反倒不如乾脆名副其實地稱之為「文人聚餐會」
的活動，也就漸漸地風流雲散「無疾而終」了。雖然「文人聚餐會」不再，但
劉蜀貝和蔣韻她們對於各種菜品的理解認識之精到，卻給我留下了極其難忘
的印象。關鍵的問題是，蔣韻既然擁有如此一種對菜肴精神的深切理解，一
部聚焦於各種琳琅食物的《北方廚房》最終誕生在她手中，也就一點都不奇
怪了。

我們注意到，在《北方廚房》的一開頭，蔣韻就坦承，自己之所以會動
念寫作這樣一部長篇非虛構文學作品，與二百年前一位名叫布里亞·薩瓦蘭
的法蘭西人的影響緊密相關。依照蔣韻給出的界定，這位布里亞·薩瓦蘭，
是世界上一位著名的美食家，或者美食哲學家。他的代表作《廚房裏的哲學
家》（蔣韻作品中，這本書的譯名為《好吃的哲學》），一向被譽為「美食聖經」。
應該就是在這部著作中，這位布里亞·薩瓦蘭講了一句名言：「告訴我你吃什
麼樣的食物，我就知道你是什麼樣的人。」很大程度上，就是這句話刺激到
了蔣韻，或者說對她產生了不小的震動和影響。究其根本，正是為了回應布
里亞·薩瓦蘭的這句話，或者說是在受到他《廚房裏的哲學家》（《好吃的哲
學》）這部著作影響的情況下，蔣韻才萌生了創作《北方廚房》這部作品的最
初念頭：「我不關心他的肚子怎樣偉大，但我特別想知道，假如，一個中國人，
比如我，誠實地告訴他我自己這大半生所吃過的食物，他將由此得出一個什

麼樣的結論？他會堅持自己的說法還是會修正它？」「寫一個家族的菜譜小史，食記或者流水帳，也許，是件有意思的事。薩瓦蘭啟發了我。」但其實，在受到薩瓦蘭影響的同時，據我的判斷，蔣韻之所以要動筆寫作這部《北方廚房》，或許還與她近年來的生活變故之間，存在著不容忽視的內在關聯。這其中，尤其不容忽視的一個事件，就是她的老母親在罹患阿爾茨海默症若干年之後的不幸去世。國人普遍認為，出自母親之手的飯食，是世上最好吃的飯食。那飯食裏，不僅包含著一個母親的深情厚愛，而且也潛隱著一個人的童年秘密。母親的飯食，既是果腹的佳餚，更是一個孩子認知世界的啟蒙之始。從一種創作心理學的角度來說，正是母親的不幸去世觸動了蔣韻的諸多歷史與生命記憶，促使她拿起筆來，以小說或者非虛構的方式進一步把這些記憶凝固成形。也因此，蔣韻的文學創作，在因為各種各樣的原因被迫沈寂一些年之後，再一次開始噴發。更進一步說，在經歷了生命中至關重要的一些事情之後，作家的世界觀以及對生命對社會對人性的理解，其實也醞釀發生著一些不期然的變化。又或者，一個或許可以經得起未來歷史檢驗的結論是，正是從這個時候開始，已經有長達數十年文學創作歷史的蔣韻，進入了一個新的階段。包括長篇小說《你好，安娜》、中篇小說《我們的娜塔莎》以及這部長篇非虛構文學作品《北方廚房》，都可以被看作是作家文學創作進入新階段的標誌性作品。

首先，這部《北方廚房》所真確呈示的，的的確確是近七十年（作品的敘事時間應該說是共和國同步的。蔣韻的出生時間是 1954 年，作品是從她最初的人生記憶開始寫起的）來一個北方家庭的烹飪史，或者說是食物史、味道史。我們平常一直說作家的藝術書寫尤其是敘事類作品的寫作應該是及物的，所謂「及物」，意在強調作家的筆觸理當言之有物，一定不無細膩地以精準的語言首先把自己所要關注的事物本身呈現出來。具體到蔣韻的這部長篇非虛構文學作品，就意味著作家首先應該把食物的模樣以及食物的製作過程以精準而生動的筆觸描摹呈現在廣大讀者面前。比如，奶奶最拿手的那一道保留菜式：假魚肚。關於「假魚肚」，蔣韻寫到：「這是一道大菜，逢年過節才上桌。食材其實很平常，就是豬肉皮，但做法特別費時，遠不是一日之功。」怎麼個「非一日之功」呢？「首先，是要風乾豬皮，平日裏做菜，剁餡，剔下來的肉皮，隨手掛在廚房牆壁上，或是屋簷下，一春，一夏，一秋，讓它慢慢風乾，不急不躁，不慌不忙，一條一條，積少成多。到臘月裏，年根下，時辰

到了，找來一個大盆，把風乾透徹卻也是渾身蒙塵的它們集合起來，燒一鍋滾燙的城水，倒進盆裏浸泡一天一夜，就像發海參。然後就是一遍一遍的反覆清洗。每一條每一塊，都要用刷子刷，用鑷子拔掉毛根。最後，處理乾淨的它們，就像經過懺悔和被赦免的靈魂一樣，新鮮而純潔。然後，切成合適的大小，控乾水分，燒一鍋熱油，炸。炸到豬皮表面金黃捲曲而起泡。這是最具技術含量的一個環節，油溫幾分熱，起泡的程度，肉皮的色澤，全憑人的經驗。接下來，是要用砂鍋吊一鍋好湯，雞湯、骨湯、都可以，把炸好的豬皮下進去，和火腿、蛋餃、麵筋、玉蘭片等食材文火慢煨（有冬筍最好，但北方不是那麼容易買到鮮筍），最後，連砂鍋上桌，熱氣騰騰的什錦假魚肚就算大功告成。這菜，其實就是北方的『全家福』，福建的『佛跳牆』一類，是節慶的菜肴，有喜氣。」面對這段文字，我們所首先驚歎的，是作家精細的觀察力與非同尋常的記憶力。二者缺少其一，作家都不可能把很多年前奶奶最拿手的這一道「大菜」的製作過程如此細緻入微地描述出來。其次，所謂的「大菜」云云，最起碼在我看來，帶有突出的反諷意味，正常意義上的「大菜」，不僅製造工藝精緻，而且食材也非同一般。窮人家出身的奶奶，之所以能夠用普通不過的豬皮便點石成金地做出如此一道「假魚肚」來，其實與真魚肚的匱乏緊密相關。也因此，雖然看似只是一道「大菜」的記述，但從中折射出的，卻是那個時代物質的一種普遍匱乏狀況。再次，作家令人印象深刻的想像與修辭能力。這一點，突出地表現在「處理乾淨的它們，就像經過懺悔和被赦免的靈魂一樣，新鮮而純潔」這句話上。一塊被清洗處理得乾乾淨淨的豬皮食材，一般人根本不可能把它與「懺悔」和「被赦免的靈魂」這樣帶有高貴色彩的語詞聯繫到一起。很大程度上，大約只有如同蔣韻這樣的作家才會寫出這樣個性化的句子來。從根本上說，如此一種語言與修辭方式，所充分凸顯出的，乃是書寫者本人精神世界的高貴與純潔。

更進一步說，正是借助於奶奶最拿手的「假魚肚」這一道「大菜」，蔣韻不僅寫出了一個家族面臨著歷史巨變時無可奈何的風流雲散，而且也生動傳神地刻畫出了奶奶這一內在品性殊為堅韌的時代女性形象。首先，只有在讀過這部《北方廚房》之後，我才第一次瞭解到，卻原來，蔣韻不僅原本姓孔而不姓蔣，而且她所歸屬於其中的那個孔氏家族也還曾經是開封的一個名門望族。小時候，因為奶奶總是給吃飯挑剔的蔣韻在飲食裏添加各種維他命藥片的緣故，街坊們曾經給她取了個外號叫「維他命兮」：『兮』這個名字，是四

爺爺給起的，我們孔家，到我這輩，排行是『令』字，四爺爺給我起的名字叫
『孔令兮』。我是我家『令』字這一輩裏的老大……」儘管作品並沒有更進一
步地交代這位「孔令兮」到後來為什麼會改名為「蔣韻」，這裡面恐怕也潛藏
著曲折的故事，但無可置疑的一點是，這個「蔣」姓其實來自於她的奶奶孔
蔣氏，因為到了上世紀 50 年代，新中國第一次搞所謂人口普查或者選舉的時
候，奶奶擁有了一個被叫做「蔣憲曾」的名字。至於孔氏家族在開封的情況，
只要看一看四爺爺和他的醫院，我們就可以略窺一斑：「孔家經營一座醫院，
叫『同濟醫院』。據說，是古城開封第一家私立西醫院。主政這醫院的，是孔
家的四先生，孔繁某，字顯達。」「等到我父親這輩人出生、漸漸長到記事時，
同濟醫院已經很有規模，且頗具名望。」別的且不說，單只是一個家族在那
個時代能夠創辦並擁有一座西醫院的事實本身，就足以說明這個家族在開封
城裏的社會地位和影響。也因此，孔氏家族與其他社會各界的廣泛交往，也
就自是情理中事：「孔四先生不僅是名醫，還是社會活動家，和當時國府中原
省份的要員多有往來，『同濟醫院』的匾額，就是于右任先生題寫的。」唯其
因為孔氏家族地位顯赫，所以才會不僅可以保護年輕時的豫劇大師常香玉，
而且更可以與梅蘭芳在一起合影。只不過，等到時過境遷或者說時代發生了
巨大的風雲變幻之後，所有的這一切，反倒成為了不敢為人道「陳年舊事」。
到後來，每當奶奶情不自禁地和孩子們嘮叨這些「陳年舊事」的時候，父母
便會出面阻止：「媽，別跟孩子們說這些。」而奶奶，自然也就沉默了：「父母
的表情，讓我們覺得，這是一些羞恥的、不能見人的事。」實際上，事情說來
也很簡單，在時代和社會業已發生根本性變化之後，尤其是到了 1949 年之後
的共和國時代，繼續談論這些與前朝關係緊密的「陳年舊事」，乃是一件危險
系數極大的事情。也因此，身為小說家的蔣韻，才會發出這樣的一種感慨。
雖然說自己的親爺爺，也即孔二先生曾經一度做過中原某縣的警察局長，但
「至今，我也不明白，孔二先生怎麼會出任警察局長？他又不是行伍之人。
弄不明白的事，遠遠，遠遠不止這一樁。關於家史，關於家族的過往，有許多
年，可以說，是我們這一代、上一代許多人的噩夢、傷疤和禁忌，唯恐避之不
及，哪裏還敢尋蹤覓跡？幾十年下來，一個家族的來龍去脈就成了秘史。」
既然是禁忌，既然是秘史，那大有作為的，恐怕也就只剩下小說了：「所以，
之前，我筆下的家史，只能是小說而不是其他。」什麼叫「禮失而求諸野」，
蔣韻所說的，其實就是這種狀況。唯其因為現實生活中關於既往歷史的言說

充滿了各種禁忌，所以也才為小說家留下了足夠開闊的「英雄用武之地」。最起碼，在蔣韻這裡，很多小說作品滋生於祕而不宣的家史，乃是一個不爭的事實。

由於眾所周知的緣由，進入共和國時代之後，曾經興盛一時的孔氏家族的「在劫難逃」與最終日薄西山，乃是一個無可逃避的必然結果。蔣韻至今都印象深刻的是：「到我出生的年代，兩房人已經不在一起住了，顯然，是分了家。而孔家人賴以生計的醫院，同濟醫院，那時已不再屬孔家，成了一家區級人民醫院。詳情或者真相，我一概不知。」一方面是孔氏家族總體上的必然衰落，另一方面，則是蔣韻遠在山西的知識分子父親的不期然而罹難：「這一年（指 1957 年），中國出了事，我父親也出事了，和許多被送往北大荒或者青海等地的人相比，我父親已屬幸運，只是降職降薪，工資降到了 60 塊 5 角。」父親出事的直接結果，就是家人生存狀況的嚴重受影響。因為父母親的工資加在一起，必須要維持一家七口人的日常生計呢。然而，問題的關鍵在於，儘管如此，但置身於其中的蔣韻自己，卻並沒有絲毫的心理陰影生成：「而這一切，時代的震盪，生活的艱難與困厄，卻沒有給我最初的人生投下一丁點陰影，當屬奇蹟吧？這奇蹟，我想，是距離創造的。是我的『雙城記』」。」那麼，這樣的一種奇蹟到底是怎樣創造出來的呢？無論如何，這奇蹟的主要創造者，都應該是那位目不識丁的奶奶。作為窮人家的長女，僥倖生存下來的奶奶，不僅目不識丁，而且還有著一個相當苦難的童年。為了維持家庭生計，幼年的奶奶，需要和她的母親一起，依靠給別人漿洗衣衫來貼補家用。西北風刺骨的寒冷冬天，她們娘倆在手已經凍腫成「紅蘿蔔」的情況下，依然要砸開冰凌去洗衣服。如此一種艱難情形，直令蔣韻在很多年後都一直歎息不已：「『汴水流，泗水流，流到瓜州古渡頭』，詩意而傷懷。那是別人的汴河，不是我奶奶的。奶奶的汴河，惠濟河，是一家人的生計。是不管多苦多疼，也得忍耐的閨閣時期。」很大程度上，或許正是童年的如此一種艱難，最早鍛造了奶奶堅韌強勁的生存意志。到後來，面對著家裏經濟狀況的日益吃緊，毅然挺身獨力支撐起這一切的，正是蔣韻這位大字不識一個的目不識丁的奶奶。先是藥品。因為原初分家時分到了一些藥品，奶奶就在暗中偷偷地變賣這些藥品，以補貼家用。須知，奶奶的如此一種行為，在那個異化了的「革命」時代，因其帶有一定的黑市交易性質，所以是不被允許的。問題在於，「但即使擔風險即使提心吊膽藥品也終有賣完的一天」，怎麼辦呢？

「奶奶就賣房子。叔叔和三姑都去外地讀大學，十幾間房屋的大院子就顯得空曠。奶奶就把一半的房產賣了。目不識丁，一點沒有理財頭腦的家庭主婦，二話不說，賣了產業，就為了讓她的兒女，有書念，讓她的孫兒孫女，有飯吃。讓日子有日子的樣。」在蔣韻的記憶裏，日常生活裏的奶奶，總是會為一些小事而糾結，但在賣房子這樣的大事上，她卻大丈夫氣十足地竟然一個人就做出了決斷，真正可謂是「三下五除二」一般地雷厲風行。雖然母親後來說那些房子賣虧了，但不貪心的奶奶所堅執的信條卻是「夠用就行。」「還有，要雪中送炭。不要錦上添花。」事實上，也正是依憑著家庭主婦奶奶的如此一種「殺伐果斷」，才最終保證「生活的艱難和困厄」沒有給幼年的蔣韻投下一丁點心理陰影。當然了，蔣韻他們之所以沒有造成心理陰影，也還與奶奶她們那簡直就是日以繼夜的辛苦勞作緊密相關。這一方面，一個不容繞過的生活細節，就是奶奶和乾奶奶她們糊火柴盒的勞作場景：「那手工錢，是以『分』來計算，糊 100 只掙幾分錢吧？」每每的，蔣韻們睡下的時候，奶奶她們開始幹活，等到蔣韻們睡醒一覺的時候，她們依然在昏暗的燈光下忙碌著：「她們就這樣伴著昏燈安靜地熬夜，用自己的手，一分兩分，一角兩角，一元兩元，用一百只、一千只、十萬百萬只火柴盒，換來了一個孩子永遠懷念的『歲月靜好』。」就這樣，雖然只是不多的幾個生活細節，奶奶這樣一個擁有堅韌生存意志與生活智慧的時代女性形象，就已經形神兼備地躍然紙上了。

嚴格說來，具有某種編年史性質的《北方廚房》，從結構上可以被分別切割為奶奶、母親以及蔣韻自己主廚的三個時期。這樣一來，作家筆端的食物書寫，所首先凸顯出的，自然也就是與時代之間的內在關聯。比如，令蔣韻至今想起來都屬美味的煉油渣：「食油始終是有定額的，只不過這定額會隨著經濟形勢或增或減，但無論增減，對我們家來說，都是不夠的。奶奶常常要去肉鋪用肉票買來豬板油，或者用肥肉膘來煉油。煉油剩下的豬油渣，是好東西，趁熱，加白糖或者加鹽，攪拌均勻，掰開一個熱饅頭，夾進油渣，一口咬下去，哦，靈魂出竅。這樣的好時光，是稀少的，油渣哪裏能這樣大手筆浪費？它的用武之處真是太多了。做素餡包子時，把它剁碎添加進去，炒白蘿蔔，燒菠菜粉絲湯冬瓜湯，亦可撒幾粒來提味，權當海米，用得好，也算得上化腐朽為神奇。」我不知道，到了當下這樣一個時代，除了如同我這樣的過來人，到底還有多少人知道煉油渣？品嘗過煉油渣？因為說到底，所謂的「煉油渣」，也不過是在肉食極度短缺的情況下的一種彌補之舉。但我自己，通過

對蔣韻相關書寫的閱讀，卻的確勾起了既往的「煉油渣」記憶。當然，也肯定是在當年那樣一個物質極端匱乏的年代，令我記憶猶新的，是母親曾經用它來給我們包餃子吃。雖然是物質匱乏時代的無奈之舉，但那個特定階段留下的「美味」記憶，卻至今都難以忘懷。但與煉油渣相比，更能凸顯物質匱乏時代特質的，卻是帶有黃土高原明顯地域特色的「不爛子」。由於「困難時期」「的不期而至，面對著一個家徒四壁的新移民家庭，奶奶想出的應付辦法，就是所謂的『瓜菜代』」。「不爛子」，就是其中的一種：「頓頓都是不爛子做主食，就是另一種情境了。區別只在於是胡蘿蔔不爛子、茄絲不爛子，還是西葫蘆不爛子。吃得我們愁眉苦臉。」受傷害最深的，是蔣韻的弟弟。某一天，蔣韻，其實也不只是蔣韻，應該是家里人全都察覺到，弟弟伏在床邊，竟然把剛剛吃下去的茄絲不爛子午餐，一邊流淚，一邊全都吐了出去。說到底，這「不爛子」也只是屬物質匱乏時代勉強用來撐飽肚子的東西，並不是什麼美味佳餚。正因為有這樣的痛苦經歷，所以，「至今，我弟不吃茄子。不管這茄子是紅燒、油燜、還是蒜泥涼拌，即使它變身為《紅樓夢》裏華麗的茄鯗，他也永遠厭棄它。」蔣韻的弟弟之所以不能夠再接受茄子，正是因為在那個物質匱乏的時代，過多地食用了所謂「茄絲不爛子」的緣故。一般來說，哪怕是再好的東西，即使是所謂的山珍海味，也禁不住頓頓吃，天天吃。對於弟弟來說，他的拒絕食用茄子，正因為當年的不得不過量食用早已吃傷了它。也因此，雖然從表面上看似乎只是某一種食物厭棄與否的問題，但究其根本，在一種精神分析的層面上，它所深刻折射出的，卻是那個特定時代對弟弟所造成的生理與精神傷害。

但到了母親主廚的時代，情況卻已經有了明顯的不同。曾經主廚了相當長時間的奶奶，於1979年不幸去世。這個時候的中國，較之於此前的一個歷史階段，可以說已經發生了天翻地覆的變化。由於高考制度的恢復，這個時候的蔣韻和她弟弟，經過各自的積極努力，都已經成為了那個時代被稱之為「天之驕子」的大學生。雖然說因為有奶奶的存在，母親的大半生時間，都不需要進入廚房，但在奶奶去世後，她卻無論如何都得接掌廚事。母親主廚的這個階段，能夠充分凸顯時代特色的廚事，集中體現在蔣韻家中的那看起來總是高朋滿座的周末聚餐上。那個時候，儘管說高等教育已經恢復，但學校裏的伙食太差，卻也是一種普遍的事實。這一方面，我個人一種清晰的記憶，就是高校裏簡直就是鱗次櫛比的罷灶事件。好端端的，為什麼要罷灶，

說到底，還是因為學校的伙食搞不好的緣故。正因為學校裏的伙食很糟糕，所以，蔣韻和弟弟才會盼望著利用周末的機會回家去打牙祭，以竭盡可能地滿足自己的口腹之欲。但請注意，由於蔣韻她們姐弟以及父母熱情好客的原因，這個時期每每到了周末的時候，就會有一些朋友隨同他們一起到蔣韻家去參加周末聚餐。蔣韻那格外通情達理的知識分子父母，「深知這一點，所以，周末晚餐桌上，滿滿一桌菜，必以葷菜為主，主菜一定要是硬菜，且必須兩個以上，比如，一個香酥雞，還要有一大碗紅燒肉滷蛋，一個煎帶魚，就要有份清蒸獅子頭或者是燒排骨，主菜之外，再配兩三個『半葷菜』：茭白炒肉絲、青椒溜肉片、青蒜爆炒豬肝或者腰花。有時還有豆製品，燒豆腐或者滷乾絲。涼盤則是醬牛肉、醬雞胗，涼拌海蜇皮，有時則是從六味齋買來的「肥而不膩，瘦而不柴」的醬肉，小肚之類，再搭配個涼拌皮蛋黃瓜、熗蓮藕等，視季節而定。湯比較簡單，可以是西紅柿蛋花湯、冬瓜火腿湯、海米白菜粉絲湯，但要提前吊一鍋清湯高湯放在那裡，雞湯、棒骨湯、白肉湯，都可以，用起來方便。」與這些看起來足夠琳琅滿目的菜譜相比較，關鍵之處還在於大家聚餐時的那種非同尋常的熱鬧勁兒：「人多熱鬧，一頓晚飯，必是吃得熱火朝天，聊得熱火朝天。大家圍坐在簡易的折疊餐桌旁，守著狼藉的已經見底的盤盞，久久不散。喜聚不喜散的，又何止我母親一個？那一餐又一餐，吃下的不僅是美食，還有那個時代給予我們的精神養分。」實際的情況誠如蔣韻自己所言，這些家裏家外的人們熱熱鬧鬧地聚在一起，吃的不僅僅只是可口的美味，而且更是那個撥亂反正時代所特有的一種精神養分。也因此，如果我們乾脆把母親主廚時期蔣韻家的周末聚餐理解為精神聚餐，可能更加切合於那個特定歷史階段的時代本質。

接下來，自然也就是蔣韻自己主廚的歷史時期了。說是蔣韻自己主廚，但按照她的說法，由於多年來長期依賴母親的緣故，根本就談不上什麼烹飪的技藝。她最拿手的廚藝，一個是繼承了祖傳手藝的包餃子，另一個就是「自學成才」的煮方便麵。先來看包餃子：「包餃子這件事，我還在行，得了我奶奶和我媽的真傳。只不過，我奶奶我媽，是自己剁肉餡，後來有了絞肉機，是自己買肉來絞，我則是買現成的絞肉餡。要細細地，把裏面那些白筋、血管和所有看著不順眼的東西挑揀出去，乾乾淨淨、清清爽爽地，再用蔥薑末和醬油、料酒煨起來。我的餡料裏，也如同奶奶她們，不放那些五香粉之類，卻要放一點白糖提鮮。這在從前的北方地域，比較鮮見。」同樣不容忽視的，是

蔣韻做餃子餡時所特別強調的「乾乾淨淨」與「清清爽爽」。說透了，這又哪裏僅僅是在寫做餃子，作家更多的，其實是以如此一種方式在「夫子自道」，在強調做人也如做餃子餡的某種人生道理。再一個，就是無師自通的煮方便麵。那個時候的蔣韻，和丈夫李銳剛剛結婚不久，正居住在單位分配的南華門東四條的省作協小院裏。在那個文學的黃金時代，好多文學同道會自覺或不自覺地聚集到李銳蔣韻夫婦的小屋裏，上天入地地討論文學的話題：「聊自己的小說，正在寫的，或者將要寫的，聊別人的小說，褒揚或者批評。聊正在進行中、後來走進了文學史的那些事件，如文學的尋根，等等。」等到大家吵鬧餓了的時候，身為家庭主婦的蔣韻也就粉墨登場，開始煮方便麵了：「於是，作為女主人的我，就給大家煮方便麵———一直到今天，我都認為那是方便麵中最好吃的那一款：美味肉蓉麵。若有西紅柿，就煮兩個進去。西紅柿去皮，但不能用開水燙，那樣燙出的西紅柿完全變了味道，要借助勺柄，把表皮刮鬆，洗乾淨手，把皮一點點剝下來。我也從不用刀切西紅柿，刀切它會殘留一股鐵腥味，就用手，把它掰成塊狀。炒西紅柿雞蛋也用同樣的方式料理西紅柿。這樣煮出的方便麵，人人都說，鮮美。」大約也正因為如此，所以，朋友中間流行的段子中，才會特別強調蔣韻最拿手的飯，就是方便麵。但請注意，與蔣韻包餃子和煮方便麵這樣的「廚藝」緊密聯繫在一起的，卻是作家對文學的黃金時代也即精神至上的 1980 年代的真切書寫：「而曾經，最經常出入我家廚房小屋、在那桌邊吃飯聊天，也是在鐵架小床上留宿最多的，有兩個人，一個，就是在長白山原始密林裏，在清澈如玉的溪水邊，為靜夜、為萬物之美而感動，引吭高歌《祖國頌》的那個好友，那個曾經的兄長。如今，她遠離了這片土地，至今不知歸期。還有一個，是鍾道新，此刻，他遠在天國。」既然蔣韻沒有寫出那個已然去國多年的兄長的名字，那我也就不在這裡胡亂猜測了。但毫無疑問的一點是，蔣韻在這裡，完全是在借助於食物的書寫，在談論、呈示一個文學黃金時代的同時，也更是意在憑弔那個一去不復返的精神至上歲月。

　　誠如《北方廚房》的副標題所言，這部作品首先是一部與時代緊密相關的具有編年史性質的一個家庭（或家族）的烹飪史。在其中，我們所首先看到的是一部以食物為載體的時代社會的演變史。但與此同時，從這樣的一個家族尋根之旅的過程中，我們卻也可以同時看到蔣韻個人的成長史，一個社會的物質史，一部以人性的深入探究為內核的精神文化史。或者，我們也完

全可以用寫盡「物理人情」這樣的語詞，來理解評價蔣韻這部思想與藝術品質俱佳的長篇非虛構文學作品。這其中，最令人印象深刻的，就是那些與食物緊密相關的人性的思索與探究。比如，奶奶的主廚時期，蔣韻曾經用專門的筆墨描寫奶奶如何包餃子，以及徐叔叔怎樣地迷戀奶奶的餃子。「首先，奶奶會用水把肉餡打得十分鮮嫩，用醬油、料酒、剁碎的蔥薑末煨出來。其次是菜肉的比例，摻多少菜進去，奶奶總是十分地有度。她最愛的是豬肉白菜經典的搭配，若是春韭時節，會加一些韭菜進去，而冬季，則加黃芽韭。奶奶拌餃子餡，從不加五香粉這一類奪味的調味品，只加鹽、醬油、少許白糖和香油味精，味道既鮮且香。而奶奶的餃子皮，不硬不軟，厚薄適宜，吃起來很有筋道。所以，關鍵的這幾道程序：拌餡兒、和麵、擀皮，以及煮餃子，都是奶奶親力親為。而我們做的，就是包餃子。」由於奶奶的餃子包得好，所以大家都愛吃，其中最值得注意者，就是徐叔叔。但其實，明眼人一下子就可以看出來，作家寫徐叔叔是虛，借助於徐叔叔而進一步牽引出他的妻子李醫生，才是其根本意圖所在。李醫生是一個非常美麗的女子，「她是天津人，家境優渥，若在民國，原本是該讀家政系的。」依照蔣韻的交代，這位李醫生，有一位極要好的閨蜜，在「史無前例」的 1966 年，不知道因為什麼而被當做牛鬼蛇神揪了出來。閨蜜被揪出來之後，很快就有人找李醫生談話了：「談話內容十分嚴肅，責令她必須在第二天的全院批鬥大會上，揭發那個閨蜜，以此和她劃清界限。否則，後果自負。」那麼，面對如此一種情形，李醫生該怎麼辦呢？「她知道那叫『最後通牒』。她知道這叫『站隊』。她也知道大多數人會怎麼選擇。但她不是『大多數人』中的那個，她是李醫生，一個完美主義者，一個美人，她不能容忍自己變醜，比如，背叛，比如，被人群羞辱。所以，她沒得選擇。」就這樣，服藥自殺，成了內科李醫生沒有選擇後的唯一選擇。她以如此一種決絕的方式證明，一位外表美麗的知識分子女性，其精神世界也可以同樣美麗而高貴。事實上，也只有在瞭解到李醫生為了維護自己的人格尊嚴而不惜自殺的情況後，我們才能夠理解蔣韻為什麼要在寫到徐叔叔的時候，特別強調《竇娥冤》裏那段呼天搶地的「滾繡球」：「土地也做得個怕硬欺軟，卻原來也這般順水推船？地也，你不分好歹何為地？天也，你錯堪賢愚枉做天——」毫無疑問，這段「滾繡球」，與李醫生的決絕行為，二者之間，其實是可以互為注腳的。唯其因為如此，所以，李醫生之死，方才成為了蔣韻內心深處始終都無法釋懷的某種情結，並且時不時地就會折射表現到她的小說

作品中：「後來，等我讀到朱生豪先生譯的《哈姆雷特》，讀到奧菲利亞自殺前吟誦的這段歌謠，心裏想起的，是李醫生最後的遺容。她也常常走進我的小說。有人問我，為什麼你的小說裏的女性，常常有那麼決絕的死亡？原因在此，在我少年時被震撼到的記憶。」在這裡，蔣韻無意間提供了一個進入並理解其小說創作的有效路徑。

再比如，與炸醬麵緊密相關的琳姐的悲慘命運遭際。炸醬麵，是蔣韻她們家的世交萬叔叔的妻子呂姨最拿手的一種廚藝。但從根本上說，作家之所以要寫炸醬麵，實際上是為了引出萬叔叔家的長女琳姐這一人物形象。蔣韻認識琳姐時，她還只有十歲左右：「亮晶晶驕傲的大腦門，兩隻黑黑的美麗的大眼睛，沉靜又有些憂鬱。她是我們中間靈魂般的人物，尤其是我，深深被她吸引。」由於受到當時所謂「革命」思潮影響的緣故，琳姐還沒滿 16 歲的時候，就瞞著父母主動報名去了內蒙古建設兵團。要知道，那個時候，全社會大規模的「上山下鄉」運動尚未開始。也因此，琳姐毫無疑問是那種「真正屬自願去農村去邊疆的青年」。然而，不知道在建設兵團到底遭遇了什麼，反正，到後來，在她第幾年回家探親的時候，蔣韻發現她變了：「黑了，強壯了，不再清秀。人變得憂鬱和神經質。不怎麼說自己的生活，只是鬱鬱寡歡。後來，她的神經質愈演愈烈，懷疑自己有機磷中毒。」明顯的一個症狀是，那個時候的琳姐，就已經開始強調自己的半邊臉完全沒有表情了。一種無法被否認的事實是，從那個時候開始，琳姐就是一個有心理疾患的人，一直到她後來在德國因急性胰腺炎不幸去世為止。由於琳姐的人性世界早已被時代扭曲的緣故，曾經一度作為蔣韻偶像存在的琳姐，到後來竟然變得面目全非。在蔣韻的印象中，後來的她，甚至變成了一種「惡魔」式的存在：「她一點不愛她自己，有時我覺得她是以折磨自己讓親人痛苦為樂。」也因此，「那時我們這些朋友們，都逐漸疏遠了她。覺得她不可理喻。我們誰都沒有意識到她是病態的，我們嚴苛地要求著她，特別是我，不能容忍我童年時那麼美好的姐姐，那個偶像般的存在幻滅，變得面目全非，價值觀也嚴重分歧。」一直到意外獲知她已經在德國不幸病逝的消息之後，蔣韻方才一下子恍然悔悟，方才意識到自己此前對待琳姐的那種方式，是極端錯誤的：「我才突然感到了巨大的悲痛和後悔，後悔我是多麼薄情。多麼不寬容，多麼冷酷，後悔我辜負了我們曾經擁有過的那一切。在她最無助、最煎熬的時候，我掉頭而去。」面對著姐姐的死，她妹妹小蔚一語道破天機：「我姐其實早就是個病人了，可是沒

人知道這個。」而身為寫作者的蔣韻自己，也只有在這個時候，方才深刻地認識到：「她姐姐的病，是一直沒能走出傷害了她的那個時代。」從這個角度來說，心靈早已被畸形時代所扭曲的琳姐，自始至終都沒有能夠在心理上真正擺脫那個時代留給她的陰影。無論如何，琳姐都只能被看作是那個「革命」時代的祭品或者說殉葬品。

接下來，進入我們分析視野的，就是蔣韻那位因為過多食用「茄絲不爛子「後來再也不肯吃一口茄子的弟弟了。說是弟弟，其實年齡只比蔣韻小一歲。弟弟的引人注目，除了拒食茄子之外，就是在已逝家人骨灰處理問題上的固守與堅執。「那是母親去世後，我們商量後事。母親的骨灰，還有，一直在太原的家裏，跟了我們已經四十年的奶奶的骨灰，要安葬在何處？這個問題，多年來，我弟始終迴避。他總是說，『奶奶，媽，還有爸，都跟著我。』我說，『那你要不在了呢？』他回答，『再說。』『找誰說去？』我問，覺得他不可理喻。是啊，到那時候，他都不在了，找誰說去呢？」無論如何，從中國人所講究的入土為安的角度來說，弟弟在處理親人骨灰問題上的這種固執，都是不可理解的。也因此，一個關鍵的問題就是，弟弟為什麼會如此地「不通情理」？這裡面肯定潛藏著某種不為人知的內心秘密。果不如然，一直到蔣韻瞭解到，同樣一個開封，在弟弟和自己心裏留下的感覺竟然截然相反之後，她才最終搞明白了弟弟的心理情結所在。當蔣韻想著要把這些親人們的骨灰安頓在故鄉開封的時候，弟弟卻表示堅決反對：「我弟沉吟許久，問我：『開封有什麼好？為什麼非要回開封？』我氣結，說，『魂歸故里啊！奶奶、爸爸他們愛開封啊！』我弟則說：『一個那麼陰沉沉、陰鬱的地方，灰暗、壓抑的地方，我才不放心讓他們回那裡去。』」正是從這一番對話中，蔣韻特別震驚地發現：「原來，我弟心裏的那個開封，那個故鄉，和我的開封，天差地別啊。」到最後，弟弟明確表示，自己的想法是，找一個地方，買一處院子，種幾棵樹，並且在樹下安葬自己的親人：「他餘生就住那院子裏，種種花，種種菜，守著她們，陪伴他們。死後，自己也葬在樹下。不分開。」也只有到這個時候，蔣韻方才恍然大悟：「我有點懂了。原來，和母親分離的那最初幾年，人生伊始的幾年，對他，一個孱弱、敏感、多情的小男孩兒，是如此巨大的缺憾。是永不能彌補的殘缺。他不捨得放手，是他害怕，再一次地和他們分別。他拒絕分別，他像堂吉訶德一樣，和風車而戰，一往情深地，試圖將所有故去的親人們都挽留在他的世界和日子裏。」很大程度上，也只有在瞭解到弟

弟的這種心理情結後，我們也才能搞明白開封為什麼會在心裏留下那麼糟糕的印象。二者之間，實際上也明顯存在著一種相互制約影響的關係。

　　無論如何都不能被忽視的，是蔣韻母親和她女兒泡泡祖孫倆之間的血肉關聯。李銳蔣韻的天才女兒泡泡，出生還只有 28 天的時候，就被蔣韻的父親以「滿屋子都是陽光」為理由而強留在了姥姥家。這樣的一個「道理」，再加上稍後一些毗鄰「學區房」的「道理」，二者疊加在一起，就硬生生地把泡泡在姥姥家「強留」了整整十八個年頭，一直到泡泡遠赴法國留學，成為社會學專業的研究生為止：「於是，在長達十八年的時間裏，外婆家，姥姥家，是一個事實上的『三代同堂』的家庭。只要不出差，只要不去外地開會，那麼，我和我丈夫，每天的晚餐，是必定要回姥姥家去吃的。」正如同你已經預料到的，雖然是「三代同堂」，但泡泡的中心地位卻是毫無疑問的。既然一家人都在圍著泡泡轉，那姥姥在做飯時更多地顧及外孫女的口味，就是合乎邏輯的一種必然結果。比如，蝦：「蝦是我女兒的最愛。當然，還有蟹。」既然泡泡喜歡蝦，那蔣韻母親自然會盡可能地滿足她的要求，千方百計地給她做蝦吃。這其中，尤其是一道「麵包蝦仁」，更是成為了母親極有代表性的「獨家私房菜」。關鍵的問題是，「其實後來，我母親也不做這道菜了。一是覺得油炸食物畢竟不夠健康，而最主要、最最主要的，是因為我女兒。」「女兒十八歲出國留學，去法國念書。她一走，我母親做飯的心勁和熱情就跟著走了一大半，好像也漂洋過海去了法蘭西。」想想也的確如此，祖孫倆能夠在一起廝守整整十八年，期間養成的感情，無論怎麼估價都不過分。也因此，泡泡出國留學後，只有在她歸來的那些日子，姥姥才會重新拿起自己的廚藝：「每年，也就是暑假，女兒歸來的那些日子。我媽恢復了舊容顏，容光煥發，在廚房裏忙進忙出，做每一道女兒愛吃的菜。」然而，蔣韻們不管怎麼說都料想不到，「再後來，就是女兒回來度假，我母親也不下廚了。不是不願意，是不能了。」因為這個時候的母親，竟然已經成了一個失智的人。母親為什麼會失智呢？醫學上自然會有一番道理，但「我弟，我表妹，這些親人們，還有我們的老鄰居老朋友們，都說，假如，泡泡一直在我母親身邊，她也許不會得這個該死的病。即使生病，也不會發展得這麼快、這麼兇猛。」這裡出現的問題，就是所謂親情和人生前途的兩難選擇：「可是我們放走了泡泡。我們從她身邊奪走了她的最愛。不能耽擱孩子的前程啊，我們『講道理』。但是，我母親不想講這個道理了。她從這個叫泡泡的孩子出生 28 天起，捧在掌心裏，一

天一天養到十八歲，忽然有一天，被一架飛機帶到了千重山萬重水之外，這是什麼道理？」是啊，這是什麼道理。其實，在很多時候，人生是沒有什麼道理可講的。又或者，親情有親情的道理，人生前途有人生前途的道理。當這兩個不同的道理不期然間發生碰撞的時候，某種人性的悲劇就發生了。應該說，無論是親情的道理，還是人生前途的道理，從根本上說都屬善的範疇。原本我們以為只有善與惡發生碰撞的時候，才會有悲劇釀成。沒想到，當分別隸屬於兩個不同範疇的善碰撞到一起的時候，卻竟然也同樣會有悲劇的結果釀成。蔣韻母親的最終不幸失智所說明的，實際上就是這樣一個道理。

我們都知道，蔣韻是成就突出的小說家。我們在這裡之所以特別強調她的小說家身份，意在思考追問一個問題，那就是，她的小說創作，難道都是憑空虛構出來的嗎？如果有相應的生活原型存在，那麼，這種生活原型與小說作品之間所構成的，又是怎樣的一種關係呢？所有這一切，在認真地讀過這部《北方廚房》之後，我想，應該會獲得相應的答案。具體來說，在讀過《北方廚房》之後，我個人發現了這樣幾處後來被作家進一步想像虛構為小說作品的生活細節。一個是，在寫到呂姨和琳姐的時候，蔣韻順筆一提：「此外，還有她（指琳姐）的兩三個中學時期的好友，以及，呂姨當年在北京的同事的侄子，一個在我們省份插隊的北京知青。那時，這個北插，已是一個無父無母的孤兒，因此，呂姨格外憐惜他，只要他一來，必定傾其所有，來款待這個急需營養和溫情的孩子。」我想，只要是熟悉蔣韻小說的朋友，馬上就可以由這一細節而聯想到她的長篇小說《你好，安娜》。《你好，安娜》中那位引起禍端的北京知青彭，那個筆記本的原主人，其生活原型，就是這裡提及的呂姨那位北京同事的孩子。再一個是，在寫到迎澤公園的時候，蔣韻曾經寫到過院子裡第一位自殺的人：「1966年，我們院子裡第一個自殺的人，就是跳了迎澤湖。那是我小夥伴的母親。我清楚地記得，那個早晨，我站在我家小園子邊刷牙，她沉著臉從我身邊走過，這一走，就再也沒回來。」事發後，「她的小女兒後來告訴我，前一晚，臨睡前，她媽對她說：『我的小絲棉襖在櫃頂上的牛皮箱子裡。』過了一會兒，又說：『人死了，是要穿棉襖的。』她的女兒，比我小兩歲，那一年，十歲了，卻沒有明白母親這話是在囑咐後事。」與這一生活細節緊密相關的，是中篇小說《水岸雲廬》。《水岸雲廬》裡陳雀替的母親，那位因為曾經做過妓女而在「史無前例」的年代被迫投湖自盡的女性的生活原型，正是蔣韻在這裡寫到的小夥伴的母親。還有一個，就是在

講述沙拉醬的製作過程時，蔣韻所特別提到的那位名叫「娜塔莎」或者「瑪莎」的蘇聯姑娘：「當年，一個中國小夥子被派去蘇聯學習，認識了這個叫娜塔莎或者瑪莎的姑娘。那應該是中蘇的蜜月時期吧？反正他回國時把這娜塔莎或者瑪莎勇敢地帶回了我們的城市，或者說，她勇敢地追隨這愛情來到了這異國的深處。他們結婚、生子，兩個混血的兒子都像媽媽，有蔚藍色天空般澄明的眼睛。後來，中蘇交惡，再後來，在珍寶島打仗，她的丈夫因為她的緣故，受了牽累，被批鬥，生病離世。這個娜塔莎或者瑪莎，在我們這個城市，成為一個特別突兀、特別不合時宜和特別冒犯的存在。」儘管說蔣韻對娜塔莎或者瑪莎這位異域女子的情況不甚了了，但有一點卻是毫無疑問的。那就是，最起碼，沙拉醬的製作方法，卻是由這位異域女子最早傳播到這座北方城市的。也因此，正是從這樣一位名叫娜塔莎或者瑪莎的異域女子出發，蔣韻最終構想創作出了中篇小說《我們的娜塔莎》。由以上三例可見，一方面，蔣韻的很多小說都是有生活原型的，但在另一方面，等到這些生活原型進入到小說作品的時候，作家其實已經增加了很多合乎人性與藝術邏輯的想像虛構。

我們注意到，到了作品的結尾處，蔣韻的筆墨再一次返回到了薩瓦蘭先生這裡。「我必須誠實地說，這本書（指薩瓦蘭《廚房裏的哲學家》或《好吃的哲學》），我真的沒有讀出它『開天闢地』的意義。」「可它還是誘使我寫下了這篇文章，只因為那句話：『你告訴我吃什麼樣的食物，我就知道你是什麼樣的人。』」正因為如此，所以，在寫完一個家族的烹飪史之後，蔣韻問道：「那麼，薩瓦蘭先生，請告訴我，我是什麼樣的人？」在薩瓦蘭肯定無法回答的情況下，蔣韻自問自答：「也許，這並不能難住他。他洞若觀火。也許，他說的是，你是哪一類人。」緊接著，蔣韻進一步寫到：「這個，我自己也知道。我偶而食肉，可我本質上，是一個食草動物。」因為，「我憎恨所有血腥和殘暴。」事實上，到這個時候，蔣韻已經把自己的食物書寫上升到了哲學思考的高度。具體來說，由於食物與舌頭緊密相關的緣故，蔣韻關於食物書寫的哲學思考，在密切聯繫社會現實的前提下，尤其是集中聚焦到了人類的舌頭上面：「我們所擁有的這條好舌頭，這條精密的、敏感的、優秀的、同時又是邪惡的、貪婪的、永無饜足的利器，吃遍天下無敵手。萬物都被它戕害，奄奄一息。但是，你以為大自然會坐以待斃嗎？結論大家都知道。此刻，正是新冠病毒肆虐的日子，人類陷入災難。那麼，困守在危城、困守在蝸居的

時刻，是不是應該問一聲，在未來，人將怎樣和自己的舌頭相處？人有沒有可能、有沒有理性和道義控制住這條橫空出世的、凌駕於萬物之上的舌頭？能，還是不能？這是一個天問。」是啊，很多時候，人類的災難，都可以說是舌頭惹的禍。既如此，如何積極有效地控制我們的舌頭，也就成了一個至關重要的問題。說到底，蔣韻之所以要在結尾處特別講述英國人和法國人面對食物時的不同態度，也正是為了強調文明與否的一種根本區別。正是在這個比較的基礎上，蔣韻進一步追問：「為什麼非要去嘗試？」「不嘗試，是否意味著，他們的舌頭有度？」人人都在講全球化，「但是，我們都不知道，地球本身接受全球化嗎？或者，大自然接受全球化嗎？如果是一個有宗教信仰的人，可能會這樣問，上帝當初為什麼造巴別塔？」是啊，到底為什麼呢？「因為太知道人性的缺陷。人類的自大虛妄。」也因此，九九歸一，也還是一個如何有效地節制人類欲望的問題。事實上，也正是因為蔣韻對人類還抱有一定的希望，所以，她才會為自己的食物鏈之窄而自豪：「我不認為食物鏈窄是我的缺點。」「相反，我慶幸。」「也許，有一天，人類會找到、并嚴守自己食物鏈的界限。」但其實，這又何止是食物鏈的界限呢？究其根本，蔣韻所強調的食物鏈的界限，也正是衡量人類文明程度的一個極其重要的底線。從這個意義上說，能夠寫出《北方廚房》這樣一部長篇非虛構文學作品的蔣韻，就不僅是一位心懷悲憫的人道主義者，而且也更是一位強調各種物種平等相處的物道主義者。

半生，而對他的後半生或者表現出某種道理不夠充分的輕慢，或者乾脆就陷入一種失語的狀態之中。且莫說其他人，即使是我自己，也曾經長期深陷於此種思維誤區中難以自拔，居然簡單地判定遠離了文學創作之後的沈從文的後半生，其實乏善可陳，根本就不具備什麼研究價值。只有到了最近一些年，伴隨著自身思想文化視野的漸次擴大，同時也伴隨著對於沈從文後半生生平事蹟的進一步瞭解，我才慢慢認識到，這樣一種對於沈從文後半生的理解與判斷，其實存在著過於簡單粗暴的嫌疑。但到底應該在怎樣的一種意義層面上理解把握沈從文的後半生，對於這個問題，自己的內心裏實際上仍然處於不甚了了的狀態之中。只有在認真地讀過張新穎的長篇傳記作品《沈從文的後半生》（廣西師範大學出版社 2014 年 6 月版）之後，我才恍然大悟，方才意識到自己此前對於沈從文的後半生的理解與判斷絕對稱得上是大謬。

按照張新穎在後記中的自述，他最早接觸閱讀沈從文，是從 1985 年開始的。但等到他正式寫出關於沈從文的第一篇研究文章《論沈從文：從一九四九年起》，時間卻已經是十多年之後的 1997 年了。大概連張新穎自己在當時都不曾料想到，自己此後的沈從文研究，將會與沈從文的後半生緊緊地纏繞在一起。倘若說夏志清的《中國現代小說史》與司馬長風的《中國新文學史》以及凌宇、金介甫的相關研究文字代表著截至目前關於沈從文前半生文學創作研究的最高水平的話，那麼，張新穎這部自打 2002 年底《沈從文全集》正式出版後即已開始醞釀構想的長篇傳記作品，就無論如何都應該被看作是關於沈從文的後半生研究方面的一個標誌性成果。就我個人有限的關注視野，這些年來，充分意識到沈從文後半生的研究價值並對此展開研究者，在學界其實也不乏其人。但很可能是囿於研究者自身思想識力尚嫌不足的緣故，他們的研究成績卻終歸有限，難以與張新穎相提並論。尤其是這部《沈從文的後半生》，更是把國內外學界截至目前的沈從文後半生研究明顯提升到了一個新的高度。與學界同仁相比較，張新穎的高明處在於，他並沒有僅僅侷限於沈從文的這一個體而談論沈從文的後半生，而是極有開創性地把沈從文可謂命運多舛的後半生與傳主所置身於其中的那個社會與時代緊密地聯繫在一起，並對二者之間的複雜纏繞關係進行了足稱深入透闢的細緻剖析：「我想呈現出來的，不僅僅是一個人半生的經歷，他在生活和精神上持久的磨難史，雖然這已經足以讓人感慨萬千了；我希望能夠思考一個人和他身處的時代、社會可能構成什麼樣的關係。現代以來的中國，也許是時代和社會的力量太

強大了，個人與它相比簡直太不相稱，懸殊之別，要構成有意義的關係，確實困難重重。這樣一種長久的困難壓抑了建立關係的自覺意識，進而把這個問題掩蓋了起來——如果還沒有取消的話。不過總會有那麼一些個人，以他們的生活和生命，堅持提醒我們這個問題的存在。」而沈從文，則很顯然正是如此這般生命磁場殊為強大堅韌的個體。在這個意義上，張新穎的這部《沈從文的後半生》很容易地就可以讓我們聯想到陳為人那部在學界享有盛譽的長篇傳記作品《唐達成——文壇風雨五十年》。倘若說陳為人的成功在於借助於唐達成這一生命個體生平事蹟的展示，真切地透視表現了中國當代文學長達半世紀發展歷程中政治與文學之間的複雜糾葛，那麼，張新穎此作的價值就突出地表現在對於沈從文這一個體與時代、社會之間關係的透徹剖析上。

對於一部紀實性的傳記文學作品來說，其美學訴求的第一要旨，就是採取怎樣一種方式才能夠保證最大程度上的真實性。張新穎《沈從文的後半生》的寫作同樣需要有效解決這一問題。好在，對於這一點，張新穎有著足夠清醒的理性自覺。唯其如此，他會在「說明」部分開宗明義地坦承自己所秉承的「真實性」寫作原則：「我寫沈從文的後半生，不僅要寫事實性的社會經歷和遭遇，更要寫動盪年代裏他個人漫長的內心生活。但豐富、複雜、長時期的個人精神活動，卻不能由推測、想像、虛構而來，必須見諸他自己的表述。幸運的是他留下了大量的文字資料。我追求盡可能直接引述他的文字，而不是改用我的話重新編排敘述。這樣寫作有特別方便之處，也有格外困難的地方，但我想，倘若我是一個讀者，比起作者代替傳主表達，我更願意看到傳主自己直接表達。」雖然張新穎更多地是從讀者閱讀心理的角度出發為自己的這種寫作方式進行辯護，但在我的理解中，作家之所以要採用如此一種「直接引述」的寫作方式，究其根本卻還是為了充分實現「真實性」的美學追求。也正因此，寫作《沈從文的後半生》的張新穎，某種意義上扮演著一位「文抄公」的角色。關鍵的問題在於，這「文抄公」的角色實際上並不好承擔。要想成為一個理想意義上的「文抄公」，須得把以下兩方面的工作做好。其一，作家不僅要格外熟悉所要直接引述的相關文字資料，而且更需對這些文字資料有通透的理解把握。其二，在充分佔有相關文字資料的前提下，更重要的工作就是如何做出進一步的選擇取捨。選擇哪些內容，捨棄哪些內容，貌似無關緊要，實質上卻關係著作家對於傳主的內在精神世界以及他所置身於其間的特定時代、社會的理解與判斷。看似客觀的引述，其實卻處處潛隱著作家

的主體思考與判斷。中國傳統史學所謂的「春秋筆法」與「微言大義」，在這一方面有著極其充分的體現。從美學的意義層面上，張新穎的這種處理方式，也很容易就能夠讓我們聯想到所謂的「羚羊掛角，無跡可求」「不著一字，盡得風流」。

　　張新穎關於沈從文後半生的敘述，起始於 1948 年。從這一年開始，一直到傳主與世長辭的 1988 年，這整整四十年的時間，構成了張新穎心目中「沈從文的後半生」。我們首先需要解決的一個問題就是，傳主後半生的起始點，為什麼不是共和國成立的 1949 年，而是稍早一年的 1948 年？1949 年誠然是時代與社會發生根本轉捩點，但正所謂山雨欲來風滿樓，如果著眼於沈從文個體的內在精神世界，其根本轉捩點則很顯然是在 1948 年。雖然說共產黨政權的最終建立是在 1949 年，但早在 1948 年，或者在比 1948 年還要更早一些的時候，這個黨所營造的那種特定的意識形態氛圍就已經四處彌漫，尤其在更為敏感的文化人群體中，乾脆就成了一種籠罩性的存在。沈從文精神危機的生成，正與此種意識形態氛圍密切相關：「這一年沈從文四十六歲。自抗戰以來的十餘年，與之前的各個時期明顯不同，沈從文更加敏感於個人與時代之間密切而又緊張的關係，也更加深刻地體會到精神上的極大困惑和糾結不去的苦惱，長時間身心焦慮疲憊，少有舒心安定的時刻。」沈從文之所以會產生難以化解的精神危機，關鍵原因在於，他越來越清醒地意識到處此時代政治的大變局之中，自己所一味堅執的自由主義精神立場與日益成為籠罩性存在的共產黨所刻意營造的意識形態之間，難以彌合的裂痕越來越大：「沈從文很快就清醒地認識到，北大座談會所討論的『紅綠燈』問題，是一個不需要、也不可能再討論的問題，因為即將來臨的新時代所要求的文學，不是像他習慣的那樣從『思』字出發，而是必須用『信』字起步，也就是說，必須把政治和政治的要求作為一個無可懷疑的前提接受下來，再來進行寫作。看清楚了這一點，他也就對自己的文學命運有了明確的預感。」不只是自己當行本色的文學，甚至於關於未來的社會政治態勢，沈從文也在著名的短文《「中國往何處去」》中做出過精準的預言：「這種對峙內戰難結束，中國往何處去？往毀滅而已。」「即結束，我們為下一代準備的，卻恐將是一分不折不扣的『集權』！」無論如何我們都不能不佩服沈從文作為一位作家的異常敏感，他居然一語成讖地言中了未來中國社會政治的「集權」專制性質。既如此，那沈從文自己作為一位自由主義知識分子在這個新時代的不幸命運遭際，自然也

就可想而知了。

　　儘管沈從文對自己未來的不幸命運遭際早有預感，但他卻未曾料想到這一切居然會來得如此迅疾。按照其子沈虎雛在《沈從文年表簡編》中的記述，就是：「一月（指 1949 年，筆者注）上旬，北京大學貼出一批聲討他的大標語和壁報，同時用壁報轉抄郭沫若《斥反動文藝》全文；時隔不久又收到恐嚇信，他預感到即使停筆，也必將受到無法忍受的清算。在強烈刺激下陷入空前的孤立感，一月中旬，發展成精神失常。」這其中，對沈從文的精神世界產生毀滅性打擊的，就是為壁報所轉抄的郭沫若那篇充滿著殺伐之氣的批判檄文《斥反動文藝》。在這篇聲色俱厲的文章中，沈從文的文學活動及其政治立場遭到了全面徹底的批判與清算。在文學上，沈從文被封為「粉紅色」的作家，在「作文字上的春宮畫」。在政治上，從抗戰以來就「一直有意識的作為反動派而活動著」。可怕的倒也並不是郭沫若其人，而是他所代表的那種社會政治力量。實際上，也正是由於對於這種社會政治力量過於心懷憂懼，沈從文的精神世界方才徹底崩潰。沈從文的崩潰徵兆突出地體現在他反覆強調自己是時候應該「休息」了。在寫給張兆和的信中，沈從文說：「我用什麼感謝你？我很累，實在想休息了，只是為了你，在掙扎下去。我能掙扎到多久，自己也難知道！」「小媽媽，我有什麼悲觀？做完了事，能休息，自己就休息了，很自然！若勉強附和，奴顏苟安，這麼樂觀有什麼用？讓人樂觀去，我也不悲觀。」沈從文幾次三番強調的「休息」，其實正是「死亡」的代名詞。就在做過若干次激烈刺耳的類似表達之後的 1949 年 3 月 28 日上午，沈從文在家裏自殺，「用剃刀把自己頸子劃破，兩腕脈管也割傷，又喝了些煤油」。虧得及時被家人發現並送醫院搶救，沈從文的自殺方才終至未遂。與其他一些性情素為剛烈的作家比如魯迅、蕭軍等相比較，沈從文的性情向來稱得上柔弱，即使是他的文學作品，所呈現出的也是一種靜穆的美學風格。如此一位生性柔弱的作家，在面臨著社會政治的大變局的時候，居然不惜一死，可見沈從文的柔弱沉靜中卻也潛藏著頗為激烈的「金剛怒目」一面。對於沈從文的自殺，張新穎給出了自己的解釋。在引述了沈從文的「金隄、曾祺、王遜都完全如女性，不能商量大事，要他設法也不肯。一點不明白我是分分明明檢討一切的結論。我沒有前提，只是希望有個不太難堪的結尾。沒有人肯明白，都支吾過去。完全在孤立中。孤立而絕望，我本不具有生存的幻望。我應當那麼休息了！」這樣一段批語文字之後，張新穎分析道：「在此，沈從文把

自己跟幾乎所有的朋友區別、隔絕開來，區別、隔絕的根據，說白了就是：在社會和歷史的大變局中，周圍的人都能夠順時應變，或者得過且過，而他自己卻不能如此、不肯如此。」那麼，對於沈從文的自殺行為，我們究竟該做何種理解呢？他的自殺，到底應該被視為懦弱之舉，抑或還是被看作以死抗爭呢？這一方面，一個極好的參照系，恐怕就是一代文化鉅子王國維當年的自沉昆明湖。

對於王國維的自沉昆明湖，也曾經有人譏之為以身殉滿清皇室的愚忠行為，但這種理解顯然問題很大。一種更具說服力的理解方式是，與其說王國維是以身殉滿清皇室，莫如說他其實是在以身殉文化，殉中國的傳統文化。當王國維明確地意識到伴隨著現代性的生成，傳延數千年的中國傳統文化將不可避免地面臨式微與衰敗命運的時候，他的自沉行為，顯然就具有了一種文化傳承上的重要意義。若將其置放於數千年未有之大變局的背景之下加以審視，王國維的自沉顯示出的就是雙重的意義和價值。一方面，他是在以這種決絕的方式為中國傳統文化守夜，另一方面，卻也是在強力捍衛著「自由之思想、獨立之精神」的現代知識分子價值理念。很大程度上，沈從文在 1949 年初的自殺未遂行為，與王國維的自沉昆明湖差堪比擬。如同王國維一樣，沈從文所面臨的，也正是一個時代與社會的根本轉折。在清醒地意識到未來的新時代肯定容不下自己所一貫秉承的思想價值理念的情況下，到底是馴順服從還是拒絕反抗，沈從文必須作出自己的抉擇。應該看到，與沈從文一樣面對著時代與社會的根本轉折，其他絕大多數知識分子的選擇，是順時應變，是自我精神放逐之後對於新時代的刻意逢迎或者默然承受。與他們相比較，沈從文的自殺未遂，雖然看似柔弱，實質上卻是具有絕大勇氣的決絕之舉。究其根本，沈從文是在以死抗爭，是在以如此一種方式表達著自己對未來新時代的拒絕。某種意義上，沈從文的處境較之於王國維更其艱難。雖然說「自古艱難唯一死」，但王國維畢竟求得了一死了之的結果，而沈從文卻在自殺被救後尚有四十年的光陰需要度過。尤其不容忽視的是，這四十年時間裏，沈從文所置身於其中的，乃是一個對於思想文化對於知識分子堪稱肅殺的政治「集權」時代。對於這個「集權」時代的精神實質，曾經有識者做出過深入的剖析：「中國再一次出現大變局，產生了史無前例的『政教合一』的體制。政治領袖與思想『導師』合為一體。中國讀書人失去了代表『道統』的身份，成為依附於某張皮的『毛』。這是最根本的變化。」在確定了美其名曰「馬克思

加秦始皇」實質上卻是「斯大林加秦始皇」的新「道統」之後，「以此為標準，進行全體知識分子的思想改造，把對是非的判斷權全部收繳上去，以一人之是非為是非。愚民政策臻於極致，讀書人失去了獨立思考的權利，逐漸成為習慣，也就失去了思考能力和自信。『雖千萬人吾往矣』是建立在『自反而縮』的基礎上的，就是堅信自己是正確、有理的，如果這點自信沒有了，無所堅守，自然再難談什麼骨氣和『浩然之氣』。於是『士林共識』沒有了，一人一旦獲罪，在親友、同事中得不到同情和支持，在精神上也徹底孤立，這是最可怕的境地，猶如天主教的革出教門。過去中國的皇權體系，『政、教』相對說來是分離的，現在反而把對信仰的操控與政權合一起來，從世界思想史的角度論是大倒退。」〔註1〕置身於一個肅殺之氣如此彌漫的政治「集權」時代，沈從文生存之艱難自然可想而知。尤其難能可貴的一點是，雖然沈從文的後半生長期處於政治高壓的態勢之中，但他卻基本上恪守了一個現代知識分子的人格尊嚴，沒有說多少違心的話做多少違心的事。死，固然需要絕大的勇氣，在一個政治「集權」的時代生存，則需要有更其絕大的勇氣。而沈從文，儘管看似柔弱，但他實際上卻做到了這一點。

　　沈從文自殺獲救後的心理轉換情形，在張新穎筆下得到了充分的合理展示：「自我分析到後來，他找到『瘋狂』的一種內在脈絡：從昆明時期，思想上已經出現巨大迷茫，陷入苦苦思考的泥淖而難以自拔，久而久之，以致發展到自毀。」「最後他得出結論：『我想來想去，實在沒有自殺或被殺的需要或必要。』我要新生，在一切譭謗和侮辱打擊與鬥爭中，得回我應得的新生。』」就這樣，沈從文度過了幾乎徹底自毀的精神危機。對此，張新穎的理解是：「一個並沒有巨大神力的普通人，身處歷史和時代的狂濤洪流中，一方面是他自己不願意順勢應變，想保持不動，不與泥沙俱下，從『識時務』者的『明智』觀點來看，這當然是一種『瘋狂』；另一方面，其實不僅僅是他願意不願意的問題，新的時代確確實實把他排斥在外，他因被排斥而困惑，而委屈，而恐懼，而悲憫。」這裡，其實存在著一種個人與時代相互對立排斥的問題。新時代不喜歡沈從文，沈從文雖然難免會感覺孤立但卻不願意去做違心的屈就與逢迎。客觀公允地說，沈從文不僅沒有如同張志新或林昭那樣去以自己的行為直接挑戰現實政治秩序，而且其內心世界還總是處於某種自我矛盾的

〔註1〕資中筠《中國知識分子對道統的承載與失落》，見《士人風骨》第10～11頁，廣西師範大學出版社2011年10月版。

狀態，甚至還不時地會有與「新時代」同步心理的生成。比如，早在共和國成立伊始的 1951 年，沈從文就曾經有過一次隨同北京土改團南下四川曾經土改工作的經歷：「這樣重大的歷史性事件，捲入的人數眾多，個人不過是群眾中的一員而已，本不必有什麼特殊的想法；但對兩三年來強烈地感覺到自己被隔絕在『一個群』的運動之外的沈從文來說，現在給他機會參與到『一個群』的運動中，他不能不鄭重其事。」所謂的「不能不鄭重其事」，落實到具體的行動中，就是他試圖藉此機會對生活有所瞭解，並最終嘗試完成一部以張兆和的堂兄張鼎和為原型的長篇小說。用他自己的話來說，就是：「有些東西在成熟，在成長，從模糊朦朧中逐漸明確起來。那個未完成的作品，有了完成的條件。給我時間和健康，什麼生活下都有可能使它凝固成形。」無論是嘗試在土改工作中融入「一個群」中，抑或還是試圖完成一部以革命者張鼎和為原型的長篇小說，所有這些舉動，都說明沈從文的確曾經作出過主動靠近「新時代」積極努力。然而，或許是因為內心世界過於強大，以至於既定的價值理念難以更易的緣故，沈從文此種努力的結果卻只能夠說是事與願違：「此行初始，沈從文確曾抱著把『單獨』的生命融合到『一個群』中去的意願；但最終，『單獨』的生命投向了『有情』的傳統——他沒有直接說，精神上卻已經自覺而明確地把自己放到了這個文化創造的長遠傳統延續下來的脈絡上。」對於後半生的沈從文與時代之間的疏離關係，張新穎既有著敏銳的感覺，也做出過形象的描述：「時代的宏大潮流彙集和裹挾著人群轟轟隆隆而過——外白渡橋上正通過由紅旗、歌聲和鑼鼓混合成的遊行隊伍——這樣的時刻，沈從文的眼睛依然能夠偏離開去，發現一個小小的游離自在的生命存在，並且心靈裏充滿溫熱的興味和感情，這不能不說是一個奇蹟。」「如果不嫌牽強的話，我們可以把沈從文『靜觀』的過程和發現的情景，當作他個人的生命存在和他所置身的時代之間的關係的一個隱喻。說得直白一點，不妨就把沈從文看作那個小小的艑艑船裏的人，『總而言之不醒』，醒來後也並不加入到『一個群』裏的『動』中去，只是自顧自地撈那小小的蝦子。」在萬眾歡騰的潮湧深刻，沈從文卻能夠從其中跳出，對世界做靜穆的觀照，並發現那只孤獨飄蕩的艑艑船，以及船上的撈蝦人，其實在很大程度上顯示著他內心深處一種悲憫情懷的存在。不消說，那只艑艑船，那個撈蝦人，皆可以被看做是沈從文的一種象徵性存在。

那麼，「孤獨飄蕩」的沈從文又是如何把自己接續到這個文化創造的傳統

脈絡上的呢？這與他舊曆年年底連續兩個晚上的閱讀與思考存在著某種直接關聯。第一個晚上，是他對於曾經在辰州度過的三箇舊年的溫習回憶。正是在回憶中，沈從文不僅串聯起了個人生命的歷史，而且更對這悠遠的歷史產生了真切的頓悟：「萬千人在歷史中動，或一時功名赫赫，或身邊財富萬千，存在的即儼然千載永葆……但是，一通過時間，什麼也不留下，過去了……時代過去了，一切英雄豪傑、王侯將相、美人名士，都成塵成土，失去存在意義。另外一些生死兩寂寞的人，從文字保留下來的東東西西，卻成了唯一聯接歷史溝通人我的工具。因之歷史如相連續，為時空所阻隔的情感，千載之下百世之後還如相晤對。」引述了沈從文的上述文字後，張新穎的結論是：「沈從文的思想最終通到了這裡：一個偉大的文化創造的歷史，一個少數艱困寂寞的人進行文化創造的傳統。」第二個晚上，沈從文在油燈下反覆翻檢一本《史記》列傳，並對「事功」與「有情」兩種不同的文學取向產生了深刻的認識：「過去我受《史記》影響深，先還是以為從文筆方面，從所敘人物方法方面，有啟發，現在才明白主要還是作者本身影響多。……事功為可學，有情則難知！……換言之，作者生命是有分量的，是成熟的。這分量或成熟，又都是和痛苦憂患相關，不僅僅是積學而來的！年表諸書說是事功，可因掌握材料而完成。列傳卻需要作者生命中一些特別東西。我們說的粗些，即必由痛苦方能成熟積聚的情——這個情即深入的體會，深至的愛，以及透過事功以上的理解與認識。」也因此，在做了以上引述之後，張新穎好像才終於長長地鬆了一口氣：「沒有意想到，在川南的小山村，在土改的進程中，在過年的孤單時刻，沈從文產生了深刻的歷史醒悟，自覺地向久遠的歷史尋求支撐的力量，把個人的存在連接到令人肅然的文化創造的偉大傳統上來。」無論如何，我們都不能不承認，在川南小山村接連兩夜的閱讀思考，確實對沈從文未來的命運走向產生了決定性的影響。對這種決定性的影響，張新穎有著國外犀利透闢的理解分析：「沈從文的困境主要表現在兩個方面：文學的困境和個人的現實困境，這兩個方面也可以看作是一體的。他的文學遭遇了新興文學的挑戰，這個挑戰，不僅他個人的文學無以應付，就是他個人的文學所屬的五四以來的新文學傳統也遭遇尷尬，也就是說，他也不能依靠五四以來的新文學傳統來應對新興文學；況且，他個人的文學和五四以來的新文學傳統的主導潮流，也並非親密無間。但他又不願意認同新興文學和新時代對文學的『事功』或『要求』。這個時候，就需要一種更強大的力量來救助和支

撐自己。一直隱伏在他身上的歷史意識此時蘇醒而活躍起來，幫助他找到了更為悠久的傳統。千載之下，會心體認，自己的文學遭遇和人的現實遭遇放進這個更為悠久的歷史和傳統之中，可以得到解釋，得到安慰，更能從中獲得對於命運的接受和對於自我的確認。簡單地說，他把自己放進了悠久歷史和傳統的連續性之中而從精神上克服時代和現實的困境，並進而暗中認領自己的歷史責任和文化使命。」應該說，沈從文從 1948 年起始就表現得非常嚴重的精神危機，一直到這個時候，方才稱得上得到了徹底的化解。因為沈從文終於探尋到了自己後半生存在的精神價值依託，那就是擺脫「事功」，加盟「有情」，盡可能充分地把一己的生命積極有效地納入到中國悠久的歷史和傳統當中去。而沈從文的個體生命一旦與中國悠久的歷史和傳統溝通合一，他自然也就成為了如同王國維一樣的中國傳統文化的守夜人。與此同時，他那樣一種隱隱然的對於「集權」時代政治所持有的排斥拒絕姿態，也可以被視為是對於「自由之思想、獨立之精神」的現代知識分子價值理念的捍衛。

問題在於，王國維可以憑著他毅然決然的自沉而把自己的生命最終定格，但沈從文卻在自殺未遂後尚有約略四十年的漫長歲月需要度過。那麼，沈從文的這後半生究竟應該怎樣度過呢？或者說，以什麼樣的方式度過後半生的沈從文，方才能夠被看作是中國文化的守夜人呢？在這個意義層面上，則沈從文的生存處境又能夠讓我們聯想到一代「史聖」司馬遷。司馬遷雖受宮刑而不屈，以忍辱偷生的方式最終完成了《史記》這部偉大著作。而沈從文的文化守夜方式，則主要體現在如下兩個方面。

其一，依然是其念茲在茲始終無法釋懷的文學創作，尤其是小說創作。說到文學創作，除了偶有散文和詩作之外，小說創作差不多是完全終止了。小說創作的終結，從根本上說，乃是因為沈從文明確意識到了自己那種小說寫作方式的不合時宜。這一點，恰如張新穎所說：「給沈從文寫作帶來困擾的，不僅是活動和會議占去了時間，當然還有他心理上的顧忌：『近來寫作不比過去，批評來自各方面，要求不一致，又常有變動，怕錯誤似乎是共同心理，這也是好些作家不再寫小說原因。』儘管總是不時地會有寫作衝動生成，但這種衝動卻又總是被迫消弭於無形：『譬如，普通人『生活在卑微平凡中的哀樂，十分十分熟習，懂得他們的心。因為我事實上懂他們比懂古董還細緻具體。但這份知識，可不能用舊詩來表現了，因為太平凡瑣碎。如好寫，還有好多東西，都必然使人感動！特別是他們的愛惡哀樂的形式，我熟習的可比契訶

夫還多好多。但是不是目下文學要求的重點，不好寫，即只有聽之任之成為過去了。其實說來還應當寫，從這裡才具體的接觸到人』。」也只有瞭解到這一點，我們才能理解，為什麼他那部關於堂兄張鼎和的長篇小說，雖然準備了很久，但卻遲遲不見動筆，而終止消弭於無形的根本原因所在。用《紅旗譜》《青春之歌》的方式，沈從文不願意。用自己習慣的方式，卻又肯定行不通。如此這般矛盾糾結的結果，自然也就只能是繼續束之高閣了。關鍵處在於，雖然沈從文無法進行小說寫作實踐，但他作為一位擁有豐富創作經驗的小說家，在後半生中總是會情不自禁地借助於對小說創作的談論來凸顯自己的小說寫作理念。事實上，也正是在沈從文那樣一種近乎於頑固堅執的小說理念中，我們可以感受到他對於某種文學傳統的悉心呵護。

比如，在他後半生的諸多事關小說創作的言論中，我們不時地就會讀到他對於作家趙樹理的議論。「這些鄉村故事是舊的，也是新的，事情舊，問題卻新。比李有才故事可能複雜而深刻。」「你看的土改小說，提起的事都未免太簡單了，在這裡一個小小村子裏的事情，就有許許多多李有才故事，和別的更重要故事。」「如能將作風景畫的舊方法放棄，平平實實的把事件敘述下去，一定即可得到極好效果。因為本來事情就比《李家莊的變遷》生動得多，波瀾壯闊及關合巧奇得多。不過事件太巧，太富於傳奇性，寫來倒反而如不太近人情了。」針對沈從文的以上看法，張新穎寫到：「這裡，明顯地透露出對土改文學的不滿。後來他還談道，即使是趙樹理的作品，也不免『背景略於表現』。表面上這似乎是寫法的問題，或者是作者個人愛好習性的不同，其實卻關涉如何認識人事巨變在世界——包含自然和人事的世界——中的位置。」但沈從文對於趙樹理的「吐槽」式議論卻並未到此為止。到後來，他乾脆一面談論趙樹理，一面把自己扯進來和趙樹理做對比了：「(《三里灣》)筆調就不引人，描寫人物不深入，只動作和對話，卻不見這人在應當思想時如何思想。一切都是表面的，再加上名目一堆好亂！這麼寫小說是不合讀者心理的。媽媽說好，不知指的是什麼，應當再看看，會看出很不好處來。」「我每晚除看《三里灣》也看看《湘行散記》，覺得《湘行散記》的作者究竟還是一個會寫文章的作者。這麼一隻好手筆，聽他隱姓埋名，真不是好辦法。但是用什麼辦法就會讓他再來舞動手中一支筆？簡直是個謎，不大好猜。可惜可惜！這正猶如我們對曹子建一樣，懷疑『怎麼不多寫幾首好詩』一樣，不大明白他當時思想情況，生活情況，更重要還是社會情況。」非不為也，實不

能也。不管怎麼說，作為一位已然養成極好寫作習慣的小說家，條件雖然已經不允許他再度操刀實踐，但他卻總還是對小說寫作念念不忘。他的時不時談論趙樹理，正可以被視為其小說寫作強烈衝動的一種扭曲性折射。之所以是趙樹理而不是其他作家，原因大約不過兩個方面。其一，趙樹理是新時代最當紅最有標誌性的一位作家，某種意義上可以被視為「事功」型新興文學的標本。很大程度上，談論趙樹理，也就是在談論新時代的新興文學。其二，就題材而言，趙樹理與沈從文的寫作對象都是鄉村世界，二者之間自然有可比性存在。那麼，我們到底應該如何理解看待沈從文很多年前對於趙樹理的這些「吐槽」言論呢？我想這樣兩點恐怕是不可以被忽視的。首先，沈從文與趙樹理，都是現代小說寫作的名家，他們之間思想藝術風格的差異是極其明顯的。既然主體追求有所不同，從一種文學多元的角度來說，就應該是多元共存和而不同。好在沈從文只是一位作家而不是批評家，他之對於趙樹理的「吐槽」，很容易就能夠讓我們聯想到托爾斯泰對於莎士比亞的「惡毒攻擊」。究其實質，這些不同作家之間的相互「攻訐」，可以被看作是不同世界觀與文學觀的一種衝突。正如同托爾斯泰的「攻訐」，無法影響莎士比亞的偉大一樣，沈從文對於趙樹理的「吐槽」，誠當作如是觀。其二，相比較而言，趙樹理的小說寫作尤其是進入 1949 年之後，的確在相當程度上受到了現實政治的制約與困擾，也因此，「事功」的新興文學的一些弊端，自然會在其作品中有所表現。從這個層面上說，沈從文的一些說法其實也是很有一些道理的。

沈從文對趙樹理的談論，固然值得引起我們的注意，但他對汪曾祺的充分理解與高度信任，卻更足以讓我們動容不已。1962 年，沈從文曾經為他的這位學生大抱不平：「人太老實了，曾在北京市文聯主席『語言藝術大師』老舍先生手下工作數年，竟像什麼也不會寫過了幾年。長處從未被大師發現過。事實上文字準確有深度，可比一些打哈哈的人物強得多。現在快四十了，他的同學朱德熙已作了北大老教授，李榮已作了科學院老研究員，曾祺呢，才起始被發現。我總覺得對他應抱歉，因為起始是我贊成他寫文章，其次是反右時，可能在我的『落後非落後』說了幾句不得體的話。但是這一切已成『過去』了，現在又凡事重新開始。若世界真還公平，他的文章應當說比幾個大師都還認真而有深度，有思想也有文才！『大器晚成』，古人早已言之。最可愛還是態度，『寵辱不驚』！」沈從文的這段話，寫於半個多世紀之前，那個時候的汪曾祺應該說還沒有能夠有充分地顯示自我寫作才能的可能。汪曾祺

在中國當代文壇的大放異彩，還得再等待 20 年的時間。一直到「文革」結束後的 1980 年代，汪曾祺傑出的小說寫作才能方才獲得了充分展示的機會。不僅如此，在難得有幾個人真正稱得上是小說大師的中國當代文壇，汪曾祺真還可以被看作是一位已經經典化了的大師級人物。從事後的結果倒推半個多世紀前沈從文關於汪曾祺的定位評判，你無論如何都不能不佩服沈從文審美眼力的精準到位，端的是識力非凡。從根本上說，沈從文的替汪曾祺鳴不平，也是在為自身所歸屬於其中的那種文學傳統作強力辯護。這種辯護，當然應該被看作是沈從文一種特別的文化守夜方式。

但不管怎麼說，沈從文的後半生之遠離文學創作，在當代中國這樣一個特定的社會文化語境中，已然是一種命定的歷史宿命。此種情形下，沈從文的文化創造力就迫切需要尋找到新的精神出口。從文化守夜的角度來說，這也就意味著他需要探尋一種有別於文學創作的新的執守方式。具體來說，這種新的文化執守方式，就是構成了沈從文後半生最主要文化成就的中國古代文物尤其是其中服飾方面的學術研究：「由自然的愛好和興趣，發展到對世界、生命、自我的認識和體會，並且逐漸內化為自我生命的滋養成分，促成自我生命的興發變化，文物對於沈從文來說，已經不僅僅是將來要選擇的研究『對象』了。」一個無法迴避的問題是，當沈從文迫切需要找到新的精神出口的時候，他為什麼會選擇古代文物尤其是服飾研究，而不是其他的路徑呢？問題的答案主要體現在兩個方面。其一，從外部的社會環境來看，進入 1949 年之後的「集權」政治時代之後，文學創作在很長一段時間內被執政者視為國家政治意識形態的重要組成部分。1949 年後有不少現代作家比如李健吾、錢鍾書、穆旦、綠原等人都被迫遠離了文學創作，或轉而從事於文學翻譯事業，或轉而進入大學等科研機構從事學術研究，其根本原因正在於此。與文學創作相比較，古文物或古服飾研究，一方面缺少強烈的政治意識形態屬性，另一方面也並不在社會關注的中心地帶。不要說沈從文當年，即使是時過境遷之後社會文明程度已然明顯提高的現在，對於古文物或古服飾的本能漠視，也還是一種非常普遍的狀況。也正因此，當沈從文由於文學理念的根本衝突而無法繼續從事文學創作的時候，他卻可以轉而從事相對要冷僻許多的古文物或者古服飾研究。其二，就沈從文的個人資質而言，他對於古文物強烈興趣的養成，乃是早已有之的事情：「時代轉折之際，放棄文學以後做什麼呢？歷史文物研究，這是沈從文的自主選擇。這個選擇的因由，其實早就潛伏在

他的生命裏，像埋進土裏的種子，時機到了就要破土而出。《關於西南漆器及其他》描述了這顆種子在土裏的漫長過程。」由這篇自傳性的文字出發，進而追溯到沈從文的名篇《從文自傳》中的相關描述，我們就會不無驚訝地發現，沈從文之對於歷史文物的強烈興趣，其實早在青年時期就已經養成了：「這本書裏有動人的段落和章節，很自然地寫出了一個年輕的生命對於中國古代文化和文物的熱切的興趣。有誰能夠想像，在這個一個月掙不了幾塊錢的小兵的包袱裏，有一份厚重的『產業』：一本值六塊錢的《雲麾碑》，值五塊錢的《聖教序》，值兩塊錢的《蘭亭序》，值五塊錢的《虞世南夫子廟堂碑》，還有一部《李義山詩集》。」面對此種情形，張新穎不能不感慨萬端：「在沈從文的整個生命完成多年之後，細讀他早年這些文字，後知後覺，不能不感歎生命遠因的延續，感歎那個二十一歲的軍中書記和三十歲的自傳作者，為未來的歷史埋下了一個驚人的大伏筆。」「而在一九四九年的自傳篇章裏，沈從文把這一條生命的脈絡，清晰、明確地描述了出來。此後的歲月裏，他將艱難而用力地把這一條脈絡延伸下去，直至生命的最終完成。」就這樣，在經歷了一場巨大的精神危機之後，被迫遠離了文學創作的一代文學鉅子沈從文終於在歷史文物的研究這裡尋找到了自己新的精神出口，一種新的文化守夜方式。

　　儘管說沈從文的歷史文物研究已經遠離了現實政治，但當代中國畢竟是一個政治籠罩於一切之上的「集權」時代，即使是已經相當邊緣化了的歷史文物研究，卻也一樣逃不過政治魔掌的捕捉。這一方面一個突出的例證，就是 1964 年《中國古代服飾資料》的付印受阻過程：「九月，《中國古代服飾資料》付印在即，沈從文寫了一篇簡單的『後記』，署名歷史博物館；編寫小組召開最後一次工作會議，討論『後記』。參與此書工作的李之檀記得這次會議：『當時社會上正在討論毛澤東主席關於「帝王將相、才子佳人統治舞臺」的批評意見，所以在這次會上也有人提出圖版可否按身份等級排列的問題，以突出勞動人民形象在書中的地位，並指出當時《中國通史陳列》中的帝王將相都已做了修改，編書不能不注意中國問題。』也就是說，要按新的政治要求，對全部書稿進行修改。已經完成打樣、只等著印刷的這部書，就這樣出乎意料地突然中斷了出版。」「說是出乎意料和突然，只不過是就這一件事而言；如果稍微看看當時政治形勢的變化，其實也會覺得這樣的結果幾乎難以避免。」這就真正稱得上是，你不去找政治，政治也還是偏偏要來找你了。其

實，在歷史文物整理研究的過程中，沈從文與時代政治的悖逆，乃是尋常可見的事情：「館裏要設政治部，已有三人來蹲點。可他還老是坐在桌前改服飾資料的書稿，『十八萬字盡日在腦中旋轉，相當沉重』。這是一種無望的努力，他心裏其實明白結果會怎樣，但就是不甘心，不肯放棄。」

問題是，「沈從文的文物工作，從一開始，不僅要承受現實處境政治的壓力，還要承受主流『內行』的學術壓力。反過來理解，也正可見出他的物質文化史研究不同於時見的取捨和特別的價值。」比如，在一次博物館精心布置的「反浪費展覽」中，就曾經特別展出過沈從文在民間收購回來的一件上面織有「河間府製造」的暗花綾子，意在侮辱沈從文的人格。「『因為用意在使我這文物外行丟臉，卻料想不到反而使我格外開心。』這一事件除了表明沈從文在歷史博物館的現實處境和政治地位，還顯示出，從文物的觀念上來說，沈從文的『雜貨鋪』和物質文化史研究，確實不被認同，以至於被認為是『外行』而安排如此戲劇化形式的羞辱。多年以後提起這件事，沈從文還耿耿於懷：『當時館中同事，還有十二個學有專長的史學教授，看來也就無一人由此及彼，聯想到河間府在漢代，就是河北一個著名的絲綢生產區。南北朝以來，還始終有大生產，唐代還設有織綾局，宋、元、明、清都未停止生產過。這個值四元的整匹花綾，當成『廢品』展出，說明個什麼問題？』」明明是很有歷史文化價值的「河間府」花綾，到了這些所謂的專家眼裏卻變得一文不值，古代服飾的鑒定研究之難，於此也可見一斑。

但不管面臨著怎樣嚴重的各種現實困擾，心有所屬的沈從文也不改其志，仍然在以堅定的信念繼續著自己的歷史文物研究工作。這一點，最突出不過地表現在被稱作「十年浩劫」的「文革」期間。作為一位既有「歷史罪行」，又有「新的罪過」的「反共老手」，沈從文自然在劫難逃。其中，最具有荒誕意味的，是 1969 年不僅年近七旬而且體弱多病的沈從文的被下放經歷。古代文人會被流放，如沈從文他們這般的被下放，其實也可以被看做是現代意義上的一種被「流放」。被「流放」倒也罷了，關鍵是沈從文的現實遭遇頗類似於西方現代派中的荒誕劇：「沈從文和另外兩戶老弱病職工到達咸寧幹校接待站之後，才得知『榜上無名』，這裡根本就不知道要接收他們。但戶口都遷出了北京，想回也回不去了。」令人感到啼笑皆非的是，同樣的遭遇居然還有第二次。當沈從文他們一行在下放地被迫再度遷徙的時候，才發現「這邊指揮部事先根本不知道他們要來。」別的且不說，單只是下放過程中這兩次荒

誕經歷，就足以說明在那個不正常的政治畸形時代，沈從文曾經遭受過怎樣的凌辱與折磨。令人感佩處在於，不管自己的處境有多麼嚴酷艱難，沈從文都念念不忘歷史文物研究工作。正是在下放咸寧期間，預感自己來日無多的沈從文，曾經懷著希望能夠盡快恢復歷史文物研究工作的急迫心情，先後兩次分別致函當時的博物館革委會委員王鏡如和高嵐，強烈要求恢復工作：「我要求極小，只是讓我回到那個二丈見方原住處，把約六七十萬字材料親手重抄出來，配上應有的圖像，上交國家，再死去，也心安理得！」這可真正稱得上是吾有使命不敢忘，下放也不能耽誤歷史文物研究了。一位年近七旬的老人，能夠在如此一種生存的逆境中，捨卻自己的待罪身份，慨然請命，以切實推進歷史文物研究工作，於今想來，端的是讓人感慨良多。唯其因為沈從文擁有如此一種難能可貴的自我獻身精神，所以，後半生的他方才真正應該被看作是一位盡心盡責的中國文化守夜人。

好在蒼天不負有心人，沈從文的艱辛付出與不懈努力，終歸還是獲得了豐厚的回報。其一，是他後半生最具標誌性的學術研究成果《中國古代服飾研究》歷盡劫難後終於在 1981 年由香港商務印書館正式出版，「從一九六四年算起，這部書經過了十七年才得以出版；如果從一九六〇年草擬服裝史資料目錄、提交討論、文化部同意進行工作算起，則是二十一年。」此著曾經被哈佛知名人類學家張光直教授譽之為「在服飾文化領域開展的實驗考古學研究」。其二，是《沈從文全集》的物質文化史卷。「《沈從文全集》第二十八卷至三十二卷為物質文化史卷，內容異常駁雜，按照目錄分類，有以下方面的內容：中國玉工藝研究、中國陶瓷史（殘章）、中國陶瓷研究、漆器及螺鈿工藝研究、獅子藝術、陳列設計與展出、唐宋銅鏡、鏡子史話、扇子應用發展、文物研究資料草目、中國絲綢圖案、織繡染纈與服飾、《紅樓夢》衣物及當時種種、說『熊經』、文物識小錄、龍鳳藝術新編、馬的藝術和裝備、文史研究必需結合文物、中國古代服飾研究」。只要看看全集中物質文化史部分所收入的這些駁雜內容，我們就無論如何不能不驚歎，只是一介文弱書生的沈從文，在其四十年時間的後半生中，到底在歷史文物研究方面作了多少有意義的工作。

就這樣，在堪稱命運多舛的後半生中，面對著時代「集權」政治的驚濤駭浪，看似柔弱的沈從文，一方面堅執自己的文學理念，另一方面則在中國古代歷史文物的研究方面多有斬獲。如此一位以柔弱的反抗為中國文化守夜的現代知識分子，不管怎麼說都應該贏得我們後來者充分的尊重和敬意。